나를 찍지 마세요

일러두기

* 외래어 표기는 국립국어원의 원칙을 기본으로 삼되 인명이나 지명 등 통상적으로 굳어진 표현은 해당 표기를 따랐습니다.
* 본문의 각주 모두 옮긴이주입니다.
* 책 제목은 《 》, TV 프로그램이나 영상 제목은 〈 〉으로 표기하였습니다.

마음을 꿈꾸다 08

나를 찍지 마세요

초판 1쇄 펴낸날 2024년 12월 2일

글 탐신 윈터 **옮김** 이은숙

펴낸이 허경애

편집 최정현 박혜리 **디자인** 소산이 **마케팅** 정주열

펴낸곳 도서출판 꿈터

출판등록일 2004년 6월 16일 제313-2004-000152호

주소 서울시 마포구 양화로 156, 엘지팰리스빌딩 825호

전화번호 02-323-0606 **팩스** 0303-0953-6729

이메일 kkumteo2004@naver.com **블로그** http://blog.naver.com/kkumteo-

인스타 kkumteo

ISBN 979-11-6739-133-9(44810)

꿈꾸다 는 꿈터의 청소년 브랜드입니다.

차례

우리 채널에
온 것을 환영합니다!

사람들이 알아야 할 첫 번째 사실은 내가 대단한 사람이 아니라는 거다. 사람들은 내가 그 에바, 즉 에바 앤더슨, 다시 말해 유튜브 채널의 그 아이라는 걸 알고 나면 어떤 특별한 모습을 기대한다. 하지만 아니다. 실망이라면 미안할 따름이지만, 요즘 나는 사람들이 실망하는 데에도 어느 정도 익숙해졌다.

내 자리를 차지하고 싶은 사람이 꽤 많다는 것은 잘 알고 있다. 밖에서 보면 내 삶이 근사해 보이기 때문일 것이다. 일단 공짜로 받는 물건이 다 쓸 수 없을 만큼 많아서 아직 열어 보지도 않은 신상 박스가 차고에 가득 쌓여 있다. 작년 11월에는 알톤 타워에서 놀이기구 이용권이 전부 포함된 '지상 최대의 불꽃놀이 쇼' 무료 입장권을 보내 주었는데, 그중 '어둠 속의 오블리비언 수직 낙하'는 나중에 속이 약간 메스껍긴 해도 굉장히 재미있었다. 지난여름에는 실내에 나무가 자라는, 포르투갈의 고급스러운 나무 집에서 휴가를 보냈다. 아이폰, 태블릿, 엑스박스, 노트북은 물론 내 이름이 새겨진 맞춤형 충전 거치대까지 있었다. 지난주에는 식용 금이 들어 있는 막대 사탕을 받기도 했다. 가끔이라면 이 모든 게 신날지도 모른다.

어쩔 때는 이런 상황이 나를 짓누르고 있다는 기분이 든다. 이상하게 들릴지 몰라도, 카메라가 내내 나를 겨누지 않았다면 그 모든 시간은 훨씬 더 흥미로웠을 것이다. 하지만 카메라는 절대 깜박이지 않는 거대한 눈처럼 나를 노려보며 내 행동을 전부 기록한다.

내가 외향적인 사람이었으면 이런 상황이 훨씬 쉬웠을 수도 있다. 내 친구 할리의 말에 따르면 그렇다. 할리는 정수리에 똥머리를 엄청 높이 땋아 올리고는 자기가 나보다 크다고 주장하는 것만 빼면 뭐든 다 아는 척척박사다. 외향인은 뭐든 더 쉽다는 할리의 말도 당연히 맞다. 어릴 적, 나는 노래를 부르고 우스꽝스러운 춤을 두둠칫거리며 카메라 앞에서 나를 뽐내곤 했다. 사람들이 무슨 생각을 하는지 깨닫기 전까지는 유튜브 채널의 스타가 되는 게 무척 쉬웠다. 지금은 집에 들어가 몸을 웅크리고 싶은 달팽이가 된 기분이다. 비록 누군가가 부숴 버린 집일지라도.

나는 익숙해져야 한다. 부모님은 내가 세상에 존재하기도 전부터 내 생활을 '아기를 제외한 모든 것'이라는 블로그에 올리기 시작했으니 말이다. 블로그에는 나를 가지려고 두 분이 5년 동안 한 모든 노력, 다소 역겨운 내용조차 전부 올라가 있었다. 마침내 임신이 되자 엄마는 초음파 사진을 스캔해서 '우리의 기적'이라고 적힌 액자에 넣어 침대 옆에 두었다. 내가 보기에 그건 유영하는 외계인의 모습에 더 가까웠다. 그 사진을 온 세상 사람들에게 보여 주는 게 두 분의 첫 번째 유튜브 영상이다. 총 9분 동안 부모님은 눈물을 쏟으며 서로를 끌어안았고, 영상에는 하트 눈이 그려진 이모티콘 수백만 개가 달렸다. 아빠는 항상 '에바는 자궁에서 나오기도 전부터 유명세를 탔다니까!' 라고 이야기한다. 마치 누구나 그런 칭찬을 바라는 것처럼 말이다.

어쨌든, 내가 유영하는 외계인으로 등장한 영상은 시작에 불과했다. 내가 태어나자 구독자 수는 만 명이 되었고, 부모님은 새 채널을 '에바에 관한 모든 것'이라고 불렀다. 꽤나 정확한 이름이다. 거의 매일 나와 관련된 영상이 올라가니까. 하지만 어째서인지 부모님이 찍은 영상 속의 에바는 더는 나 같지 않다.

아마 요즘 나는, 그 인물이 내가 아니기를 바라고 있어서인지 모르겠다. 예를 들면 여름방학이 끝나고 개학 첫날, 우리 반 알피 스티븐스가 워터파크에서 엑스트림 슬라이드를 타고 내려오는 내 영상을 찾았을 때 그랬다. 내가 슬라이드를 내려와 물속으로 고꾸라지는 순간 수영복이 엉덩이에 낀 모습이 정확히 1.8초 동안 보였다. 내 친구 스퍼드는 걱정할 일이 아니라면서, '수영복 + 빠른 속도 = 엉덩이 낌'이 간단한 물리학이라고 했다. 나한테는 물리학이 절대 그렇게 간단하게 느껴지지 않지만, 어쨌든!

그날 집에 돌아온 나는 아빠에게 수영복이 낀 장면을 편집해 달라고 애원했다. 하지만 아빠는 그 유명한 슬라이드에서 내가 내려오는 모습이 그 장면뿐이라면서 이렇게 말했다.

"게다가 말이야. 정신이 제대로 박힌 사람이라면 흐물거리는 뱃살이 물에 닿으면서 엉덩이가 끼는 건 신경도 안 쓸 거야."

분명 나를 안심시킬 수 있는 말은 아니었다. 아무튼 그래서, 엉덩이에 수영복이 낀 채 뱃살이 출렁이는 내 모습은 다른 수만 가지 당황스러운 순간과 함께 아직 유튜브에 남아 있다.

아직 '에바에 관한 모든 것'을 한 번도 안 본 사람을 위해 하이라이트 영상을 소개하자면 이렇다.

0세 : <에바를 소개할게요> 좋아요 32만 5천 개.

탯줄이 아직 내 배에 붙어 있다. 탯줄은 상하기 직전의 바나나 껍질처럼 거무스름한 누런색인데, 놀라지 마시라. 제일 역겨운 장면은 이게 아니다. 영상에는 엄마가 내 첫 기저귀를 갈아 주는 장면도 나오니까.

1세 : <에바의 첫걸음마!> 좋아요 29만 3천 개.

비밀이지만, 사실 이건 진짜 첫걸음마가 아니다. 당시 내가 곧 걸을 거라고 확신하던 엄마는 며칠 동안 쉬지 않고 나를 찍고 있었다. 그런데 엄마가 딱 한 번 카메라를 내려놓은 순간 내가 아장거리며 거실을 가로질러 걸었다. 기념비적인 사건이 실수로 카메라 밖에서 일어나자 부모님은 정말로 짜증이 났고, 12년이 지난 지금도 그 얘기를 한다.

4세 : <에바의 귀엽뽀짝 떼쓰기!> 좋아요 44만 1천 개.

내가 우는 모습을 편집한 영상이 15분 넘게 이어진다. 첫 번째 댓글은 '경고: 에바는 버릇이 없다'이다. 마지막 장면에서는 저녁 식사를 하던 내가 접시를 밀치며 "난 콩 먹기 싫어!"라고 소리친다. 알피 스티

브스는 7학년 내내 메시지 알림음으로 저 멘트를 사용했다.

6세 : <크리스마스 - 산타에게 불평하는 에바!> 좋아요 280만 개.

지금껏 내 입장에서 이 이야기를 들어 준 사람이 아무도 없었으니, 여기에 진실을 밝혀야겠다. 그때 내가 받고 싶던 크리스마스 선물은 '지상 최고의 햄스터 그루밍 미용실' 딱 하나였다. 우리 햄스터 코코의 털을 골라 주고 싶었기 때문이다. 하지만 내가 받은 건 '반란군 인형' 세트였다. 굴뚝을 향해 산타에게 소리 높여 따지는 내 모습은 백만 번 넘게 공유됐다. 카메라가 흔들리는 건 아빠가 배꼽이 빠져라 웃었기 때문이다. 부모님은 그 영상을 '에바에 관한 모든 것'의 첫 번째 히트작이라고 불렀다. 정확히 말해서, 아빠는 그때를 'Vi skød papegøjen!'인 순간이라고 지칭했는데 그건 '우리는 앵무새를 쏘았다^{뜻밖의 큰 행운을 얻었을 때 쓰는 표현}'라는 뜻이다. 아빠랑 할머니를 제외하면 덴마크 속담을 이해할 사람이 누가 있겠냐만, 아무튼 그렇다. 그 영상은 그때까지 가장 많은 조회 수를 기록했고 덕분에 수천 명의 신규 구독자를 얻었다. 내 나이 여섯 살에 '좋아요'가 최고점을 찍었다는 건 살짝 씁쓸한 일이다.

<산타에게 불평하는 에바!>가 입소문을 타고 몇 주 후에, '지상 최고의 햄스터 그루밍 미용실'을 만든 회사에서 하나를 공짜로 보내 주었다. 각기 다른 털 빗 다섯 개와 햄스터 케이지 안에 뿌리는 특별한 가루가 들어 있었다. 하지만 코코에게는 너무 늦은 선물이었다. 크리스마스 며칠 후에 죽었기 때문이다. 아빠는 코코가 늙어서 죽었다고

11

했지만, 난 코코가 그루밍이 부족해서 죽었다고 말했다. 코코의 장례식 영상이 아직 유튜브에 남아 있을 것이다.

어쨌든 코코는 별로 인기가 없었다면서 엄마가 새끼 고양이를 주었다. 그리고 그루밍 미용실을 계속 갖고 있어도 된다고 했다. 결국 고양이 미스 피지는 빗질에 익숙해졌다.

9세 : <인스타그램에 올린 편지> 좋아요 3만 6천 개.

이게 흑역사의 시작이었던 것 같다. 어느 날 나는 철자 시험에서 낮은 점수를 받았는데, 엘리엇 선생님이 그 결과를 반 전체 앞에서 발표했다. 잠들기 전에 처진 기분을 좀 끌어올리고 싶던 나는 나에게 편지를 쓰기로 했다. 마침, 부모님이 인스타그램에서 홍보하고 있던 회사의 문구류도 있었다. 문제는 내가 뜻도 모르면서 엄마 잡지에서 본 동기 부여 글귀를 사용한 데 있었다. 예를 들면 '불가능은 의견일 뿐이다', '여정이 곧 목적이다', '네 삶의 CEO는 바로 너!' 같은 문장. 멍청하게도 나는 이 편지를 책상에 그대로 두었고, 다음 날 학교에서 돌아오니 엄마는 그 글귀가 자신이 본 편지 중 가장 아름답다면서 인스타그램에서 이미 좋아요 만 개를 받았다고 했다. 그건 엘리엇 선생님이 내 시험 결과를 전 세계에 다시 발표하는 것과 같았다. 엄마는 내가 아무리 화내도 '네 삶의 CEO는 바로 너!' 편지를 삭제하지 않았다. 그리고 내가 과민 반응 한다면서 곧 이겨 낼 수 있을 거라고 했다. 아빠도 엄마 말에 맞장구를 쳤다.

그러니까 우리 가족에게 중요한 건 바로 이런 거다. 조회 수와 공유하기, '좋아요'와 '싫어요', 구독자 증가와 참여 통계 같은 것들. 내 감정이나 엉덩이에 끼인 수영복은 관심 밖이다. 만약 내가 외계인에게 납치당하면, 우리 부모님은 경찰에 전화하기 전에 유튜브 영상을 먼저 찍을 것이다.

나를 가장 사랑하는 두 사람이 내 삶을 망치는 장본인이라니, 인생 참 쉽지 않다…….

태그 지옥

유튜브를 그만둘까 한동안 고민했다. 크리스마스 기간에 찍은 영상 몇 편이 그 시작이었다. '감정을 좀 더 실어 봐, 에바!'라는 말을 들으면 선물 상자를 열다가도 즐거움이 싹 사라졌다. 커스터드 소스를 얹은 롤라드^{얇게 구운 스펀지 케이크로 잼이나 초콜릿, 견과 등을 만 것}를 맛있게 먹는 척하는 데에는 정말이지 한계가 있었다. 무엇보다 개학 며칠 전에 부모님이 올린 브이로그가 결정적이었다. <에바의 '사춘기에서 살아남기!' 음모를 언급하지 말라?!> 하, 그때 내 인생은 끝난 거나 다름없었다. 다음 날 아침, 알피 스티븐스와 그 일당이 브이로그 일부를 틱톡에 올렸으니까. 그다음 날에도 학교 친구들은 여전히 뒤에서 쑥덕거렸다.

토요일 아침, 나는 주방에 앉아 알피의 틱톡에 달린 댓글을 훑어보며 빨대로 요구르트를 쪽쪽 빨아 먹고 있었다. 요구르트 협찬 회사와 약속된 사진을 올리기로 되어 있었지만 촬영하고 싶지 않았고, 음모 게시물 때문에 여전히 기분도 안 좋은 상태였다. 촬영 전에 내가 요구르트를 다 먹어 버리면 엄마가 화낼 걸 알고 그랬다. 쪽쪽 소리로 엄마의 심기를 건드린 건 덤이었다.

"에바! 우리 딸, 제발 소리 좀 그만 내면 안 되겠니?"

엄마가 네 번째로 부탁했다. 목소리에 분명히 짜증이 묻어 있었지만 엄마는 애써 소리를 지르지 않으려고 했다. 촬영하려면 내가 필요했기 때문이다. 난 몇 초쯤 기다렸다가 더 크게 쪽쪽거렸다. 잘난 척하려는 말은 아니지만, 지난 몇 주 동안 내가 부모님을 신경질 나게 하는 일에 재능이 있다는 걸 알게 됐다.

결국 엄마가 작업실에서 나와 소리쳤다.

"에바! 그 정도면 충분해! 그거 촬영용 요구르트잖아!"

"아, 진짜? 미안."

내 목소리는 해맑았다.

"그런데 이거 진짜 맛있다! 그 사람들 말이 맞았네."

나는 마지막 한 덩이를 빨대 끝으로 떠 올렸다.

"아직 이만큼이나 남았단 말이지."

그 순간, 빨대 끝에 매달려 있던 요구르트가 식탁 위로 철퍼덕 떨어지고 말았다.

엄마가 꽉 다문 이 사이로 억지 미소를 지었다.

"그 요구르트가 필요하다고 분명히 말했는데, 우리 딸! 너 요즘 엄마 말을 귓등으로도 안 듣는구나!"

정확히 그 반대였다. 나는 엄마 말을 귀담아듣고 있었다. 일부러 안 듣는 척했을 뿐이지만.

"그냥 다른 요구르트로 통을 채워야겠다."

엄마가 냉장고를 뒤지기 시작하자, 나는 작게 한숨을 쉬고 휴대폰 화면을 새로고침했다. 음모 영상 밑에 우리 학교 여학생이 이런 댓글을 남겼다.

과몰입하긴 싫지만 나라면 죽고 싶을 듯.

다른 애는 또 이렇게 달았다.

이게 너희 엄마라고 상상해 봐.

타일러 데이비슨은 나를 태그하고, 울면서 웃는 이모티콘을 백만 개 달았다.

바로 그때 아빠가 들어왔다. 아빠는 키가 198센티미터인데 덴마크에서 자선 활동으로 농구를 했다고 한다. 우리가 어디를 갈 때마다 모르는 사람들이 아빠에게 이런 말을 건넨다.

"장신이시네요!"

그럼 아빠는 매번 똑같이 대답한다.

"아뇨, 제 이름은 라스인데요!"

하, 짜증 나. 난 아빠의 파란 눈과 백금발 머리를 물려받았지만 키는 아직 잘 모르겠다.

엄마는 웃으며 요구르트 팩을 조리대에 내려놓고 아빠에게 다가가 얼굴에 붙은 곱슬머리를 옆으로 넘겨 주었다.

"에바, 아빠 눈에는 그거 숙제로 안 보이는데."

이제 나는 8학년이고 공부를 더 열심히 해야 한다. 분명히 말하지만 작년에 내가 노력하지 않은 건 아니다. 그저 교실 창문 밖에서 더 재미있는 일이 많이 일어났을 뿐이다. 축구장에서 잔디를 쪼는 찌르레기, 오래된 과학 실험실의 홈통을 따라 삐뚜름히 매달린 고드름, 혹은 바람에 흩날리며 갖가지 무늬를 만드는 낙엽 같은 것들. 미술 과목인 윌슨 선생님은 그런 작은 부분을 알아차리는 게 내 재능이라고 했지만 다른 선생님들은 주의가 산만한 거라고 했다. 아빠는 내가 왜 높은 점수를 못 받는지 이해하지 못한다. 아빠와 엄마는 대학에 갔기 때문에, 두 사람의 유전자가 결합하면 내가 두 배로 똑똑할 거라고 생각했던 것 같다.

"아유, 내버려둬, 라스. 에바 지금까지 내내 공부하고 있었다고. 크리스마스 때 에바가 덴마크어를 아주 잘한다고 어머니가 그러셨잖아. 나보다 잘할걸."

엄마가 맞은편에서 나를 향해 눈을 찡긋했다.

아빠가 웃음을 터뜨렸다. 엄마의 덴마크어는 너무 형편없어서 할머니 댁에 머물 때면 엄마를 무시할 수 있는 좋은 핑곗거리가 되기도 했다.

아빠는 서리가 내린 마당을 내다보고는 손뼉을 짝 쳤다.

"우아, 빛이 아주 좋은데! 다들 준비됐어?"

엄마가 잡지 두 권을 탁자에 조심스럽게 내려놓았다.

"가서 옷 갈아입고 올래, 우리 딸? 너 티셔츠에 요구르트 묻었어."

나는 가슴팍을 내려다보고는 거의 들춰 보지 않은 교과서를 덮고 계단으로 향했다.

"회색 말고! 너 지난주 네일 스티커 광고 때 입었어!"

엄마가 소리쳤다.

"아무렴요."

나는 손톱 위에 남은, 이제는 머리가 떨어져 나간 고양이 스티커를 만지작거렸다. 그때 휴대폰에서 또 다른 알림이 떴다. 알피가 거대한 흰 솜사탕 사진에 나를 태그한 것이었다.

@EvaA2007 음모!!!!

피부가 선인장 가시에 찔려 펑 하고 터지는 것 같았다. 나는 휴대폰을 손에 든 그대로 몸을 돌렸다. 머리가 없는 고양이 스티커를 손톱에 붙이고 요구르트 얼룩이 스며드는 티셔츠를 입고, 계단 밑에 박힌 듯 선 채였다.

"나 하기 싫어."

"미안, 뭐라고, 우리 딸?"

엄마는 휴대폰에서 눈도 떼지 않았다.

"사진 찍고 싶지 않다고."

엄마가 당황한 표정으로 나를 쳐다보았다.

"기분이 별로 좋지 않아, 우리 딸? 하긴 그 많은 요구르트를 다 먹었으니……."

"요구르트 때문이 아니야. 다들 날 비웃고 있다니까. 엄마가 전날 올린 브이로그 때문에. 엄마도 알잖아, 그……."

뺨이 화끈거렸다. '음모'라는 단어가 차마 입 밖으로 나오지 않았다.

"아, 사춘기 얘기 말이구나?"

엄마가 안쓰럽다는 미소를 지으며 아랫입술을 삐죽 내밀었다. 난 엄마가 그러는 게 싫다.

"그건 창피한 게 아니야, 우리 딸. 재미있으라고 그런 거야!"

"하나도 안 재미있어. 완전 창피하다고. 봐 봐!"

솜사탕 사진을 보여 주려고 하는데 아빠가 갑자기 끼어들었다.

"에바. 음모가 부끄럽다고 생각하는 거니? 그건 완전히 자연스러운 거야. 긴장할 필요 전혀 없어!"

우리 부모님은 중학교를 안 다닌 걸까?

"월요일쯤 되면 다 잊어버릴 거야. 어쨌든, 요구르트 촬영은 걱정할 거 하나 없어. 이제 하자, 우리 딸. 이 아름다운 햇살이 사라지기 전에."

엄마가 다시 휴대폰으로 고개를 돌렸다. 나는 애원하는 표정으로 아빠를 바라봤지만, 아빠는 수염이 까칠한 입으로 내 뺨에 뽀뽀를 할 뿐이었다.

"우린 네가 너무 자랑스러워. 그런데 지금 아침 햇살이 사라지고 있잖니. 서두르자. 엄마랑 아빠한테 하고 싶은 얘기는 나중에 다 해도 괜찮아. 음모든 뭐든 다 말해!"

아빠의 말은 사실이 아니었다. 난 부모님께 뭐든지 말할 수는 없다. 유튜브 방송을 어떻게 생각하는지 솔직히 말하려고 할 때마다 상황을 불가능하게 만들었기 때문이다.

새 학기가 시작되기 전 일요일에, 나는 체조 대회에 참가하는 할리랑 만나기로 되어 있었다. 우리는 4학년 때부터 베프였고 뭐든 함께였다. 할리의 엄마인 로즈 아주머니가 우리 머리를 같이 땋아 주기도 했다. 문제는 엄마가 허락도 없이 그 사진을 '에바에 관한 모든 것'인 스타그램에 올리면서 시작되었다. 아주머니는 사진을 내려 달라고 했다. 6학년이 되자, 연습 시간이 촬영 일정과 부딪치는 바람에 난 체조를 그만두어야 했다. 그렇게 속상하지는 않았다. 대회 때면 종종 긴장했고, 그러다 망치곤 했으니까. 하지만 할리와 함께 체조하던 때가 그립다. 요즘 할리는 체조 이야기를 가비 갤러니와 공유하고, 난 옆에서 지켜볼 뿐이다.

그날 할리는 대회장에 일찍 오면 앞줄 좌석을 받을 수 있다고 했다. 하지만 엄마는 '최소한 후반부'는 볼 수 있는 시간에 돌아올 거라고 약속하며 동네에서 30분 거리에 있는 클레베돈 홀로 마지막 촬영을 예약했다.

엄마와 나는 '예쁘고 자랑스러워'라고 적힌 똑같은 티셔츠를 입었다. 촬영은 나쁘지 않았다. 사람들은 나를 영화 주인공처럼 대해 줬다. 물론 자기 엄마랑 정확히 똑같은 옷을 입은 주인공이었지만. 머리에 거대한 활 장식을 얹고 엄마와 오후 홍차를 마시는 척하며 촬영을 마치고 나자 사진작가가 엄마에게 사진을 보여 주었다. 내 머릿속은 온통 할리가 사람들 속에서 나를 찾아 헤매고, 그러다 내가 있어야 할 빈 좌석을 발견할 거라는 생각뿐이었다.

월요일에 학교에서 만난 할리는 괜찮다고 했다. 하지만 나 때문에 짜증이 좀 났다는 걸 알 수 있었다. 왜냐하면 내가 교실에 들어가자 알피가 '대—왕 머리!'라고 소리치는데도 할리가 아무런 대꾸를 하지 않았기 때문이다.

나는 자리에 앉아 '에바에 관한 모든 것' 인스타그램을 훑어보았다. 좋은 댓글이 많이 달려 있었다. 하지만 이내 '못생기고 멍청한 거겠지'라는 댓글이 눈에 들어왔고, 나는 곧바로 휴대폰을 주머니에 집어넣었다. 왜 읽었는지 모르겠다. 엄마랑 아빠가 댓글을 읽지 말라고 했는데. 하지만 그건 가려운 곳을 긁지 않으려고 애쓰는 것과 같다. 사람들이 나에 관해 뭐라고 말하는지, 비록 기분이 나빠질지라도 난 알고 싶었다.

알피는 그날 나한테 '대—왕 머리!'라고 백 번은 소리쳤다. 7학년 세계채식주의자의 날에 부모님이 나한테 거대한 아보카도 의상을 입혔을 때만큼이나 기분이 나빴다. 그 주에 내 소셜미디어에 올라온 아보카도 이모티콘을 전부 출력하면 내 방 전체를 도배할 수 있을 것이다.

엄마한테 알피 이야기를 수없이 했지만 엄마는 항상 이렇게 말한다.

"무시해, 우리 딸. 걘 그냥 네가 받는 관심이 너무 부러워서 그러는 거니까!"

그러고는 메시지에 답장을 보내는 일로 돌아간다. 대체로 '에바에 관한 모든 것'이 내가 삶에서 겪는 문제보다 우선순위에 있다.

내가 무슨 말을 해도, 부모님은 '에바에 관한 모든 것'이 나한테는 재앙임을 인식하지 못하는 것 같다. 두 분은 내가 더 이상 어린아이가 아니며, 진짜 세상에서도 삶을 살아야 한다는 걸 잊어버리는 나쁜 습관이 있다. 내 삶의 CEO가 내가 아니라는 사실은 진작 알았다. 하지만 이제는 내 삶을 되찾아 올 방법을 알아내야 한다.

오싹오싹 캐빈

'예쁘고 자랑스러워'를 촬영한 다음 주 토요일 오후, 난 미스 피지와 소파에 늘어져 있었다. 밖에는 비가 내리는데 원인 모를 복통에 시달리는 중이었다. 그래서 제이콥 선생님이 나눠 준 물리학 시험 자료를 복습하는 대신 〈뱀파이어 다이어리〉의 지난 에피소드를 보며 공책에 빗방울을 끄적거렸다. 아이작 뉴턴을 인터넷에 검색해 보았지만 결과 페이지가 너무 많이 나와 어느 것 하나 제대로 읽을 수가 없었다. 제이콥 선생님이 뉴턴의 이론을 그렇게나 좋아했다면 보나마나 상당히 지루한 내용일 게 뻔했다.

나는 문자로 할리에게 물리학 시험공부를 시작했냐고 물었다.

너 아직 시작도 안 했다는 거야? 에바! 월요일이 시험이야!

할리가 '브라이트 스파크'라는 공부 사이트 링크를 보내 주었다.

고마워!

답장을 보낸 뒤에도 배는 여전히 아팠고, 엄마가 곳곳에 놓아둔 신제품 디퓨저 향 때문에 머리가 지끈거리기까지 했다. 할리에게서 다시 메시지가 왔다.

밀크셰이크 마실래? 나 방금 숙제 끝냈어. 네 공부 도와줄까?

가비가 할리와 같이 있는지 궁금했다. 가비의 친구 카자가 7학년 말에 전학 간 뒤로 가비는 줄곧 할리 옆에 껌딱지처럼 붙어 있었다. 심지어 윌슨 선생님께 자기 이름을 학생회 대기자 명단에 올려 줄 수 있는지 물어보기도 했다. 할리가 학생회에 있다는 이유만으로 그랬다. 나는 가비가 나를 밀어내려 한다는 걸 알았지만 할리는 아니었다. 할리는 우리 셋이 함께 어울릴 수 있다고 생각했다. 가비가 그렇게 성가시게 굴지 않았으면 가능했을지도 모를 일이다.

시계를 보니 자전거를 타러 나간 아빠가 곧 돌아올 시간이었다.

"엄마, 할리 만나서 밀크셰이크 마시고 와도 돼? 할리 공책이 필요한데……."

엄마를 완전히 넘어가게 할 과학적인 말이 필요했다.

"……pH 척도 때문에."

엄마가 비 내리는 밖을 내다보며 얼굴을 찌푸렸다.

"음…… 할리가 필기를 이메일로 보내 주면 안 될까? 지난주에 엄마가 보여 준 수납 용품 있잖아. 그걸로 같이 옷장을 정리했으면 하거든. 일요일 브이로그로 말이야."

"하지만 시험이 월요일인데."

엄마가 코로 한숨을 내쉬었다.

"언제든 할리가 여기로 와서 우리랑 같이 촬영해도 돼! 그럼 나중에 복습할 수 있잖아."

"로즈 아주머니가 할리 못 나오게 하는 거 엄마도 알잖아."

엄마가 어깨를 으쓱하고는 어깨 위의 보풀을 툭툭 털어 냈다.

"지금쯤이면 로즈의 마음이 바뀌었을 줄 알았지."

할리의 엄마는 아동 심리학자다. 그리고 우리 채널이 나한테 심리적으로 해롭다고 생각한다. 지난여름에는, 심리적인 문제로 이야기를 나누고 싶으면 연락하라면서 근사한 글씨체로 이메일 주소와 전화번호가 적힌 명함을 주었다. 엄마는 그 일 때문에 좀 언짢아했다. 그 후로 할리는 우리 집에 자주 오지 않게 되었다. 아주머니는 할리가 나처럼 '공개적인 시험대'에 노출되기를 바라지 않기 때문이다. 내가 유튜브 채널을 위해 멍청한 짓을 하며 매여 있는 동안, 할리는 가비와 더 많이 어울렸다. 엄마와 아빠가 새로운 협찬을 받으면서 상황은 더 나빠졌다. 나는 현실의 모든 걸 놓치기 시작했다.

"엄마, 제발!"

나는 애원했다. 할리와 밀크셰이크를 마실 기회를 놓치고 싶지 않았다. 만약 가비가 들러붙지 않는다면 더더욱 놓칠 수 없었다.

"이번에도 시험에서 낙제하면 제이콥 선생님이 방과 후에 남는 벌을 주실 거고."

엄마는 아무런 반응이 없었다.

"새로 생긴 크레이프 가게에 갈 수도 있어. 거기서 사진 좀 찍어 왔으면 하지 않았어?"

엄마가 갑자기 흥미를 보였다.

"아, 크레이프 캐빈! 네가 가는 중이라고 연락해 놓을게. 큰 우산 가져가. 비 맞으면 머리 납작해지니까."

난 가볍게 한숨을 쉬었다. 엄마가 내 머리에 집착하는 게 지겨웠다. 크리스마스를 앞두고 머리를 짧게 자르려 했을 때에도 마찬가지였다. '칙칙하고 생기 없는 모발을 재생하고 윤기를 불어 넣는!' 헤어 마스크 협찬사의 게시물을 올리기로 했기 때문이다. 이 상황을 내 머리카락에 대한 모욕으로 받아들이지 않으려고 노력 중이다.

할리에게 '오싹오싹 캐빈'에서 만나자는 메시지를 보내고 운동화에 발을 집어넣었다. 학교 애들은 크레이프 캐빈을 오싹오싹 캐빈이라고 부른다.

"에바! 잠깐 기다려. 그렇게 나가면 안 돼."

나는 눈알을 데구루루 굴렸다. 베프를 만나 밀크셰이크를 마실 때조차 옷을 갈아입어야 한다니. 엄마는 위층으로 올라가 새 잠바를 꺼내고 내 머리를 다시 만져 주었다. 턱에 컨실러가 톡톡 찍히는 동안 잠바를 내려다보았다. 엄청나게 큰 글자로 SRSLY?^{seriously의 약자. '진심이야?'라는 뜻}라고 적혀 있었다. 나는 거울 속의 엄마에게 물었다.

"진심이야?"

"엄청 웃기지?"

엄마는 이마에 입을 맞춘 다음 입술을 삐쭉 내밀고 씰룩거리더니 내 머리카락 한 가닥을 다시 다듬어서 눈앞에 늘어뜨려 놓았다.

"사진 찍을 때 그 잠바 입고 있어. 알았지?"

난 고개를 끄덕였다. 그리고 엄마가 안 볼 때 그 머리카락을 귀 뒤로 쓸어 넘겼다.

오싹오싹 캐빈에 도착할 무렵, 운동화는 비에 흠뻑 젖었고 배는 여전히 콕콕 쑤셨다. 실내에는 전구 백여 개가 천장에 매달려 있었는데, 습기가 잔뜩 낀 유리창 너머로 동그란 스툴에 혼자 앉아 있는 할리가 보였다. 할리가 나를 보고 손을 흔들었다. 가비가 없다! 나는 곧바로 마음이 놓였다.

"세상에나, 이것 좀 봐!"

할리가 스툴에서 빙그르르 몸을 돌리며 메뉴판을 내밀었다. 후드 밑에 체조용 레오타드를 입은 할리의 구릿빛 두 뺨이 따뜻하게 빛나고 있었다. 후드 뒷면에는 할리의 이름이 대문자로 적혀 있다. 내 후드도 서랍장 어딘가에 있을 텐데, 언젠가는 다시 훈련에 복귀할 수 있지 않을까? 하지만 너무 오래되어 맞지 않을 것이다.

내 삶의 일반적인 법칙은, 내가 모든 일에 형편없다는 거다. 엄마는 사람들이 나한테 공감하는 이유가 바로 그거라고 했다. 덕분에, 매사에 실패하는 지금 내 모습은 부모님이 만든 브랜드의 중요한 부분이 되었다.

"팝콘에 향을 넣었대! 나 요즘 할라페뇨 맛에 완전 빠져 있는데."

할리의 말에 콧잔등이 찌푸려졌다.

"진짜 이상할 것 같아!"

"에바!"

뒤에서 어떤 남자가 내 이름을 불렀다. 양쪽 귀 뒤에 펜을 꽂고 크레이프 캐빈이라고 적힌 앞치마를 입은 사람이었다.

"난 존이야. 와 줘서 너무너무 고마워!"

처음엔 그렇게 오싹오싹해 보이지 않았다. 하지만 존이 미소를 짓자 아랫입술 위로 송곳니가 불쑥 튀어나왔다. 꼭 독니처럼 보였다.

"먹고 싶은 건 뭐든지 주문해. 공짜야!"

할리가 작게 허걱 소리를 냈는데 나는 순간 코웃음을 치고 말았다.

"우리 가게의 시그니처 크레이프 사진을 찍어 주면 정말 고마울 것같아. 복숭아와 바닐라빈을 얹은 아이스크림이 맛있거든?"

"끝내준다!"

할리가 눈을 반짝였다.

"고맙습니다. 밀크셰이크랑 할라페뇨 팝콘도 먹어 볼 수 있을까요?"

"당연하지! 경고하는데, 좀 매울 거야!"

존은 눈썹을 두 번 치켜올린 뒤 메뉴판을 들고 직원 전용 문으로들어갔다. 할리가 두 팔을 쭉 펴서 등 뒤로 맞잡았다.

"진짜 대박이다! 전부 공짜래."

할리의 말에 나는 미소를 지었다. 하지만 가끔, 모든 공짜에도 다른형태의 가격이 매겨진 것처럼 느껴지기도 했다.

"솔직히."

할리가 내 속마음을 다 안다는 듯 나를 곁눈질하며 말을 이었다.

"너 지금 '에바에 관한 모든 것'을 불평하기만 해 봐. 크레이프로 네 뺨을 후려쳐 줄 테니까."

난 웃음을 터뜨렸다. 그러자 배가 더 쑤시고 아팠다. 한번은 할리가 다른 사람들이 나처럼 살기 위해서는 정말 열심히 일해야 한다고 말했다. 난 모든 걸 다 가졌는데, 그걸 얻기 위해 내가 한 건 세상에 태어나기 말고는 없다면서 말이다. 그래서 내 뱃속에 자리 잡은 유튜브 채널에 대한 두려움, 아빠가 만든 감자 수프처럼 탁하고 꾸덕꾸덕한 두려움을 할리에게는 말하지 않았다.

어쨌든, 오싹오싹 존이 음식을 갖다주자 채널에 괜찮은 면이 있다는 할리 말도 맞다는 생각이 들었다. 나는 이리저리 구도를 맞춰 크레이프와 SRSLY 잠바를 한 컷에 담은 뒤, 사진을 엄마한테 보냈다. 할리가 스툴에 앉아 빙그르르 돌며 환한 웃음을 짓는 모습은 영상으로 찍어 틱톡에 올렸다. 그러고는 화면을 내려 내가 알고 있는 이름들의 팔로워를 승인하고 모르는 이름들은 삭제했다. 나는 계정을 전부 비공개로 유지한다. 우리 부모님의 팔로워들에게 내 실생활을 보여 주고 싶지 않기 때문이다.

"그러니까, 이게 네 물리학 필기야?"

할리가 내 공책을 집어 들며 물었다.

"아, 그럴 뻔했지."

나는 손가락에 묻은 소스를 빨아 먹었다.

"대신 낙서로 채웠어."

"내 걸 가져오길 잘했다. 그치?"

할리가 가방에서 색지 카드 한 뭉치를 꺼냈다.

"주제별로 정리되어 있어. 수십 년 걸린 거니까 순서 헝클지 마. 엄마가 나중에 그걸로 나 시험 보거든."

나는 고개를 끄덕였다. 그때 휴대폰에서 가비의 댓글이 깜박였다.

너 지금 할리랑 어디 있어?

나는 할리가 보지 못하게 휴대폰을 뒤집어 놓았다. 내가 할리와 단둘이 어울리는 건 백만 년 만인데, 이 장면에 가비가 등장하게 하고 싶지 않았다. 할리가 숟가락을 입에 물고 내 공책을 휙휙 넘겼다.

"네 낙서 진심 끝내준다, 에바. 윌슨 선생님한테 보여 드려야 해."

할리는 팝콘을 한 움큼 입에 집어넣었다.

"어쩌면."

나는 창밖에서 비를 피하려는 사람들을 바라보았다. '어쩌면' 미술은 내가 조금이라도 잘하는 유일한 과목이지만, 또 '어쩌면' 다른 사람들이 알게 하고 싶지 않기 때문이다. 워터파크나 체조, 혹은 내가 좋아하지 않는 아보카도처럼 소셜미디어가 또 망쳐 버릴지도 모른다.

"세상에, 한번 먹어 봐."

할리가 팝콘을 또 한 움큼 쥐며 말했다. 나는 한 알을 집어 입에 넣었다. 세상에! 불을 씹는 것 같았다! 내가 기침을 하고 밀크셰이크를 벌컥벌컥 삼키는 동안 할리가 웃으며 내 등을 두드렸지만 배가 아픈 데는 별 도움이 되지 않았다. 밀크셰이크를 절반 정도 들이키고 나서야 내가 말했다.

"나 지금 헛바닥에 3도 화상 입었어!"

"미안. 네가 매운 거에 약한 걸 깜빡했어! 맞다! 너 우리 집에서 매운 고추 소스를 토마토케첩으로 착각했던 일 기억나?"

"기억나냐고? 입에 아직도 흉터가 남아 있거든! 나 화장실 갔다 올게. 그 아이스크림 다 먹지 마, 알았지? 내 목구멍 불 끄려면 필요하니까."

할리의 웃음소리는 내가 화장실 칸 안으로 들어갈 때까지 들렸다.

그제야 내 속옷이 보였다. 처음에는 정확히 몰랐다. 보통 혈액과 별반 다르지 않으리라 생각했기 때문이다. 그런데 이건 갈색빛이 도는 붉은색으로, 할머니가 여름에 신는 버켄스탁색과 비슷했다. 그래서 상황을 완전히 이해하는 데 시간이 좀 걸렸다. 생리가 시작됐구나.

정확히 뭘 해야 할지 몰라서 변기에 잠시 앉아 있었다. 안도와 두려움이 섞인 이상한 기분이 들었다. 내가 우리 반에서 꼴찌로 초경을 시작한 게 아니라 다행이었다. PSHE^{인성, 건강, 경제 등을 포함하는 영국 학교의 인생 수업} 시간에 윌슨 선생님이 '사춘기는 시합이 아니에요!'라고 했지만 어른들이 하는 대부분의 말처럼, 현실은 그렇지 않기 때문이다. 학교에서 시작하지 않은 것도 참 다행이었다. 수지 그린우드는 7학년 첫 주 독일어 수업 시간에 초경을 시작했는데, 전교생이 그 사실을 알아 버리자 점심시간에 울음을 터뜨리고 말았다.

할리에게 문자를 보냈다.

비상! 화장실로 와 줘!

휴지를 둘둘 말아 속옷에 집어넣고 청바지를 다시 끌어 올렸다. 약간 불룩해진 것 같았다. 부디 아무도 못 알아차리길. 곧 문이 벌컥 열리고 할리가 소리쳤다.

"에바? 괜찮니? 어디 아파?"

나는 화장실 문을 열고 밖에 아무도 없는지 확인했다.

"나 생리 시작했어."

"어머 세상에! 드디어!"

할리가 나를 너무 세게 끌어안는 바람에 두 발이 바닥에서 들릴 뻔했다. 할리는 생리를 6학년 때 시작했는데, 그때부터 나도 생리를 기다려 왔다. 할리가 생리를 시작할 때는 엘리엇 선생님 교실에서 내가 함께 있었고, 지금은 할리가 나와 함께 있다. 할리네 집 뒷마당에 나뭇가지와 침대보로 비밀 아지트를 만들던 때 같았다. 다른 친구들은 아무도 없고, 나를 지켜보는 카메라도 없고, 팔로워도 없는 지금. 굉장히 근사한 기분이었다.

초경 파티

집에 도착하자마자 위층으로 후다닥 올라갔다. 욕실 서랍장에는 협찬받은 용품이 이것저것 많았지만 정말이지 지금의 비상 사태를 해결할 수 있는 건 아무것도 없었다.

"엄마!"

엄마를 부르자 아빠가 위층으로 올라오는 소리가 들렸다.

"괜찮니, 에바? 젠은 통화 중이야."

아빠는 항상 엄마를 '젠'이라고 부른다. 젠이 엄마 이름이긴 하지만 그건 두 분이 채널에서 하는 행동이고, 난 솔직히 별로다.

"뭐 필요한 거 있어?"

잠긴 문 뒤에 있는데도 얼굴이 달아올랐다. '생리'와 '아빠'라는 두 단어는 같은 문장 안에 공존할 수 없다.

"엄마 도움이 필요해. 비상이라서."

아빠가 한숨을 내쉬며 뭐라고 중얼거리더니 아래층으로 갔다.

몇 분 후에 엄마 목소리가 문밖에서 들려왔다.

"괜찮아, 우리 딸? 무슨 일 있니?"

나는 잠금을 풀고 천천히 문을 열면서, 카메라를 든 아빠가 빨래 바구니 뒤에 숨어 있는지 확인했다. 세상 사람들은 우리 부모님이 어떤 사람인지 절대 모를 거다.

"엄마, 나 생리 시작했어."

"어머나 세상에!"

엄마는 숨이 막힐 정도로 나를 꽉 끌어안았다.

"에바! 정말 대단하다!"

"쉿! 아빠가 들을라!"

마침내 나를 놓아준 엄마 눈에는 눈물이 그렁그렁했다.

"엄마…… 진짜 울어?"

"아, 바보 같지! 나도 알아!"

엄마는 코를 한번 훌쩍이고는 협찬 티슈로 눈을 닦았다.

"별일 없어?"

아빠가 밖에서 소리쳤다.

"아무 말도 하지 마."

내가 정색을 했다.

"아유, 에바. 바보같이 굴지 마. 네 아빠야! 아빠도 축하해 주고 싶을 거야!"

"축하라니? 난 아무한테도 말하기 싫어. 그냥 그게 좀 필요할 뿐이야, 엄마. 음…… 제품 말이야."

엄마가 내 손을 꼭 쥐었다.

"여기서 딱 기다려."

잠깐 사라졌던 엄마는 한 손에 커다란 빨간 상자를, 다른 한 손에 카메라를 들고 돌아왔다.

"자, 이건 엄마가 그동안 갖고 있던 거야. 이제 이 말을 해야겠다. 네가 너무 자랑스럽다, 에바."

"촬영 좀 그만하면 안 돼?"

엄마는 카메라를 내렸지만 치우지는 않았다.

"내 말은, 엄마. 찍지 말라고!"

"에바!"

엄마가 우스꽝스러운 목소리로 말을 이었다.

"이건 굉장히 중요한 이정표야! 너 실은 우리 구독자들한테 살짝 보여 주고 싶어 하는 거, 엄만 다 알아."

"절대 아니야."

나는 상자를 옆으로 치우고 팔짱을 끼었다.

"좋아."

엄마가 한숨을 쉬며 카메라를 내려놓았다. 그리고 상자를 내 쪽으로 다시 밀었다.

"이제 열어 보시죠."

상자 안에는 위생용품, 탐폰, 온수 팩, 눈 마스크, 초대형 초코바, 반짝이 유니콘이 그려진 속옷, 휴지, 곰 인형 등이 들어 있었다. 심지어 《난소가 행동하게 하지 마세요! ― 초경에서 살아남는 법》이라는 책도 있었다.

"이건······."

"엄마도 알아! 너 지금 완전 당황스러울 거야! 하지만 이건 엄마한 테 굉장한 사건이야, 에바. 난 평생 아기도 못 낳을 줄 알았는데, 지 금은 봐."

엄마가 다시 티슈로 눈을 꾹꾹 눌렀다.

"네가 이렇게 컸다니."

나는 팔을 뻗어 엄마를 안았다.

"정말 근사해, 엄마. 고마워."

그때 내가 뭘 잘못 눌렀는지, 갑자기 색종이 폭죽이 터지면서 수백 만 개의 조그만 은색 탐폰 종이들이 온 사방으로 돌진했다. 엄마와 나는 깜짝 놀라 펄쩍 뛰었다.

"저걸 깜빡했네! 특별히 만든 건데."

엄마가 웃으면서 내 머리에서 색종이 조각들을 골라냈다.

"내일은 제대로 축하해 줄게!"

"이게 축하 파티인 줄 알았는데."

"에바! 욕실에서 색종이 폭죽을 터뜨리는 걸로는 안 되지. 더 멋진 게 있어."

엄마는 내 이마에 입을 맞추고, 엄마 입술에 달라붙은 색종이 조 각을 떼어 냈다.

다음 날 아침, 나는 느지막이 일어났다. 집이 이상할 정도로 조용했다. 침대에 앉아 휴대폰을 열어 보니, 할리에게서 메시지 세 개가 와 있었다.

너 괜찮지? 우리 할머니표 라임 쿠키 만들고 있어. 내일 학교에서 너의 그날을 축하해 줄게! 엄마한테는 도서관 판매용 쿠키라고 말했어.

손에 나무 수저를 들고 얼굴에는 커다란 미소를 짓고 있는 할리의 사진이 나타났다. 나는 답장을 보냈다.

우아, 정말 맛있겠다! 고마워 ♥

그때, 방문을 두드리는 소리와 함께 엄마 얼굴이 쓱 나타났다.

"기분 어때, 우리 딸?"

나는 하품을 하고 눈을 문질렀다.

"아유, 그렇게 문지르지 마. 피부 긁혀."

엄마가 커튼을 열자 햇살에 눈이 찡그려졌다.

"아빠는 온종일 자전거 타고 오라고 내보냈어. 그러니까 오늘 하루는 우리 여자들끼리만 보내자!"

눈알을 굴리지 않으려고 힘을 꽉 줬더니 눈이 시큰거렸다.

"아래층 볼 때까지 기다려!"

엄마는 내 옷장을 열고 뭐가 있는지 확인하더니, 티셔츠와 멜빵 치마를 꺼내 침대에 올려놓았다. 그러고는 내 폐의 산소가 다 빠져나갈 때까지 나를 꽉 안아 주었다.

"너무 신나는 거 있지!"

"엄마, 그냥 생리야."

나는 몸을 비틀어 뺐다.

"왜 그래! 생리 파티는 평생 딱 한 번만 해 줄 수 있는 건데."

"생리 파티? 엄마, 설마 누구 초대한 건 아니지?"

"바보 같은 소리 하지 마! 아무도 초대 안 했어."

"그럼 됐어. 특히 스퍼드한테는 한 마디도 하면 안 돼."

스퍼드는 우리 집의 영원한 이웃사촌이다. 두 집의 뒷마당 울타리에 작은 틈이 있어서 그 사이로 지나다닐 수 있다. 사실 스퍼드의 진짜 이름은 이완이지만 나를 포함해 모두에게 스퍼드로 통한다. 엄마 말에 따르면, 우리가 어렸을 때는 나중에 결혼해서 아기를 백 명 낳을 거라고 했다나. 지금의 나는 그런 일이 절대 일어나지 않을 이유를 백 가지는 댈 수 있다. 첫 번째 이유는 물론 우리 집 고양이 문에 스퍼드의 머리가 낀 사건이 될 테고 말이다.

"걱정하지 마. 우리 둘이랑 넷플릭스뿐이니까. 영화 몰아 보기 없는 생리 파티는 말이 안 되거든."

그때, 내 책상 위에 아빠 손글씨가 적힌 포스트잇이 보였다.

'오늘 물리 시험공부하기!'

끙 소리가 절로 나왔다.

"나 시험공부 해야 돼."

메모를 읽은 엄마가 한숨을 쉬더니 포스트잇을 쓰레기통에 던졌다.

"에바, 물리 시험은 또 있어. 초경은 딱 한 번이고. 더구나 너 어제 할리랑 공부했잖아. 뭘 넘치게 준비하려고 그래?"

할리가 준 공부 카드에 눈길도 안 줬다는 말은 입도 뻥긋 안 했다.

"이제 준비해. 인생에는 물리보다 훨씬 중요한 일들이 있으니까."

엄마는 방문을 닫고 나갔다. 엄마가 방금 한 말을 종이에 적어서 내일 제이콥 선생님께 전해 줄 수 있을까?

나는 엄마가 고른 옷을 다시 옷장에 넣고 레깅스와 후드를 꺼내 입었다. 생리대를 착용하니 느낌이 이상했다. 이걸 아무도 눈치채지 못하게 하면서 과연 3일에서 8일을 견딜 수 있을지 모르겠다.

아래층에서는 음악이 나오고, 주방 메모판에는 엄마 손글씨가 적혀 있었다.

'초경 축하해, 에바!'

엄마가 뭘 하고 있는지 깨닫는 데 3초쯤 걸렸다. 빨간 헬륨 풍선 한 묶음이 식탁 위에 둥둥 떠 있고, 빨간 솜방울들과 장식용 꼬마전구들이 벽에 쭉 매달려 있었다. 나는 계단 맨 아래에 서서 팔짱을 꼈다.

"고마워할 필요 없어. 넌 그럴 자격이 있으니까!"

엄마가 카메라 뒤에서 환하게 웃었다. 그리고 색종이 폭죽을 터뜨려서 반짝이는 빨간 종잇조각들로 나를 샤워시켜 주었다. 나는 머리에 붙은 색종이 조각을 툭툭 털어 냈다.

"엄마, 이거 찍지 마."

"아, 에바, 이렇게 시작하지 말자. 준비하느라 얼마나 고생했는데 네가 이러면 안 되지."

"나 진지해, 엄마. '에바에 관한 모든 것'에 올릴 거면 방에 가서 물리 공부할 거야."

내가 실망한 이유는 사실 잘 모르겠다. 한번은, 내 열 번째 생일파티에 부모님이 열혈 구독자 모임인 '에바를 위하여'의 몇 분을 초대했다. 그러니까 '에바에 관한 모든 것' 10주년 파티였던 셈이다. 구독자를 초대했다는 사실을 알고 할머니는 화가 나서 안 오셨다. 할머니는 '인터넷 사람들' 중 누군가가 나를 납치하거나 무슨 짓을 저지를지 모른다고 생각하셨던 것 같다. 솔직히 손님 대부분은 무척 친절했다. 한 분이 직접 '에바 인형'을 뜨개질해서 가져왔고 또 어떤 분은 나에 관해 쓴 한 묶음의 시를 낭송하기도 했다. 하지만 그 후에는 부모님이 무슨 일에도 '에바를 위하여' 사람들을 초대하지 않았다.

"엄마는, 단지 오늘이 너한테 특별한 날이 됐으면 했어."

엄마는 카메라를 내려놓고 빨간 꼬마전구를 만지작거렸다.

나는 주방 구석구석을 한 바퀴 둘러보았다. 장식에 몇 시간은 족히 걸렸을 것이다. 공기 주입식 자궁 모형은 또 어디서 이렇게 급하게 가져온 건지.

"정말 맘에 들어, 엄마. 난 단지 채널에 올리는 게 싫은 거야, 알았지?"

엄마가 빙그레 웃었다.

"알았어. 이해해."

엄마가 나를 끌어안으며 고개를 끄덕였다. 그때 구석에 커다란 종이 상자가 보였다.

"설마 아빠가 저기 숨어 있는 건 아니지?"

"하! 무슨 소리야. 구독자 50만 명 달성 이벤트 때문에 풍선이랑 물건 몇 가지 주문한 거야. 뭐, 정확히는 이제 겨우 40만 명이긴 한데. 하지만 이런 건 미리 준비하는 게 최고거든. 구독자가 매일매일 늘어나고 있으니까."

가슴이 바람 빠진 풍선처럼 납작해졌다. 수천 명 넘는 사람들이 매일 나를 지켜보고 있다는 게 무슨 축하할 일이람.

한 시간 뒤, 레드베리 스무디를 마시며 프로젝터 스크린으로 영화를 보고 있는데 엄마가 내 머리카락을 만지작거리기 시작했다.

"얼마 전에 엄마가 팟캐스트를 들었는데, 생리가 대단한 비밀 같은 게 되면 안 된다는 거야. 너도 알지? 생리 파티가 큰 유행이 됐는데, 왜냐하면 여자아이들은 반드시……."

"아니, 나 생리 브이로그 안 찍어."

나는 화면에서 눈도 떼지 않고 대답했다. 엄마는 잠시 조용히 있다가 다시 말을 꺼냈다.

"그냥 이야기하는 거야. 창피하거나 그럴 일이 전혀 아니라고."

"엄마, 내가 이미 말했잖아. 내 생리에 관해서는 채널에 아무것도 올리지 말라고. 알았지? 만약 학교에 알려지면 난 진짜 죽어 버릴 거야."

엄마가 나를 쳐다봤다.

"그냥……. 엄마는 우리한테 여학생이나 여성의 몸에 관한 관점을 바꿀 기회가 있다고 생각해서 그래. 우리가 이용할 수 있는 이렇게 큰 플랫폼이 있는데."

"난 플랫폼에 내 생리 얘기하는 거 싫어!"

스무디를 탁 내려놓자 끈적끈적한 빨간 음료수 몇 방울이 탁자에 떨어졌다.

"알았어, 알았어. 그럼 나중에 라스한테 보여 줄 사진 몇 장만 찍을게. 자기는 초대받지 못했다고 약간 맘 상했어."

"아빠한테 말했구나?"

"초경은 성장의 자연스러운 한 부분이야, 에바. 창피한 일이 전혀 아니라고."

이런 일에 당황하는 평범한 부모님이 있었으면 좋겠다.

"엄마는 지금까지 30년도 넘게 생리하고 있어. 아빠는 생리에 익숙한 것 그 이상이고."

"웩."

"에바, 중요한 건 생리가 역겨운 일이 아니라는 거야. 우린 사람들한테 보여 줄 수 있어. 생리가……."

"생리가 뭔지는 나도 알아, 엄마! 엄마 구독자들이 내 생리에 댓글 다는 게 싫단 말이야."

내가 팔짱을 끼고 머리를 흔들자 엄마는 음료수를 억지로 내 손에 쥐어 주었다.

"미안해."

엄마가 내 몸에 팔을 둘렀다.

"채널 얘기는 잊어버려. 케이크 먹고 축하하며 즐기자."

엄마가 유리잔을 들어 올리며 '건배'라고 했다. 나는 마지못해 잔을 들고 엄마 컵에 살짝 부딪쳤다.

"여자가 된 걸 환영해, 우리 딸. 그리고 약속하는데, 이 모든 건 널 위해서야."

엄마는 음료수를 한 모금 마시고 손가락으로 내 머리카락을 쭉쭉 빗어 내렸다.

"생리 주기 어플이나 탐폰 브랜드에서 협찬받을 수 있으면 더할 나위 없는데."

나는 엄마를 노려보았다.

"진정해, 농담이야!"

엄마가 나를 안아 주자 내 머리카락 사이로 엄마의 따뜻한 숨결이 느껴졌다.

"우리 꼬맹이 에바가 다 컸다니."

이 모든 일이 있고 난 후에도, 설마 엄마가 약속을 깨리라는 생각은 하지 못했다. 나는 빨간 초의 불을 끄고, 케이크를 먹고, 엄마가 준 선물을 풀었다. 자궁 모양 스티커를 얼굴에 붙이기까지 했다. 초경 축하해, 에바. 이제 네 인생 최악의 하루를 준비하도록 해.

스피드

다음 날 아침, 나는 생리대를 착용하고 만약을 대비해 생리 팬티도 입었다. 여전히 심각하게 다른 사람의 시선이 신경 쓰였던 터라, 방에서 거울에 비친 내 모습을 백만 번쯤 보고 아래층 베란다 문에서도 다시 한번 확인했다. 우리 학교가 주름치마를 입게 한 것에 생전 처음으로 감사한 마음이 들었다. 그러고는 가방에서 조용히 수첩을 꺼내 과제를 확인했다.

"에바!"

아빠가 스무디를 마시다가 손을 닦고 카메라를 집어 들었다.

"숙제를 확인하기에 월요일 아침은 조금 늦은 거 아닐까용? 숙제할 시간이 주말 내내 있었잖아!"

"아빠, 주말은 학교에서 벗어나 쉬라고 있는 거야."

나는 이렇게 대답하고 정확히 0.5초 동안 미소 지었다. 아빠가 카메라를 자기 쪽으로 돌리고 인상을 찌푸렸다.

"들으셨어요? 에바는 주말에 쉬어야 한다고 생각한대요!"

그러고는 아빠가 학교 다닐 때는 얼마나 열심히 공부했는지 혼잣말을 시작했다. 나는 듣지 않는 척하면서 수첩을 휙휙 넘겼다. 역사 숙제를 완전히 잊고 있었구나.

"그럼, 아빠. 영국 내전이 일어난 복합적인 원인을 설명해 줄 수 있어? 그러니까, 짧게?"

나는 또 한 번 가짜 미소를 지었다. 아빠는 카메라에다 과장된 한숨을 내쉬고는 태블릿을 건네주었다.

"누구 이런 아이 키우는 분 또 있나요? 댓글로 알려 주세요!"

"어제 엄마는 이렇게 말했는데? 인생에는 학교 공부보다 훨씬 더 중요한 일들이 있다."

스무디가 목에 걸렸는지 아빠가 캑캑거렸다.

과제 내용인 찰스왕 1세의 검색 페이지는 역대급으로 길었다. 이렇게 유명한 사람을 알아 오게 하다니 역시 피터스 선생님이셔. 나는 몇 분 동안 화면을 올렸다 내렸다 하면서 복사해서 붙이기 좋은 부분을 이리저리 찾아보았다. 그때 익숙한 노크 소리와 함께 현관문이 활짝 열렸다.

"안녕, 스퍼드."

쳐다볼 필요도 없었다.

"너, 이 내전 어쩌구랑 악당 찰스 1세 이야기 알지?"

"분명 찰스 1세 입장에서는 좋은 결말이 아니었지. 근데, 너 역사 숙제를 지금 하는 거야?"

스퍼드가 문 옆에서 나를 기다리며 말했다.

"그런 셈이야."

나는 검색 결과 링크를 내 휴대폰에 보냈다.

"너희 둘 좋은 하루 보내라."

아빠가 문을 열어 주었다.

"나, 머리를 원두당 스타일로 자를까 생각 중인데."

내가 구두를 신는 동안 스퍼드가 말했다.

"어떻게 생각해? 엄마는 내 생각에 반대래."

"원두당이 뭔데?"

내 말에 스퍼드가 씩 웃었다.

"너 진짜 역사 숙제 안 했구나, 그치? 영국 내전 때 의회를 지지한 사람들이잖아."

스퍼드가 휴대폰에 있는 사진을 보여 주었다.

"스퍼드. 그냥 하는 말인데, 네가 피터스 선생님한테 배운 걸 근거로 요상한 복장을 하지 않으면 네 인생이 훨씬 더 쉬워질 거야."

"안녕, 스퍼드!"

엄마가 작업실 문을 열고 나오며 인사했다.

"필요한 거 다 챙겼지, 우리 딸?"

그러고는 내 머리에 입을 맞추었다. 뺨이 화끈거렸다. 우리 엄마는 그 자리에서 기꺼이 대용량 생리대 팩을 건네줄 사람이다.

"가자, 학교 늦기 싫어."

내가 재빠르게 말했다.

"집에 늦지 마, 에바. 학교 끝나면 곧바로 광고 촬영할 거야, 알았지? 어디서 어슬렁거리지 말고 와."

엄마는 내가 대답도 하기 전에 현관문을 닫았다.

"이제 다시는 그런 광고 안 하는 줄 알았는데."

언덕길을 오르며 스퍼드가 말했다.

스퍼드는 아보카도 의상의 실제 목격자 중 한 명이다. 심지어 나 대신 자기가 입겠다고 제안하기도 했었다. 자기는 이미 학교 친구들의 놀림을 받고 있으니 더 달라질 게 있겠냐고 했다. 그때 엄마는 동의하지 않았지만, 여전히 그 일은 스퍼드가 지구상에 존재하는 최고의 이웃이라는 사실을 증명한다.

"두 분이 어떤지 알잖아. 내 말은 안 들어줘. 어쨌든 이제 더는 채소 옷을 안 입힌다고 약속했으니까······."

"아보카도는 과일이야."

스퍼드가 씩 웃었다. 난 가볍게 스퍼드의 팔을 툭 쳤다.

"뭐가 됐든 나한테는 선택권이 없는 것 같아."

모퉁이에서 날 기다리고 있는 할리가 보였다. 스퍼드의 친구들은 길 건너편 가게 앞에 서 있었다. 나와 스퍼드 사이에 암묵적인 규칙이 있는데, 바로 학교에서는 함께 어울리지 않는다는 것이다. 정확히 언제부터 시작됐는지는 모르겠고 실제로 그러자고 이야기를 나눈 적도 없다. 하지만 언덕 꼭대기에 도착하는 순간 우리는 곧바로 찢어져 버린다.

"잘 들어. 네 친구 누구 하나라도 네가 원두당 헤어스타일에 빠졌
다는 사실을 알면 안 돼. 알았어?"

"알았어. 나중에 봐."

스퍼드는 찻길을 건너, 우리 학년 사이에서 몽땅 '덕후 공포증'으
로 불리는 친구 무리에 합류했다. 사실은 꽤 괜찮은 애들인데 평소
에 〈스타워즈〉 대사를 너무 많이 써먹는다. 스퍼드는 '덕후 공포증'
이라는 명칭이 엄밀히 말해 덕후를 두려워하는 사람들을 의미하니
까 적절하지 않다고 했지만, 애초에 그런 말을 하는 게 바로 덕후 공
포증으로 불리는 이유라는 것이 내 판단이다.

"미스 피지한테 원두당 커트를 해 볼지도 몰라!"

스퍼드가 길 건너편에서 소리쳤다.

"네까짓 게 감히, 스퍼드!"

심각한 표정을 지으려고 했지만 터지는 웃음을 참을 수 없었다. 스
퍼드가 다가갈 때마다 미스 피지가 하악질을 해 대는 게 사실이기 때
문이다. 스퍼드의 웃음소리가 차 소리를 뚫고 넘어오자 나는 또 한
번 웃음을 터뜨렸다. 그때 맞은편에서 건널목을 건너오는 가비가 보
였다. 난 얼굴에 미소를 유지하려고 애쓰며 모퉁이로 다가갔다.

"갓 구운 쿠키야!"

할리가 들고 있던 통을 열었다.

"어머, 할리. 너무 근사하다. 고마워."

가비가 우리 곁으로 다가왔다.

"스퍼드가 뭐라는 거야? 너 아직도 스퍼드랑 같이 등교하다니 믿을 수가 없어. 걔 너무 이상하지 않아?"

내가 뭐라고 대꾸하려는데 할리가 나를 쳐다봤다. 크리스마스 전에 나는 가비와 잘 지내기 위해 더 노력하겠다고 할리와 약속했다. 어떤 날은 그 약속을 지키기가 힘들었다.

"우아, 네가 구운 거야?"

가비는 내가 대화에 끼지 못하게 하려고 어깨로 비집고 들어왔다.

"응! 에바를……, 어……, 축하하려고."

할리가 나를 보며 어색한 미소를 지었다.

"미안. 사실 어젯밤에 가비한테 말했어."

"괜찮아."

하지만 속으로는 불쑥 화가 치밀었다. 아무한테도 얘기하지 말라고 부탁했는데, 가비 '무표정' 갤러니한테 말하다니. 게다가 나를 빼고 둘이서만 문자를 주고받았을 줄이야!

"아, 맞다. 너 생리한다며? 나도 시작했어. 그러니깐, 6학년 때."

가비는 자기가 무슨 생리의 여왕이나 되는 것처럼 거만하게 굴었다.

"체조할 때 생리하면 너무 짜증 나."

"맞아……. 어쩌면 나 오늘 오후 체육 시간에 빠질지도 몰라."

할리의 눈길을 피하며 내가 대답했다.

"안 될걸. 마셜 선생님은 루시 심슨이 어깨 탈구로 배구 시합 때 앉아 있겠다고 하는 것도 안 된다고 하셨거든."

"걔 그냥 근육통인 줄 알았는데."

"뭐가 됐든, 루시는 후반전 내내 울었어. 넌 우리처럼 운동을 좋아하지 않으니까 사실 이해 못 할 거야."

가비의 말을 받아치지 않으려고 입술을 깨물었다. 가비에게 짜증나지 않는 점을 찾기란 물리적으로 불가능하다. 가비는 내게 비웃음을 날린 뒤 할리와 팔짱을 끼었다. 난 인도 가장자리의 갓돌을 밟으며 걸어야 했다. 나와 할리는 여전히 공식적인 베프다. 하지만 가비가 주위에 있을 때면 언제나, 내가 그 자리에서 강등되는 기분이다. 마치 나와 할리를 함께 묶고 있던 접착제가 말라 버리는 것처럼.

조회 시간에 윌슨 선생님은 우리가 다음 달 8학년 조회를 주최해야 한다고 상기시켜 주었다.

"그리고 뽐내기 게시판에 붙일 걸 가져와야 할 사람이 아직 몇 명 남았어!"

그러면서 나를 향해 미소 지었다. '뽐내기 게시판'은 학기 초에 선생님이 시작한 것으로, 자신의 업적이 담긴 사진을 가져와 붙이는 곳이다. 할리는 이미 체조대회 메달, 학생회 배지 사진을 붙인 뒤 선생님의 칭찬 배지를 받았다. 가비의 이름 밑에는 체육관에서 할리와 함께한 사진이 있고 가비도 역시 칭찬 배지를 받았다. 사실은 예전 7학년 때 사진이었지만 선생님은 눈치채지 못한 것 같았다. 스피드는 스타워즈 광선검을 들고 있는 기니피그 사진을 포토샵으로 만들어 붙였다. 할리는 내 낙서 중 하나가 어떠냐고 했지만 뽐내기 게시판용으로는 너무 개인적인 것 같았다. 내심 윌슨 선생님이 미술상을 주셨으면 하고 기다렸지만, 선생님은 미술은 경쟁이 아니라면서 상을 주지 않았다. 그런 거다. 기적이 일어나지 않는 한, 그리고 내가 어느 날 갑자기 뿅 하고 뭔가를 잘하게 되지 않는 한, 게시판의 내 자리는 영원히 비어 있을 운명이다.

"이제 아무것도 안 붙인 사람은 너뿐이야, 에바. 분명 우리와 공유할 수 있는 멋진 사진이 무척 많을 텐데!"

"에바는 모든 걸 유튜브 채널에서 공유해요, 선생님."

"화면 캡처해서 출력하기만 하면 되잖아, 에바."

가비가 내게 비웃음을 던졌다.

"그건 우리 부모님 채널이야, 내 게 아니라."

내 말을 듣고 할리가 나를 쳐다봤다. 내가 틀렸다는 눈빛 같았다.

"좋아. 그래서, 우리 조회 시간 말인데!"

선생님이 손뼉을 짝짝 쳤다.

"너희 모두 주말 동안 조회를 위한 좋은 아이디어를 생각해 왔길 바랄게. 선생님이 부탁했지?"

가비가 손을 번쩍 들었다.

"할리가 체조 루틴을 보여 줄 수 있어요. 지역 결승전을 통과했거든요!"

나는 '어떻게 나한테 그 말을 안 할 수 있어?' 하는 표정으로 할리를 쳐다봤다. 하지만 할리는 '어떻게 나한테 그걸 안 물어볼 수 있어?' 하는 표정을 지었다. 지난 체조대회에서 비어 있었을 내 좌석이 다시 떠올랐다. 나는 침을 꿀꺽 삼켰다. 마음이 서늘해졌다.

"정말 좋은 생각이야, 가비. 선생님도 할리의 루틴이 보고 싶어. 하지만 우리가 모두 참여하는 아이디어여야 해."

스퍼드가 손을 들었다.

"저희가 주짓수를 할 수도 있어요."

"고마워, 이완. 하지만 주짓수가 우리 학교의 반폭력 정책에 잘 부합할 것 같지는 않은데."

"주짓수는 비폭력 무술이에요!"

하지만 선생님은 스퍼드의 말을 무시하고 자판을 두드렸다.

"다음 달에 무슨 특별한 날이 있는지 모르겠네……. 전국 토스트의 날? 세상에!"

스퍼드가 자리에서 벌떡 일어났다.

"제 기니피그를 데려오면 돼요, 선생님! 이름이 토스트거든요!"

선생님이 웃음을 터뜨렸다.

"선생님은 너무 좋아, 이완. 하지만 교장 선생님이 강당에 반려동물이 들어오는 걸 허락하지 않으실 거야."

"스퍼드가 반려동물을 키운다니, 무사할까."

가비가 중얼거리자 할리가 팔꿈치로 가비를 툭 쳤다.

선생님이 컴퓨터를 두드렸다.

"우아, 이거 재밌겠다. 국제 언플러그의 날. 사람들에게 기계 장치에서 플러그를 뽑으라고 권하는 날. 우리가 조회를 주최하는 날보다 몇 주 뒤야. 하지만 우리만의 언플러그를 하면 안 될 이유가 없잖아. 완벽한데? 화면을 보지 않고 24시간을 온전히 보내라니!"

알피가 손을 들었다.

"그럼 사람들이랑 어떻게 얘기해요?"

"입을 열면 되지."

선생님이 웃으며 말했다.

"선생님이 학교 다닐 때는 대화할 때 화면에 의존하지 않았어. 우리 때 페이스타임은 사람들이 얼굴과 얼굴을 맞대고 이야기한다는 의미였거든."

선생님이 팔짱을 끼었다.

"있잖아, 생각하면 할수록 이 주제가 너희한테 진짜 좋을 거라는 확신이 들어. 행사에 다 같이 참여하고 그 경험을 글로 쓰는 거야. 다들 동의하니?"

반대 의견을 내는 사람이 한 명도 없었다.

"좋아, 그럼 언플러그의 날을 정해 보자. 선생님 생각에는 1월^{영국 새학기는 9월에 시작된다} 마지막 날이 좋을 거 같아. 그날이 일요일이니까."

선생님은 게시판에 '8W 반 언플러그의 날' 날짜를 적었다. 그러다 갑자기 뒤돌아 나를 보았다.

"앗, 에바! 네 생각을 못 했어. 언플러그 괜찮겠니?"

"괜찮아요."

내가 재빨리 대답했다.

"확실해?"

걱정하는 표정의 거짓 석고 가면을 쓴 가비가 말했다.

"구독자를 한 명도 잃고 싶지 않을 텐데."

나는 아무 말도 하지 않았다. 하지만 내가 가비 뒤에 대고 얼굴 찌푸리는 모습을 할리가 보았다.

점심시간에 나는 할리, 가비, 그리고 우리 반 몇 명과 함께 급식실에 앉았다. 물리 시험에서 낙제할 것이 거의 확실하다는 점을 고려하면 분명 축하를 받을 기분은 아니었다. 난 겨우 네 문항에만 답을 적었고 그중 하나는 내 이름이었다. 하지만 할리가 차례로 쿠키를 돌리는 동안 미소를 짓고 있었고, 가비가 할리의 옆자리를 차지한 걸 신경 쓰지 않으려고 노력했다.

"그래서, 너희 엄마가 뭐라고 하셨어?"

제나가 내 옆으로 비집고 들어오며 물었다.

"넌 이제 공짜 생리대를 엄청 받을걸. 내가 장담해!"

"안 그럴 거야. 엄마가 안 올린다고 했어. 그러니까 그거……."

나는 쿠키를 한입 베어 물었다.

"상상이 돼? 우리 엄마가 페이스북에 '생리'라는 단어를 쓰기만 해도 난 그냥 죽어 버릴 거야."

가비가 온 사방에 쿠키 부스러기를 내뿜으며 말했다.

처음으로 가비 말에 동의했다. 난 엄마를 믿었다. 약속했으니까. 내가 진심으로 그걸 믿다니, 지금 생각해 보면 참 멍청한 짓이었다.

사건은 점심시간이 끝나고 일어났다. 아니, 알피 스티븐스라는 일이 일어난 것이라고도 할 수 있겠다. 사실 난 알피가 유튜브에서 본 내용으로 조롱하는 일에 익숙했다. 알피는 멍청한 춤 연습, 또는 뭔가 황당한 말을 하는 오래된 내 영상을 찾아내곤 했기 때문이다. 엄마가 여드름 크림 영상을 만들었을 때는 한 달 동안 나를 '여드름에 관한 모든 것'이라고 부르기도 했다.

점심시간이 끝나고 독일어 교실로 들어갔을 때였다. 스콧 선생님은 아직 안 오셨고, 알피는 책상에 앉아 발을 의자에 걸쳐 놓고 있었다. 알피의 친구들이 빙 둘러 모여 휴대폰에서 뭔가를 보고 있었다. 내가 들어가자 그 애들이 알피를 쿡쿡 찔렀다. 알피의 얼굴은 화염방사기가 불을 내뿜듯 밝아졌다. 휴대폰에서는 재생되고 있었을 영상의 볼륨이 점점 높아지고 있었다. 그 순간, 우리 엄마 목소리가 들렸다. 엄마가 신이 나서 높은 목소리로 떠드는 소리에 나는 얼어붙고 말았다.

"우리 꼬맹이가 여자가 됐어요!"

악몽

반 아이들 모두 나를 쳐다봤다. 이건 현실이 아닐 거라는, 그런 이상한 기분이 들었다. 어쩌면 난 악몽에 갇혔는지도 몰라. 하지만 엄마 목소리는 계속 이어졌고 내 심장은 반 전체에 들릴 만큼 세게 방망이질을 하고 있었다.

"우리 꼬맹이가 이번 주말에 아주 중요한 이정표를 통과했어요. 네, 맞아요. 우리 작은 에바는 이제 더는 어린아이가 아니랍니다! 생리를 시작했거든요!"

알피는 모두가 볼 수 있도록 휴대폰을 들어 올렸다.

"에바, 너 생리 파티 했냐?"

알피는 무슨 역겨운 것이나 되는 것처럼 '생리'라고 말하고는 휴대폰을 버디와 칼릴, 그리고 루카스에게 보여 주었다.

불이 붙은 듯 얼굴이 뜨거워지고 눈 뒤에서 눈물이 따끔거렸다. 알피의 휴대폰을 낚아채 창문 밖으로 내던지고 싶었지만 두 발이 바닥에 딱 붙어 움직이지 않았다.

"알피, 철 좀 들어라."

할리가 성큼성큼 걸어가 알피의 휴대폰을 뺏으려고 했다. 하지만 알피는 의자 위로 올라섰고 영상은 계속 재생되었다. '제품들'과 '생리 키트' 그리고 엄마가 준 책 제목 같은 단어들이 귀에 들렸다. 나는 눈을 깜빡여 시큼한 눈물을 털어 냈다.

"알피! 그거 꺼!"

할리가 소리쳤다. 난 여전히 움직일 수 없었다. 그 자리에 서서 독일어 문법 포스터를 뚫어지게 쳐다보며, 온 세상에 내 생리를 발표하는 엄마 목소리를 듣고 있을 뿐이었다.

"작고 조용한 축하 행사를 했어요, 저희 둘이서만요. 기분 나빠하지 말아요, 라스. 에바가 아빠는 안 된다고 했거든요! 여러분의 생각은 어떤지 댓글로 알려 주세요. 아빠들이 좀 더 관여해야 할까요? 전미리 특별한 선물 상자를 준비해 두었어요. 그 일이 언제 일어날지 모르니까요! 제가 이 물건을 전부 준비해 두었다는 걸 알고 에바는 안심할 수 있었죠. 이 순간을 우리 딸들에게 강력한 힘을 불어넣어 주는 기회로 만들 수 있어요! 우리는 당황하지 않았다는 걸 보여 줄 수 있는 거죠. 우린 시대에 뒤떨어지지 않았잖아요. 우리는 생리의 전사들이에요! 평소처럼, 이 제품들을 어디서 살 수 있는지 설명에 링크 남겨 놓을게요. 자, 이렇게 심각하게 귀여운 생리 팬티 좀 보세요. 유니콘이 그려져 있죠! 너무 멋지지 않아요? '내 스타일 발목 잡지 마'라는 회사에서 만들었어요. 정말 너무 예쁘고요. 편안하고요. 가장 중요한 건 이거죠. 절대 새지 않아요."

"이야!"

알피가 얼굴을 장난스럽게 찌푸렸다. 할리가 다시 알피의 휴대폰을 잡으려 하자 알피 친구들이 낄낄 웃었다.

"생리의 전사들?"

루카스의 말에 또 한 번 모두 웃음을 터뜨렸다. 제나가 다가와 팔짱을 끼는데 울음을 참느라 혼났다. 굴욕감과 분노의 파도가 내 몸을 휩쓸고, 반 전체가 나의 신제품 샘 방지 속옷을 바라보고 있는 것 같았다. 눈가에 맺힌 눈물을 닦는 손이 바르르 떨리고 있었다. 하고 싶은 말이 너무 많았지만, 입을 열었을 때 나올 말은 고작 비명이 전부라는 걸 알고 있었다. 난 엄마가 싫다.

할리가 알피에게 영상을 끄라고 다시 한번 말하는데, 이게 도대체 무슨 일이냐고 소리치는 스콧 선생님 목소리가 들렸다. 알피가 의자에서 내려오고 다들 재빨리 자기 자리로 돌아갔다. 제나가 내 팔을 꽉 붙잡았다.

"알피는 또라이야. 너희 엄마 진짜 대단하시다!"

"괜찮아?"

할리가 물었다.

"알피는 너무 철이 없어."

내 독일어 교과서는 작은 낙서들로 가득했지만, 그날 수업 시간에는 새로운 낙서를 그리지 않았다. 스콧 선생님이 독일어로 말하는 소리가 들려와도 늘 그렇듯 무슨 뜻인지 전혀 이해하지 못했다. 심장이 귓가에서 두방망이질했다. 눈물이 자꾸 다시 나오려는 걸 눈을 깜박여 쫓아냈다.

"걱정하지 마."

할리가 교과서를 휙휙 넘기며 속삭였다.

"아무도 그거 대수롭지 않게 생각해. 알피만 빼고. 알피는 완전 또라이야. 내일쯤이면 다들 잊어버릴걸."

나는 할리를 쳐다보았다.

"그래. 뭐, 아마 이번 주말쯤이면."

할리는 살짝 웃었다.

"그냥 생리야, 에바. 모든 여자애가 다 하는 거."

"그래. 하지만 모든 엄마가 유튜브에 올리지는 않지."

스콧 선생님이 우리 쪽을 보자 할리는 재빨리 칠판에 적힌 독일어 문구를 옮겨 적기 시작했다. 그러다 선생님이 돌아서자마자 다시 말을 꺼냈다.

"근데 저번에 우리 엄마가, 나 체조 끝나고 집에 곧바로 안 온다고 인스타 라이브로 혼낸 거 기억나?"

"그건 우연이었잖아."

"아직도 진짜 창피하단 말이야!"

할리는 나를 쿡 찌르고는 필기를 시작했다.

"수많은 사람이 그걸 봤어."

"그거랑은 다르지. 대충 열 명이 그 영상을 봤다면, 우리 엄마 영상은 수십만 명이 볼 테니까."

"에바, 너한테 일어난 일이라고 해서 더 나쁜 건 아니야. 나도 그때 엄청 창피했어."

할리가 조용히 말했다.

"나도 알아. 내 말은 그게 아니라……."

그때 가비가 이쪽으로 몸을 기울였다.

"기억해. '에바에 관한 모든 것'이잖아."

냉소적인 말투였다. 둘은 마주 보며 소리 없이 웃었고, 가비가 나를 두고 그런 말을 한 게 처음이 아니라는 걸 할리의 표정을 보고 알 수 있었다.

나는 팔꿈치를 책상에 기대고 교과서 구석을 색칠하기 시작했다. 넘겨다보니 알피의 모습이 보였다. 아마 점심시간에 영상을 전교생과 공유했을 테고, 이미 다 퍼졌겠지. 선생님이 칠판으로 돌아설 때까지 기다렸다가 주머니에서 휴대폰을 슬쩍 꺼냈다. 〈에바가 생리를 시작했어요!〉가 '에바에 관한 모든 것'의 '이야기 특집' 메뉴에 있었다. 섬네일 속 엄마는 파티에서 사용했던 빨간 풍선들을 손에 쥐고 있었다. 조회 수 14,493회. 좋아요 3,500개. 싫어요 36개. 댓글 102개. 속이 울렁거렸다.

할리가 책상 밑에서 나를 툭 쳤다.

"에바, 듣고 있는 거니?"

선생님이 물었다. 나는 얼른 휴대폰을 무릎에 내려놓고 선생님을 쳐다보았다.

"*Was hast du am Wochenende gemacht?* 당신은 주말에 무엇을 했나요?"

모두 웃음을 터뜨렸다. 알피가 이쪽을 보더니 얼굴에 얼뜨기 같은 웃음 가면을 쓰고 말했다.

"자 자, 에바! 주말에 무슨 일이 있었니?"

선생님이 허리에 손을 얹었다.

"어서."

"음……."

입을 뗐지만 킥킥거리는 웃음소리에 곧 입술을 다물고 말았다. 스퍼드의 목소리가 들렸다.

"제가 대답하겠습니다, 선생님."

"고맙다, 이완. 하지만 난 에바에게 물었어."

선생님 목소리가 단호했다.

"*Möge die Macht mit dir sein.*"

스퍼드가 무슨 말을 했는지 알아듣는 사람이 아무도 없었다. 심지어 할리도 못 알아들었다. 나는 보통 수업 시간에 '고맙습니다'라는 말을 입에 달고 있지만, 내가 생리를 시작했다는 걸 스퍼드도 알았다는 사실에 너무 당황해서 스퍼드 쪽을 쳐다보지도 못했다.

"에바, *was hast du am Wochenende gemacht?*"

"밀크셰이크 먹으러 갔었어요."

"*Auf Deutsch!* 독일어로!"

"앗, 네."

나는 끙끙거렸다. '밀크셰이크'가 독일어로 뭔지 도대체 어떻게 알아? 아는 문장을 생각해 내려고 머리를 쥐어짰지만, 사실 내게는 선택지가 많지 않았다. 'getrunken'이 마신다는 뜻인 건 꽤 확실했다. 그리고 'Kuh'가 우유라는 뜻이었나? 충분히 그럴싸하군.

"*Ich habe eine Kuh getrunken.*"

할리가 내 옆에서 숨죽여 웃으며 고개를 가로저었다.

"잘했다, 에바. 넌 방금 네가 소를 마셨다고 했어."

선생님 말에 나까지 웃음을 터뜨리고 말았다.

집으로 오는 길에 스퍼드는 독일어 수업 시간에 자기가 '포스가 너와 함께 하리라'^{영화 〈스타워즈〉의 유명한 문구로 행운을 빌 때 종종 사용된다}를 독일어로 이야기했다고 알려 주었다. 그렇게 하면 스콧 선생님의 주의를 돌릴 수 있을 줄 알았다나.

"고마워, 스퍼드. 그런데 진짜로. 그렇게까지 내 편 들어 주지 않아도 돼."

우리 집 입구까지 왔을 때 내가 말했다.

"알아."

스퍼드는 이렇게 말하고 자기 집 담장을 훌쩍 뛰어넘었다.

"넌 너 자신을 편들어 줄 수 있을 거야. 이제 넌 여자니까!"

스퍼드가 마당에 착지할 때 신발이 자갈에 긁히는 소리가 났다. 난 여전히 화난 상태였지만 코에서 웃음이 삐져나왔다.

하지만 집으로 돌아서자 곧바로 뾰족한 분노가 피부를 뚫고 나왔다. 어제는 엄마랑 웃고, 케이크를 먹고, 책 《난소가 행동하게 하지 마세요!》의 재밌는 만화를 가리키며 즐거웠는데. 지금은 내 모든 것, 나의 사생활이 낯선 사람들 수천 명에게 공개되고 말았다. 집에는 들어가고 싶지도 않았다. 휴대폰을 두드렸다. 조회 수 13만 5천? 바닥이 없는 밑으로 떨어지는 것 같았다. 화면을 내려 댓글을 확인하는 나를 멈출 수 없었다.

축복해요, 젠!

이 순간을 나눠 줘서 정말 고마워요!

세상에, 나 울었어요!

우리 딸 사물함에 비상 생리 키트를 넣어 줬어요!

초경 축하해, 에바! 너의 현재를 즐기렴!

이미 시작한 줄 알았는데?

파티를 못 봐서 아쉬워요.

에바가 아기 때부터 여기 있던 사람으로서 완전 감동이에요.

(좋아요 1,400개)

현관 앞 계단에는 바람이 불지 않았지만, 여전히 얼어붙을 듯 추웠다. 가로등에 불이 들어오기 시작했다. 댓글과 답글을 읽는 손이 떨렸고, 조회 수를 새로고침하느라 집게손가락의 감각이 무뎌졌다. 난 아빠한테도 알리고 싶지 않았는데, 지금은 거의 50만 명이 내가 생리를 시작한 걸 알고 있다. 그 사람들이 지금 나를 본다면 뭐라고 말할까. '그' 에바는 뱃속부터 머리까지 퍼진 우울함이 폭우처럼 쏟아지는 마음으로 현관문 밖에 서 있다. 하지만 이런 에바는 절대 아무도 보지 못한다. 이 에바는 편집되어 잘리고 삭제되며 '싫어요'와 '구독 해지'를 받을 것이다. 이런 에바는 아무도 보고 싶어 하지 않는다. 현관 앞에 홀로 서서, 내가 없는 화면에서 내 삶이 폭발하는 장면을 지켜보며, 눈물을 참으려고 발버둥 치는 에바는.

눈물

현관문을 열자 엄마가 계단을 내려오고 있었다. 순간 깜짝 놀랐다. 나를 웃기려고 이상한 마스크 팩을 한 것 같았다. 너무 우리 엄마다운 행동이었지만 어림없지. 〈닥터 후〉에 나오는 엑스트라처럼 생긴 엄마와 대면해야 한다 해도 상관없다. 나는 웃음기를 싹 지우고, 나를 향하고 있는 카메라를 응시했다.

"아유, 에바. 너 꽁꽁 얼었구나!"

엄마가 말할 때마다 피부에 붙은 얇은 초록색 껍질이 입 주변에서 갈라졌다.

"괜찮아?"

"카메라가 켜진 상태로는 엄마랑 얘기 안 할 거야."

가슴이 분노로 쿵쿵거렸다.

"이건 그냥 수요일 브이로그를 채우기 위한 거야. 학교는 어땠어? 이 마스크 팩 하나 해 볼래? 핑크 클레이라고 너도 들어 봤지? 음, 이건 초록 머드네! 숯이랑 네 종류의 미네랄을 정제해서 유칼립투스와 혼합한 거야. 냄새가 정말 괜찮지 않니, 에바?"

나는 카메라를 노려보았다.

"엄만 내 생리를 브이로그에 올렸어! 안 그런다고 약속했잖아!"

내가 계획한 훌륭한 연설은 이게 아니었다. 하지만 목소리가 갈라지기 전에 낼 수 있는 말은 그게 전부였다. 그 말이 통나무가 쓰러지듯 엄마와 나 사이에 쿵 하고 내려앉았다.

"아, 너 그거 벌써 봤구나."

엄마는 무슨 말을 하려 했지만 마스크 팩 때문에 입이 제대로 움직여지지 않았다.

"너무 미안해, 우리 딸! 오늘 밤에 너한테 말하려고 했는데. 네가 학교에서 볼 거라고는 생각도 못 했네. 네가 파티 영상을 찍지 않았으면 좋겠다고 한 거 엄마도 알아. 그 생각도 존중해. 그런데 그 선물 상자에 넣은 물건을 공유해야 했거든."

엄마가 내 어깨에 손을 얹으려 하자 나는 확 털어 버렸다.

"아, 제발 엄마한테 화내지 마!"

뜨거운 눈물이 뺨을 타고 흘러내렸다.

"전교생이 그걸 봤어! 창피해 죽을 지경이었다고. 심지어 스콧 선생님도 안단 말이야! 안 올릴 거라고 약속했잖아!"

엄마가 움찔했다.

"미안해, 우리 딸. 엄만 진심으로, 널 화나게 하려던 게 아니었어. 너한테 먼저 말하고 싶었어. 하지만 이놈의 협력사가 엄마를 압박하는 거야. 그래서……."

엄마의 말은 긁힌 상처에 할머니가 차나무 오일을 발라 줄 때처럼 따가웠다. 심장이 터질 것만 같았다.

"난 더는 못 믿어!"

"아, 에바, 우리 딸."

엄마가 안으려 했지만 나는 한 걸음 물러났다. 그러자 엄마는 날 사랑한다고 몇 번이나 말했다. 마치 그 말에 대단한 의미가 있다는 듯이.

"네가 창피하다는 거 엄마도 정말 이해해."

엄마가 이렇게 말했다. 아니, 적어도 이렇게 말한 것 같았다. 마스크 팩이 엄마 얼굴에 너무 딱 붙어 있어서 입술을 벌리려면 입을 이상한 모양으로 당겨야 했기 때문이다.

"네가 이렇게 화난 모습 보기 싫어. 그런데 들어 봐. 생리는 모든 여성이 겪는 일이야. 그리고 이미 우리 채널의 가장 인기 있는 '특집'이 됐어. 생리를 대하는 자세가 달라지고 있어, 우리 딸. 더는 엄청나게 창피한 일이 아니라니까."

"엄마. 엄만 몰라. 지금 당장 그거 내려야 해. 다른 사람들이 더 보기 전에. 난 더는 그 멍청한 채널 하고 싶지도 않아. 그게 내 삶을 망치고 있으니까!"

갑자기 알람이 울리기 시작했다. 하지만 난 너무 화가 나서 눈도 깜빡이지 않았다.

"어머, 세상에!"

엄마는 얼른 휴대폰 알람을 껐다.

"너무 미안해, 우리 딸. 엄마 지금 마스크 팩 떼야 하거든."

엄마가 뺨을 톡톡 두드렸다.

"그냥 둬도 되는데, 사실은 조금 따가워서. 그다음에 우리 이 문제를 제대로 얘기하자. 괜찮지?"

엄마는 위층으로 달려갔다.

나는 바닥에 코트를 벗어 놓고 책가방에서 스케치북을 꺼내 작고 아늑한 TV 방으로 향했다. 내 방에 가고 싶었지만 엄마가 위층에 있고, 엄마 근처라면 어디든 싫었다.

옷소매로 눈가를 훔치고 소파에 있는 미스 피지 옆자리에 앉았다. 미스 피지가 하품을 한 번 하고는 앞발을 내 무릎에 올리고 기지개를 쭉 켰다. 나는 스케치북에 나비의 윤곽선을 크게 그리고, 날개가 거대한 블랙홀로 덮인 것처럼 보일 때까지 소용돌이무늬를 넣었다. 모서리에 작은 눈을 그리기 시작하는데 엄마가 아래층으로 내려오는 소리가 들렸다. 재빨리 스케치북을 쿠션으로 덮었다. 엄마와 아빠한테는 내 그림을 절대 보여 주지 않는다. 스케치북은 전부 학교 사물함에 보관하거나 옷장 뒤에 숨겨 놓았다. 보여 줄까 하고 몇 번 생각하긴 했다. 특히 윌슨 선생님이 작년 내 미술 과제에 '매우 잘함'을 주셨을 때 그랬다. 하지만, 진짜 한심하게 들릴지 몰라도, 낙서는 내가 가진 유일한 사생활이다. 그리고 스케치북은 일기장이나 마찬가지다. 내 그림에는 누군가와 공유하고 싶지 않은 걸 그려 넣을 수 있다. 그러니까 스케치북을 온 세상과 공유하는 건 절대 안 될 말이다.

"여기 있었구나!"

미스 피지가 몸을 쭉 펴고 있는 바람에 엄마는 소파에 앉지 못했다. 미스 피지는 퍽 귀엽고 꼭 안아 주고 싶게 생겼지만, 잠자는 미스 피지를 방해하느니 말벌집을 흔드는 게 더 안전하기 때문이다. 엄마가 다가와 내 앞에 쪼그려 앉는 바람에 어쩔 수 없이 엄마를 마주 보게 되었다. 눈물이 다시 흐르기 시작했다.

"얘기 좀 할까, 우리 딸? 솔직히 말해서, 엄만 그 영상이 널 이렇게나 화나게 할 줄 몰랐어."

엄마가 부드럽게 말했다. 나는 숨을 깊이 들이마셨다.

"엄마는 내 믿음을 배신했어."

계획했던 '훌륭한 연설' 중 하나가 이거였다. 막상 입 밖으로 꺼내니 좀 바보같이 들렸지만 주워 담기에는 너무 늦었다. 그래서 차라리 결투를 신청하는 것처럼 들렸기를 바라면서 차가운 눈으로 엄마를 쳐다봤다.

"그런 기분이 들 거라는 거 알아, 우리 딸."

엄마가 내 손을 잡았다.

"약속 어겨서 미안해. 그리고 네가 학교에서 놀림당한 것도. 엄마가 이 일에 대해 지금 당장 윌슨 선생님께 이메일을 보낼게."

난 고개를 떨구었다. 눈물이 미스 피지의 등에 떨어지자 털이 움찔거렸다.

"하지만 솔직히 에바. 너 부끄러워할 필요 없어. 저 밖에는 너를 지지하고 응원하는 사람들이 엄청 많아. 수십만 명이 있다니까! 지금 당장은 어색하고 창피할 수도 있지만……."

"내가 창피한 건 생리가 아니라 엄마야."

엄마는 내가 머리에 다트라도 던진 듯한 표정을 지었다. 상관없었다. 엄마한테 상처를 주고 싶었는지도 모르겠다. 알피가 교실에서 영상을 틀었을 때 내 기분을 엄마도 느끼길 바랐는지 모른다. 짜증이 나는 댓글을 읽을 때마다, 혹은 엄마의 멍청한 영상을 볼 때마다 내가 느낀 것들 말이다.

"그래, 음, 그럴지도 모르겠다."

엄마 말에 죄책감이 파도처럼 나를 덮쳤다. 침을 꿀꺽 삼켰다. 죄책감을 느껴야 하는 건 엄마지, 내가 아니야.

"에바, 지금 당장은 엄마한테 화날 거야. 하지만 이런 관점에서 한번 보자……."

"내 마음 바꾸려고 하지 마. 더는 채널에 등장하고 싶지 않으니까. 엄마랑 아빠 내가 없는 다른 걸 찾아보는 편이 나을 거야."

나는 머리카락 한 가닥을 잘근잘근 씹으며 엄마가 무슨 말을 할지 기다렸다. 엄마는 한숨을 쉬고 뺨 안쪽을 깨물었다.

"미안해, 에바. 내가 잘못 생각한 것 같다. 영상을 올리기 전에 네가 좋다고 할 때까지 기다렸어야 했는데. 엄마가 정말 어리석었어."

엄마가 자책하는 말을 하자 나는 눈을 굴렸다.

"너희 반 아이들이 너보다 먼저 볼 수도 있다고 생각해야 했는데. 엄만 그저 너무 신이 났었어! 우리 어제 정말 즐겁게 보냈잖아. 모든 사람이랑 그 기분을 나누고 싶었단 말이야. 우리 구독자 대부분은 부모들이고, 이런 이야기를 듣고 싶어 해. 너도 알잖아. 우리 채널이 사람들의 삶에 얼마나 긍정적인 영향을 주는지, 넌 가끔 잊어버리는 것 같아."

엄마가 내 얼굴을 쓰다듬으며 내가 씹고 있던 머리카락을 입에서 부드럽게 꺼냈다. 엄마 손가락에 작은 침방울이 묻었다.

"혹시 네 행동이 아주 조금은 지나쳤을지 모른다는 생각도 드니?"

"전혀."

나는 단호하게 말을 이었다.

"엄마가 생리 영상을 지웠으면 좋겠고, 난 다시는 어떤 영상에도 출연하지 않을 거야. 엄마랑 아빠가 옛날에 말했잖아. 내가 더는 채널에 나오고 싶지 않다면 그만해도 된다고. 난 이제 그만하고 싶어. 내 사생활을 온 세상이랑 공유하지 않는 곳에서 평범한 삶을 살고 싶다고! 사람들이 유튜브에서 내 몸을 두고 이러쿵저러쿵 얘기하지 않는 곳에서 그냥 평범하게! 엄마가 채널을 계속하고 싶다면 이름을 '젠과 라스에 관한 모든 것'이라고 바꾸면 돼. 엄마랑 아빠의 몸에 관한 걸 공유하고, 난 거기서 빼 줘."

마지막에 엄마, 아빠의 몸이라고 한 건 조금 유치했다는 생각이 들었다. 그래서 미스 피지의 옆에서 서둘러 빠져나와 스케치북을 들

71

고 위층으로 달려갔다. 몸을 돌려 난간 너머로 엄마를 힐끗 쳐다봤다. 이 위에서도 엄마 피부는 여전히 연한 초록빛으로 보였다. 하지만 엄마 얼굴에서 다른 것도 보였다. 내가 심각하다는 걸 이제 엄마도 안 것이다.

굿모닝 쇼

위층 내 방 침대에 누워 할리에게 지금 일어난 일을 메시지로 보냈다. 하지만 답이 없었다. 아빠 차가 들어오는 소리가 들리자, 나는 숨을 멈추고 엄마가 아빠에게 무슨 말을 하는지 들어 보려고 했다. 하지만 정말로 숨죽여 이야기를 나누는 게 틀림없었다. 어쨌든 아빠는 위층으로 올라오지 않았다. 나는 스케치북을 펼치고 나비 날개 주위에 소용돌이무늬 구름과 빗방울을 계속해서 그려 넣었다. 휴대폰에서 할리의 답장이 반짝였다.

걱정 마, 에바. 생리를 시작할 때는 누구나 기분이 이상해. 내가 생리할 때 엘리엇 선생님께 말씀드려야 했던 거 기억나지! 웃긴다고 생각하는 사람은 알피뿐이야. 개인적으로는 아보카도가 진짜 최악이었던 거 같아!

난 침대 속으로 더 깊숙이 파고들어 조회 수가 계속 올라가는 걸 지켜보았다. 50만, 55만, 60만. 외계인에게 납치당하는 아이디어가 희한하게 매력적으로 느껴졌다.

아빠가 나를 불렀다.

"에바, 내려와서 우리랑 얘기 좀 할 수 있을까? 아빠가 æbleskiver 를 만들었어!"

아빠가 æbleskiver를 만들었다면, 내가 유튜브를 그만두겠다고 심 각하게 말했다는 얘기를 두 분이 주고받은 게 확실했다. æbleskiver 는 덴마크의 팬케이크 볼인데 공 모양 도넛처럼 생겼다. 우리가 드라 괴르^{덴마크 수도 지역에 위치한 해안 도시}에 있는 할머니 댁에 머물 때마다 할머니 가 이걸 해주셨다. 아빠는 보통 크리스마스나 생일처럼 특별한 경우 에만 만들어 준다. 개인적인 생각으로는, 누군가의 딸이 완전히 굴욕 을 당했을 때도 잘 어울리는 음식이다.

나는 옷장 뒤에 스케치북을 숨기고 천천히 아래층으로 내려갔다. 엄마와 아빠가 눈길을 주고받고 있었다.

내가 식탁에 앉자 아빠가 입가에 미소를 띠고 말을 꺼냈다.

"우리가 이 문제를 해결할 방법이 있겠다고 생각했지."

아빠 목소리는 다정하고 차분했다. 한참을 흔들리는 좌석에 앉아 있다가 잔디밭에 부드럽게 착륙하는 게 이런 기분일까. 순간적으로 아빠를 실망시키고 싶지 않아서, 유튜브가 나한테 하는 짓을 무시할 까 하고 생각했다. 하지만 아니다. 유튜브에 내 사생활이 방송되는 건 분명 싫다. 아빠가 æbleskiver를 메이플 시럽에 찍어 건네주었지만 나는 고개를 저었다. 그 작은 팬케이크 볼이 얼마나 맛있게 생겼든, 그건 뇌물이고 나는 먹지 않을 테다.

"지금은 네가 화났다는 거 알아, 에바."

아빠는 *æbleskiver*를 접시에 내려놓고 내 쪽으로 밀었다.

"하지만 아빠가 댓글 몇 개만 읽을게. '영상 너무 좋아요! 너무 자극 되네요! 사랑스러운 추천 제품들 전부 감사해요! 우리 딸이 좋아할 거예요! 고마워요! 굉장한 엄마!'"

아빠 눈이 나를 향하고 있다는 걸 알았지만 식탁보에서 고개를 들 수 없었다.

"'에바 너무 사랑해! 사랑해요, 젠!'"

나는 속눈썹에 맺힌 눈물을 문질렀다.

"그래서, 그 영상은 언제 내려?"

아빠가 깊이 한숨을 내쉬었다.

"들어 봐, 에바. 젠의 생리 포스팅은 사생활이라는 네 말에 아빠도 동의해."

아빠 입에서 '생리'라는 말을 들으니 얼굴이 화끈거렸다. 아빠는 채널 이야기를 할 때면 늘 그렇듯 진지한 업무 모드가 되었다.

원래 아빠는 상업 건축가였다. 건물을 디자인하고 개조나 보수 작업을 했다. 난 아빠 사무실에 가는 게 좋았다. 아빠의 커다란 책상에서 그림을 그릴 수 있었고 오래된 건물의 모형들을 갖고 놀 수 있었기 때문이다. 하지만 몇 년 전부터 채널이 너무 커지면서 엄마 혼자 감당하기가 힘들게 되었다. 결국 아빠는 건축가를 그만두고 온종일 채널에서 일하기로 했다. 그리고 '메타 데이터'와 '수익 창출 콘텐츠', '수익 최적화' 같은 이야기를 시작했다. 엄마는 채널을 커뮤니티라고 부르지만 아빠는 비즈니스라고 부른다. 그건 내가 직원이라는 의미인 것 같다. 하지만 직원들은 그만두기라도 할 수 있으니, 엄밀히 말해 나는 인질인 셈이 아닐까?

모든 게 나를 압박하고 있지만 그렇게 보이지 않기 때문에 아무도 알아채지 못하는 것이다. 게다가 밖에 있는 사람들도 내 목소리를 들을 수 없다.

"그러니까, 언제 내리는데?"

내가 거듭 물었다. 아빠는 *æbleskiver*를 입에 넣고 엄마를 쳐다봤다. 엄마가 아빠를 향해 고개를 끄덕이는 걸 보니 누가 무슨 말을 할지 미리 연습한 게 분명했다. 이제 엄마 차례구나.

"에바, 들어 봐. 그 영상 때문에 네가 화났다는 거 우리도 알아. 내가 망쳤어. 그래, 미안해. 너한테 미리 얘기했어야 했어."

"엄마는 그러면 안 됐어! 엄마가 약속했잖아!"

아빠가 몸을 숙이고 내 팔에 손을 얹었다.

"딸, 엄마랑 아빠는 네가 잘 자라는 것에 감사하고, 이따금 네가 당황스러워하는 일도 공유해. 널 이해하지만 이런 이야기가 모두 모여 브랜드를 구축하는 거야."

브랜드는 우리 가족의 네 번째 구성원 같은 존재다. 아니 사실은, 어쩌면 우리 가족의 제일 중요한 구성원일지도 모른다.

"유튜브를 그만했으면 좋겠어."

아빠가 식탁 밑에서 다리를 바꾸다가 실수로 나를 쳤다. 나는 한숨을 쉬며 발을 내 의자 밑으로 당겼다. 아빠가 말을 이었다.

"에바. 사실은 우리가 조금 전에 상당히 중요한 전화를 받았는데."

아빠 얼굴에 작은 미소가 잠시 반짝이더니 곧 심각한 표정으로 돌아갔다.

"말이 쉽게 나오지를 않네. 너도 알겠지만, 젠의 생리 브이로그는 입소문을 탔거든. 수요일에 텔레비전에 나와서 그 이야기를 나눠 보자는 요청을 받았어."

심장에 바윗덩어리가 떨어진 건가? 숨이 꽉 막혔다.

"아침 방송 〈굿모닝 쇼〉 알지? 거기서 우릴 초대했어! 네가 아직 화가 나 있으니 최악의 타이밍이라는 거 알아, 우리 딸. 하지만 정말 굉장한 기회야. 〈굿모닝 쇼〉는 말 그대로 시청자가 백만 명이거든. 그동안 우리가 기다린 게 바로 이거야!"

엄마가 말을 계속하며 내 손을 꽉 움켜잡았다. 엄마 말이 들리지 않았고, 숨도 쉴 수 없었다.

"〈굿모닝 쇼〉에서 너도 초대했어!"

엄마는 목소리에서 흥분을 숨기지 못했다.

"전적으로 너한테 달렸어, 에바. 네가 우리와 함께 가면 너무 좋겠다. 학교는 하루 빠져야겠지만, 물론 엄마랑 아빠만 갈 수도 있어. 부담을 주려는 건 아니야, 알았지? 우린 정말 긍정적인 인터뷰가 되었으면 하거든. 그러니까…… 에바? 무슨 말 좀 해 봐, 우리 딸."

나는 눈을 꼭 감고 이 일이 일어나지 않게 하려고 기를 썼다. 마치 내가 간절하게 바라면 이 모든 일이 사라지게 할 수 있을 것 같았다.

"에바, 무슨 말 좀 해 봐! 〈굿모닝 쇼〉라니까! 당장은 이 상황이 썩 즐겁지 않을 수도 있겠지. 하지만 우리가 왜 거절 못 하는지 적어도 이해는 해 줄 수 있지 않니?"

비명을 지르고 싶었지만, 내가 내 몸에서 떨어져 나오는 것 같았다. 부모님의 목소리가 저 멀리서 들려왔다. 이 모든 일이 나 아닌 다른 사람에게 일어나는 것 같았다.

"아니."

생각할 수 있는 말은 이게 전부였다.

"아니야."

다시 한번 말했다. 이 말이 입 밖으로 나온 건지도 확실하지 않았다.

"네가 젠의 브이로그로 속상한 시기에 이런 연락이 와서 유감이야. 엄마랑 아빠는 이 일로 이야기를 나눴고 다시는 경계를 넘지 않기로 의견을 모았어. 네 몸이고, 너한테 발언권이 있겠지. 하지만 이 브이로그 하나에만 관련된 일이 아니라는 걸 네가 알았으면 좋겠어. 이건 채널 전체의 일이고, 홍보할 수 있는 좋은 기회를 거절하는 건 경제적으로 말이 안 되거든. 우리가 사는 데는 돈이 많이 들어, 에바. 휴가, 할머니 방문, 자동차, 미래를 위한 저축⋯⋯."

눈을 감았다. 이미 백만 번은 들은 말이다. 내가 멍청한 아보카도 의상을 입은 이유도 이런 일장 연설 때문이었다. 하지만 이번에는 안 넘어간다. 이번만큼은 안 되지.

나는 의자로 바닥을 긁으며 자리에서 일어났다.

"만약 TV에서 내 생리 얘기하면, 다시는 엄마 아빠랑 말하지 않을 거야."

"아, 에바! 제발 그렇게 말하지 마."

"상관없어. 난 심각하니까. 거기 나가서 내 생리 이야기를 하면, 다시는 엄마 아빠랑 말 안 할 거라고."

"너도 알잖아. 그쪽에서 우리가 쇼에 나오길 바라는 이유가 바로 그 생리 브이로그라는걸. 아빠가 부탁하는데, 자리에 앉아서 얘기를 좀 나눌 수 있을까?"

"요점이 뭔데? 두 분 다 내 말은 안 듣잖아."

나는 계단으로 걸어가 계단 밑에 놓인 빨래 더미를 일부러 엎어 버렸다.

"에바, 이러지 마. 너처럼 살기를 꿈꾸는 아이들이 수백만이야."

아빠가 내 뒤에 대고 외쳤다.

"그럼 그런 애 하나를 입양하고 난 그 멍청한 채널에서 빼 주면 되겠네!"

엄마가 울기 시작했지만, 너무 화가 나서 아무 상관 없었다. 전 국민 앞에서 내 생리 이야기를 한다니. 내 삶이 모래 구덩이 속으로 빨려들어 가고 있는데 붙잡을 수 있는 게 아무것도 없었다.

"에바. 이해 좀 해 줘, 우리 딸. 우린 널 사랑해. 엄마 아빠한테 화내지 않았으면 좋겠어!"

엄마는 간절한 표정이었다.

"어쨌든 방송할 거잖아, 아니야? 내가 뭐라고 하든 말든!"

난 이미 답을 알고 있었다. 위층으로 달려가 방문을 쾅 닫고 침대로 몸을 던졌다. 그러고는 베개에 대고 소리를 질렀다. 몸을 돌리자 뜨거운 눈물이 뺨을 타고 흘러내렸다. 부모님은 절대 '에바에 관한 모든 것'을 그만두지 않을 거다. 이제 두 분이 TV에 나오면 채널은 그 어느 때보다 빨리 성장할 테고, 더 많은 조회 수와 더 많은 구독자를 얻겠지. 난 절대 도망가지 못할 것이다. 뭔가 극단적인 행동을 하지 않는 한.

그게 무엇인지 알아내는 데, 불과 며칠밖에 걸리지 않았다.

캐리스

첫 생리는 총 3일 하고 한나절 동안 지속됐다. 하지만 생리가 끝나도 끝난 게 아니었다. 수요일 아침에 엄마의 영상이 조회 수 백만을 넘겼고, 오늘은 TV에서 방송될 예정이기 때문이다. 가장 굴욕적인 영상이 전국적으로 유명세를 탄다니, 수영복 영상은 양반이었다.

휴대폰이 띵 하고 울리며 메시지가 왔다. TV 스튜디오 앞에 선 엄마와 아빠의 셀카였다. 뒤에 '굿모닝'이라고 쓰인 커다란 간판이 보였다. 내가 얼마나 큰 고통에 빠져 있는지는 전혀 신경 쓰지 않는다는 듯 카메라를 향해 활짝 웃고 있었다.

사랑해 ♥

메시지를 클릭했으니 내가 읽은 걸 엄마도 알겠지. 하지만 나는 답장을 보내지 않고 휴대폰을 닫았다. 제발 가지 말라고 얼마나 많이 애원했는지 모른다. 하지만 달라진 건 하나도 없었다. '이건 평생 한 번뿐인 기회야! 유명한 브랜드나 공중파 방송사와 협업하면 우리도 승승장구할 수 있어. 더 큰 그림을 봐야 해, 에바. 우리가 어떻게 안 간다고 말할 수 있겠니? 너도 언젠가는 우릴 이해할 거야.'

'언젠가'는 관심 없었다. 나한테는 오늘이 중요했다. 알피 스티븐스와 한 교실에 같이 있어야 하는 오늘 말이다.

스퍼드가 마당 끝자락의 낮은 담장에 앉아 나를 기다리고 있었다. 보통은 우리 집으로 뛰어 들어오는데 이상하게도 오늘은 아니었다.

"괜찮아?"

"더 나빠질 게 뭐 있겠어? 그치?"

웃으며 말했지만 웬일인지 다시 울고 싶어졌다. 스퍼드가 내 옆으로 풀쩍 뛰어내렸다.

"너 그거 알았어? 여자들은 평균 38년 동안 생리를 한대! 그때쯤이면 아마 너도 기분이 좀 나아질 거야."

"그럴 리가."

"하지만 38년 후에 알피 스티븐스 같은 애는 어떨 거 같아? 걔는 여전히 특급 또라이일 거야. 불사신이라고 해도 여전히 또라이일 거고! 걘 그냥 영원히 평생 또라이로 사는 거지."

스퍼드가 도대체 어떤 애인지 모르겠다. 하지만 가끔 스퍼드가 하는 바보 같은 얘기는 정확히 내가 듣고 싶은 그런 말들이다. 자주는 아니고, 가끔만. 오늘 아침에도 스퍼드는 참 무의미한 이야기들을 들려주었다. 문어는 입이 겨드랑이에 있다는 둥, 웜뱃은 직육면체 모양의 응가를 한다는 둥 언덕을 오르는 내내 내가 웃을 때까지 그랬다. 그 말이 사실인지 아닌지는 모르겠지만 스퍼드는 그날 인간으로서 살아가는 내 기분을 조금 더 낫게 해 주었다.

할리, 가비와 함께 교실로 들어가자 알피 무리가 즉시 웃음을 터뜨렸다. 나는 지난 이틀 동안 사람들이 나를 비웃는 소리에 익숙해졌다. 복도에서, 매점에서, 수업 시간에도, 심지어 조용할 때도 내 머릿속에서는 여전히 웃음소리가 들렸다. 자리에 막 앉으려는데 할리가 나를 쿡 찔렀다.

"봐."

뽐내기 게시판의 내 이름 밑에 뭔가 붙어 있었다. 빨간 사인펜으로 문질러 놓은 생리대였다. 뱃속이 뒤집혔다. 게시판으로 걸어가는데 뒤에서 가비의 웃음소리가 들렸다. 내가 쳐다보자 가비는 웃음을 기침으로 바꾸었다.

"우아, 누구 짓인지 엄청나게 성숙하네!"

내가 생리대를 떼는데 할리가 옆에서 대신 빈정거려 주었다.

"너란 거 알아, 알피."

나는 무심한 척 말했다. 하지만 누군가가 가까이에 있었다면 내 손이 약간 떨리는 걸 봤을 것이다.

"나 아냐! 뭐, 가루 뿌려서 지문이라도 채취할 거야?"

알피가 웃으며 말했다.

"알피, 네가 또라이라고 해서 맨날 또라이처럼 행동해도 되는 건 아니야."

할리의 말에 알피와 그 무리가 낮게 '우-우-우!' 소리를 질렀다.

"가자, 에바. 윌슨 선생님께 알리자."

"그냥 무시하면 안 돼?"

가비가 자리에 앉으며 말했다.

난 솔직히 윌슨 선생님께 생리대를 보여 드리고 싶지 않았다. 하지만 어쨌든 할리가 교실 밖으로 당당하게 걸어 나가기를 기대했다. 내 말은, 할리가 회장이었으니 말이다. 하지만 할리는 가비의 말을 듣고는 그냥 자리에 앉아 버렸다.

"그래. 아마 무시하는 게 제일 낫겠지?"

그러고는 나를 향해 미소 짓고 알피와 그 무리에게는 험악한 표정을 지었다. 바로 그때, 윌슨 선생님이 '모두 안녕!' 하고 밝은 목소리로 인사하며 들어왔다. 나는 생리대를 재킷 주머니에 구겨 넣었다. 짙은 색의 짧은 머리에 검은 테 안경을 쓴 여학생이 아랫입술을 잘근거리며 교실 문 옆에 서성이고 있었다.

"들어와, 캐리스!"

선생님이 그 학생을 안으로 이끌었다. 손톱이 사정없이 물어 뜯겨 있었다. 우리 엄마라면 절대 그렇게 내버려두지 않았을 것이다.

"다들 주목! 여기는 캐리스 벨필드야. 이제 막 우리 학교로 전학을 왔어. 교장 선생님은 캐리스가 있을 곳으로 우리 반을 선택하셨지. 어디에서 들으셨는지 모르겠지만 우리 반 친구들이 너무 다정하다는 걸 알고 계셨거든! 아무튼! 자, 캐리스, 할리와 인사해. 우리 반의 환상적인 캡틴이란다."

할리가 자리에서 일어나 환하게 웃었다.

"캐리스. 할리 옆에 앉으렴. 할리가 점심시간에 학교를 안내해 줄 거야."

"죄송해요, 선생님. 제가 체조 연습이 있거든요. 결승전이 다가오고 있고, 마침 마셜 선생님이 체육관을 써도 좋다고 하셔서요……."

"좋아. 다른 누구 자원할 사람?"

선생님이 웃으며 교실을 둘러보았다. 어색한 침묵이 흘렀다. 아무도 손을 안 드는 걸까? 캐리스는 페인트 얼룩이 묻은 바닥이 자신을 삼켜 버리면 좋겠다는 듯이 손톱을 잘근거렸다. 난 저런 기분을 너무 잘 안다.

"제가 할게요."

내가 손을 번쩍 드는데, 다들 웃음을 터뜨렸다. 그제야 생리대가 내 소매 끝자락에 붙어 있다는 걸 깨달았다. 나는 황급히 생리대를 잡아떼 주머니에 쑤셔 넣었다. 뺨이 불타는 것 같았다. 캐리스의 눈에 나를 동정하는 빛이 휙 지나갔다.

"훌륭해! 고맙다, 에바. 저기 앉아, 캐리스. 에바가 너한테 우리 학교를 잘 안내해 줄 거야. 그리고 우리 반 모두 너를 진심으로 환영할게."

내가 가비와 자리를 바꾸자 캐리스가 속삭였다.

"고마워. 새 학교에서 시작하기에 당황스러운 경험만 한 게 없는데."

덕분에 가비는 할리 옆에 앉고 캐리스는 내 옆에 앉게 되었다.

"걱정하지 마. 당황스러운 경험이라면 내가 전문가니까."

내가 속삭였다.

오전에는 체육 수업이 있었다. 하지만 부모님이 TV에 나오는 순간 배드민턴 그물 너머로 셔틀콕을 치는 게 무슨 의미가 있을까. 나는 친구들이 옷을 갈아입는 동안 화장실 안에 들어가 변기에 발을 올리고 앉아 있었다. 누군가가 알아차릴 거라는 생각은 안 들었다. 마셜 선생님은 실내에서 경기할 때 출석 확인을 하지 않기 때문이다. 다들 나가는 소리가 들리고, 5분을 꽉 채워 기다린 다음 조심스레 움직였다. 화장실 문을 열자 끼익 하는 소리가 날 뿐 탈의실은 기묘하게 고요했다. 나는 구석으로 기어가 벽에 기대 휴대폰을 꺼냈다. 엄마는 나한테 보낸 셀카를 이미 인스타그램 스토리에 올려놓았다.

@굿모닝! 시청하는 사람 누구?!

#굿모닝쇼 #에바에관한모든것 #생리전사 #신남

꿍 하는 소리가 메아리처럼 울렸다. 부모님이 TV에 나오면 채널 인기가 열 배는 많아지겠지. 그리고 내 학교생활은 열 배 더 나빠지겠지.

그때였다.

"에바? 너 괜찮니?"

나는 화들짝 놀라, 막 뺨에 흘러내린 눈물을 닦아 냈다.

"캐리스?"

캐리스는 아직 교복 차림이었다. 설마 첫날부터 체육을 빼먹는 건가?

"난 아직 체육복이 없어. 선생님이 의자에 앉아서 지켜보라고 했는데, 네가 안 보이길래 괜찮은지 확인해야 할 것 같아서."

캐리스는 바닥에 놓인 가방과 코트를 넘어와 내 맞은편에 있는 의자에 앉았다.

"너 울고 있었어?"

나는 다시 한번 눈을 닦았다.

"괜찮아."

이 말을 하자마자 또다시 눈물이 새어 나왔다.

"야, 무슨 일이야?"

캐리스가 내 옆으로 옮겨 앉았다.

"만약 아까 교실에서 있었던 생리대 사건 때문이면, 솔직히 걱정하지 마. 난 예전 학교에서 만년필을 씹었는데 내 입에서 터져 버린 적도 있어."

피식 웃음이 나왔다.

"그게 잘 씻기지 않아서, 말 그대로 그날은 온종일 잉크 빨아 먹는 뱀파이어처럼 보였다니까."

"그것 때문에 여기로 전학 온 거야?"

"하! 그랬으면 좋겠다! 그래서, 무슨 일인데?"

캐리스가 웃으며 말했다. 엄마가 보낸 메시지가 휴대폰에 나타났다.

제발 우리한테 화내지 마, 에바. 엄청 신나! 사랑해, 우리 딸.

나는 화면을 옆으로 밀어 버리고 목구멍에 걸린 불편한 덩어리를 꿀꺽 삼켰다.

"이제 조금 있으면 우리 부모님이 〈굿모닝 쇼〉에 나오실 거야."

"우아! 그게 바로 배드민턴을 빠진 이유였구나."

"내 얘기를 하려면 생리 얘기부터 시작해야 해."

캐리스의 눈이 휘둥그레지면서 안경이 코밑으로 미끄러졌다.

"우리 부모님은 유튜브 채널을 운영하는데 엄마가 내 생리에 관한 영상을 올렸어. 그게 소문이 났지. 지금 우리 엄마랑 아빠는 TV에서 내 생리 얘기를 온 세상에 대고 떠들 거야. 난 평소에 체육을 빼먹지 않아. 그냥, 학교에서 다른 누가 보기 전에 내가 먼저 방송을 보고 싶은 것뿐이야."

캐리스는 안경을 다시 밀어 올리고 앞머리를 옆으로 단단히 넘겼다.

"미안해, 에바. 무례하게 굴려는 건 아닌데. 만약 우리 부모님이 그런다고 하면 난 엄청 화날 거 같아! 넌 괜찮아?"

"아니, 안 괜찮아. 사실은 TV에 나가지 말아 달라고 거의 애원했어. 하지만……."

나머지 말은 침묵 속으로 밀어 보냈다. 캐리스는 튀어나와 있는 앞머리를 손가락에 침을 발라 납작하게 눌렀다.

"정말 안 됐다, 에바. 우리 그냥 여기에 평생 있을까?"

그러고는 코를 찡그렸다.

"유일한 문제는 겨드랑이 냄새가 약간 난다는 건데."

내가 미소를 지었다. 불과 두 시간 전에 캐리스를 알았지만 캐리스는 다 이해하는 것 같았다. 캐리스는 이런 상황이 괜찮은지 나한테 처음으로 물어본 사람이었다. 그렇게 해서 '에바에 관한 모든 것'의 이야기가 전부 쏟아져 나왔다. 끊임없는 촬영, 구독자 모임 '에바를 위하여, '챌린지 영상'의 여름, 그 바보 같은 아보카도 의상, 끝없이 이어지는 댓글과 답글, 거짓 미소, 알피의 놀림, 복도에서의 수군거림, 시도 때도 없이 튀어나오는 휴대폰 알림의 두려움, 그리고 모래 구덩이 속으로 빨려드는 기분까지.

"네가 왜 이렇게 화가 났는지 이해가 가."

내 이야기가 끝나자 캐리스가 조용히 말했다. 나는 화장실 휴지에 코를 풀었다.

"이 광고가 끝나면 방송이 시작될 것 같아."

"그럼 더 큰 화면이 필요하겠네."

캐리스가 가방에서 태블릿을 꺼내 화면을 닦았다. 화면에 반사된 캐리스의 안경이 반짝거렸다.

"됐다."

캐리스가 주머니를 뒤적거리더니 에어팟을 건넸다.

"너 와이파이 비밀번호 알아?"

바로 그 순간 나와 캐리스는 친구가 되었다. 목소리가 울리는 탈의실에 나란히 앉아 에어팟을 나눠 끼고, 우리 부모님이 TV에서 미소 짓고 웃음을 터뜨리고 '생리 전사 운동' 이야기를 하는 모습을 함께 지켜보았다. 인터뷰 전 과정을 보는 내내 캐리스는 놀라서 한 손으로는 입을 가렸고 다른 한 손으로는 내 손을 꼭 쥐었다. 백만 년 만에 처음으로, 화면의 내 쪽에 누군가가 있다는 게 느껴졌다.

"우리 딸의 초경을 브이로그했어요"

점심시간 내내 TV에 나온 엄마 아빠의 인터뷰를 본 덕분인지, 학교를 마칠 때쯤에는 사실상 한 마디 한 마디를 인용할 수 있을 정도가 되었다. 엄마는 화장이 평소보다 진했고 아빠는 드라이로 머리를 부풀렸는지 평소보다 30센티미터는 더 커 보였다.

나는 우리 집 담장 끝에 걸터앉아 재생 버튼을 클릭했다. 계속 보고 싶지 않았지만, 이 일이 정말 일어났는지 확인하고 싶었나 보다.

"어서 오세요!"

진행자 리사가 카메라 앞에서 새하얀 치아를 뽐내며 미소를 짓는다.

"자, 생리를 시작한다는 건 어떤 여학생을 막론하고 까다로운 일이 될 수 있습니다. 그런데 그 시간을 온라인에 있는 수백만 명과 함께 나눈다고 상상해 보세요. 오늘 아침 저희를 찾아 준 손님이 바로 그 주인공입니다. 저희에게 그 이야기를 들려주려 부모 블로거 두 분이 나왔습니다. 젠, 라스, 굿모닝에 오신 걸 환영합니다!"

엄마와 아빠가 정확히 동시에 웃으며 '굿모닝!'이라고 말한다. 열차에서 리허설을 한 모양이다. 공동 진행자인 제러미가 부모님 쪽으로 몸을 기울인다.

"두 분은 '에바에 관한 모든 것'이라는 채널을 운영하고 거기서 따님의 일상을 공유하고 계시죠? 유아기에 떼쓰는 모습부터 생일 파티, 여드름 출현까지요. 에바의 초경을 다룬 영상은 지금까지 조회 수가 백만을 넘었고 '생리 전사' 해시태그가 유행하고 있습니다. 혹시 아직 못 본 분들을 위해, 클립 보시죠."

코를 훌쩍이자 찬 공기가 콧속으로 들어왔다. 영상의 처음 일부가 재생된다. 감사하게도, 엄마가 내 유니콘 팬티를 잡기 전에 영상이 멈춘다.

"자, 두 분은 가족 블로거로 확고히 자리 잡았고, 수년 동안 에바와 관련된 수많은 사건을 공유해 오고 계시죠."

엄마와 아빠는 미소를 지으며 함께 고개를 끄덕인다. 꼭 수중 발레 선수들 같다. 리사는 들고 있던 큐카드를 흘끔 내려다본다.

"에바가 한참 예민한 시기일 텐데요. 어떻게 에바의 초경을 구독자와 공유해야겠다고 결심하셨나요?"

아빠가 엄마 손을 꼭 쥔다. 이 부분은 내가 시청한 지 세 번째인가 네 번째가 되어서야 겨우 알아챘다. 엄마가 미소 지으며 말한다.

"라스와 저는 에바에 관한 거라면 게시하기 전에 굉장히 신중하게 생각해요."

이 부분에서 코웃음이 나오는 걸 참을 수 없다.

"아시다시피 에바는 시작이 약간 늦었어요. 그래서 이 생리 선물 상자를 꽤 한참 갖고 있었죠! 에바의 삶에서 이렇게 중요한 이정표를 축하하고 싶어서 가장 멋진 생리 파티를 열었어요……."

리사의 캐러멜색 머리카락이 스튜디오 조명을 받아 매끄럽게 빛난다.

"저희가 당시 생리 파티 사진을 몇 장 준비했는데요."

생리를 테마로 장식한 우리 집 거실 사진이 나오고 엄마 목소리가 들린다.

"에바의 삶에서 정말로 중요한 순간이었어요. 엄마로서 제 삶에서도 마찬가지고요. 그래서 에바가 가족의 지지를 받는다고 느끼길 바랐죠, 저는……. 우리요. 미안해요, 라스!"

카메라가 아빠를 보며 웃는 엄마를 잡는다.

"저희는 에바에게 생리는 창피하거나 부끄러운 게 전혀 아니라는 메시지를 주고 싶었어요. 그 메시지를 우리 구독자들과 공유하고 싶었죠."

바로 그때, 아빠가 다리를 뻗다가 뜻하지 않게 커피 탁자를 찬다. 아빠는 방긋 웃으며 엄마의 말을 잇는다.

"젠과 저는 이런 이정표에 도달하는 과정이 긍정적이고 힘을 받는 경험이 되길 바랐습니다. 그리고 다른 부모님들이 힘을 받도록 돕는 데에도 우리 플랫폼을 이용하고 싶었죠."

"긍정적인 경험이었나요? 제 말은, 에바에게요. 왜냐하면 오늘 아침에 저희 페이스북 페이지에서 상당히 냉소적인 댓글을 봤거든요. '어면 부모도 온라인에서 이런 걸 공유할 권리는 없다'라는 내용인데 밀턴케이스의 오드리 님이 남겼고, 웨스트로디언의 존 님이 '자기 딸에게 이렇게 잔인한 짓을 하다니'라고 했어요. 이런 분들에게 무슨 말을 해 주시겠어요? 우리 아이들의 어떤 부분은 사생활로 남겨 두어야 한다고 생각하는 분들께요."

"음, 저희는 열린 가족이라는 말씀을 드리고 싶습니다. 카메라를 켰을 때나 껐을 때, 집에서 이런 이야기들을 솔직하게 나누죠. 저희 채널은 그러한 열려 있음의 확장판이고요. 젠과 저는 에바가 이 일을 창피해한다고 생각하지 않습니다."

나는 정지 버튼을 클릭했다. 다음에 뭐가 나올지 알고 있기 때문이다. 여기가 가장 아픈 장면이다. 나는 숨을 깊이 들이마시고, 반창고를 떼어 낼 때처럼 마음의 준비를 했다.

"채널에 게시물을 올릴 때 저희가 신중히 행동한다는 말씀을 드리는 게 중요할 것 같군요. 저희는 에바가 괜찮은지를 분명히 확인합니다!"

마치 방금 한 말은 전부 거짓이라는 걸 안다는 듯, 엄마의 속눈썹이 파르르 떨린다. 하지만 아무도 알아차리지 못하는 것 같다.

"저희는 에바가 불편해하는 영상은 어떤 것도 찍지 않습니다. '에바에 관한 모든 것'은 정말로 특별한 채널이에요. 우리가 간직하고 공유하는 굉장한 기억으로 가득 찬 거대한 저장고죠. 그리고 에바는 이렇게 멋진 삶을 사는 것에 감사하고 있습니다. 에바가 불편해한다면 그

땐 영상을 그만 찍을 겁니다."

이 장면을 볼 때마다 배를 세게 얻어맞는 기분이다.

"네, 에바도 오늘 이 자리에 초대받았는데요. 하지만 지금 학교에 있죠. 맞나요?"

아빠가 미소 지으며 고개를 끄덕인다.

"학교가 우선이죠."

"굉장히 현명하시네요!"

제러미의 말에 모두가 웃는다.

"그런데, 에바가 혹시 자신이 생리를 시작하는 걸 수백만 명이 안다는 사실에 아주 조금이라도 당황하지는 않던가요?"

"그 나이 때에는 만사가 조금씩은 당황스럽죠. 하지만 에바는 익숙해요. 에바는 자궁에서 나오기도 전부터 유명했으니까요!"

모두가 다시 한번 웃는다.

"젠과 라스, 저희에게 이야기를 나눠 주셔서 너무 감사합니다."

나는 영상을 멈추고 할리와 제나가 보낸 메시지를 슥 훑어보았다. 그리고는 답장을 보내지 않고 재킷 주머니에 휴대폰을 집어넣었다. 집으로 향하는 걸음 내내, 가슴에 비구름이 모여들면서 마음이 어둡고 무거워졌다. 현관에 도착했을 때는 폭발할 준비가 되어 있었다. 나는 문을 박차고 들어가 위층으로 뛰어 올라갔다. 스피커폰으로 할머니 목소리가 들렸고, 엄마가 나를 불렀다.

"에바!"

"나 좀 내버려둬!"

나는 방문을 쾅 닫고 들어와 침대에 몸을 웅크리고 누웠다.

몇 분 후에 엄마가 방문으로 고개를 들이밀었다.

"안녕, 우리 딸. 괜찮니?"

난 엄마를 흘깃 보고는 다시 고개를 천장으로 돌렸다. 스모키 화장의 검은 눈은 TV에서는 근사하게 보였지만, 지금 보니 오소리를 닮았다. 엄마는 폭탄이 터지기라도 할 것처럼 천천히 다가왔다. 엄마가 내 옆에 앉는 게 느껴졌다.

"음, 봤어?"

나는 팔짱을 끼고 손가락을 안에 꼬아 넣어서 엄마가 손을 못 잡게 했다.

"지금 당장은 보기 힘들다는 거 알아, 우리 딸."

엄마가 내 어깨를 문지르자 나는 움찔했다.

"언젠가는 우리를 정말 자랑스러워할 거야. 그리고 너 자신도."

"나에 대해 거짓말을 했잖아."

내가 조용히 말했다.

"뭐라고, 우리 딸?"

"엄마가 TV에서 거짓말했다고. 엄만 내가 불편해하면 촬영을 그만둘 거라고 했잖아."

엄마가 다시 한번 내 어깨를 문질렀고, 난 엄마 손을 치우면서 다시는 눈물을 내보이지 않으려고 꾹 참았다.

"에바, 네 부모로서, 가끔 우린 어떤 상황에서 가장 최선의 말이 무엇인지 결정을 내려야 해. 미디어를 다루는 일은 불붙은 공으로 저글링하는 것과 같거든. 잘못된 말 한 마디면 그걸로 끝이야. 총체적인 재앙이지. 화나게 해서 미안해. 엄마도 기분이 너무 안 좋네. 그럼 무슨 말을 할 수 있었겠니? 생방송이었는데."

엄마가 내 팔을 꼭 쥐더니 일어났다.

"미안해. 전부 널 위해서라는 거 알아주길 바랄게."

눈을 깜박이자 눈물 한 방울이 뺨으로 굴러 내렸다. 엄마가 눈치챘을까 봐 얼른 고개를 들었지만 이미 엄마가 몸을 돌린 뒤였다.

휴대폰 진동이 백만 번째 울렸다. 캐리스의 이름이 화면에 떴다.

괜찮아? 부모님이 뭐라셔?

다른 사람은 전부 무시했다. 문자, 태그, 스크린 캡처, 온갖 클립들. 모르겠다. 이걸 다 무시하면 이 일이 실제로 일어나지 않은 척할 수 있으리라 생각했나 보다. 지금까지 답장을 보낸 건, 스퍼드가 찰스왕 1세의 몸에 자기 머리를 붙여서 보낸 사진이 유일했다. 눈을 쓱쓱 닦고 캐리스에게 답장을 보냈다.

맨날 말하는 그거지 뭐. 별일 아니라고.

TV에 나오는 건 별일이라고 말씀드려 봐. 네가 괜찮았으면 좋겠다.

휴대폰이 또 다른 메시지 도착을 알렸다.

그나저나 네가 내 반 친구로 자원해 줘서 넘 기뻐.

나도 답을 보냈다.

나도.

계단으로 아빠 목소리가 올라왔다.

"에바! 할머니가 네 목소리 듣고 싶으시대!"

발을 침대 한쪽으로 모아 내렸다. 아빠가 계단 밑에 서 있었다. 나는 달려 내려가 아빠 손에서 휴대폰을 빼앗다시피 하고는 다시 내 방으로 올라와 문을 닫았다.

잘 있냐는 할머니 목소리를 듣는 것만으로도 다시 눈가에 물이 차오르기 충분했다. 잘 지내는 목소리를 내려고 최선을 다했지만, 눈물을 참자 이제는 코가 막혔다. 할머니가 감기에 걸렸냐고 물었다.

"할머니, TV 인터뷰 봤어요?"

할머니가 잠시 침묵을 지켰다.

"그래. 네 아빠가 나한테 보냈더구나. 너 4주만 있으면 여기 오는 거 알고 있어? 그때 강풍이 불지 않았으면 하고 있단다."

"그래서 어떻게 생각하세요? 그 인터뷰 말이에요."

전화가 너무 조용해서 할머니가 아직 있는지 확인하고 싶었다.

"할머니?"

"너희 엄마랑 아빠는 그 채널 때문에 무척 바쁜 거 같더구나. 틀림없이 점점 더 인기가 많아질 거야. 그리고 네가 참 대단하다고 생각해. 내가 오늘 또 뭘 봤는지 아니? 알락돌고래야!"

나는 미소를 지었다. 등을 베개에 기대고 할머니 목소리를 들었다. 뒤에서 갈매기 소리가 들렸다. 그 울음소리에 실려 먼바다를 건너 할머니 품에 폭 안기는 기분이었다. 까슬하면서 부드러운 할머니의 울 카디건, 내 머리에 닿는 할머니의 숨결, 가스레인지 위의 케일 수프 냄새가 느껴졌다. 그리고 나는 다른 에바가 되었다. 모두가 비웃는 대 상이 아니라, 혹은 엄마와 아빠가 TV에서 거짓말하는 대상이 아니 라, 진짜 에바가.

개울가 일탈

    다음 날 방과 후에 할리와 가비는 곧장 체육관으로 가고, 나는 캐리스와 함께 사물함으로 향했다. 가는 길에 마주친 거의 모든 아이가 '초경 축하해, 에바!'라고 인사를 건넸다. 안면 이식 수술을 받을 만큼 돈을 모으는 데 얼마나 걸리려나.

"이런 걸 이렇게 많은 사람이 본다니, 아직도 믿을 수가 없어."

캐리스가 '에바에 관한 모든 것'에 게시된 영상들을 쭉 내려 보았다.

"네가 이빨 때우는 모습을 8만 명이 지켜본 거 있지!"

"알아. 그때가 좋았지."

내가 한숨을 쉬자 캐리스가 킥킥 웃었다.

"그럼, 그 생리 영상은 조회 수가 얼마야?"

나는 새로고침을 눌렀다.

"2백 80만."

캐리스가 휘파람을 불었다.

"생리는 내가 생각한 것보다 훨씬 더 인기가 많구나."

"말레이시아, 필리핀, 우루과이에서도 댓글이 달렸어."

나는 휴대폰을 주머니에 휙 찔러 넣고 한숨을 쉬었다.

"그냥 확 지워 버렸으면 좋겠다."

"알잖아, 그거 지울 수 있는……."

캐리스는 마음이 바뀌었다는 듯 갑자기 말을 멈췄다.

"세인트 어거스틴스에 있는 내 친구들도 저런 거에 완전 빠져 있었는데."

"예전 학교가 세인트 어거스틴스였어?"

캐리스가 그 얘기를 하지 않았다니! 세인트 어거스틴스는 시내 밖에 있는, 꼭 호그와트 같은 사립학교다. 학교 친구들은 나보고 왜 그 학교에 가지 않았냐고 가끔 묻는다. 우리 부모님이 당연히 백만장자라고 여기는 걸까? 물론 백만장자도 아니지만, 내가 입학시험을 통과할 수 있었을지가 더 의문이다. 캐리스는 옷 소매를 당겨 안경을 닦았다.

"내가 왜 세인트 어거스틴스를 떠났는지 궁금하구나? 맞지?"

"좀 그래."

나는 사물함에 새겨진 아보카도를 애써 무시하며 문을 닫았다.

"그러니까, 내 말 오해하지 말고 들어. 예전 학교도 꽤 괜찮긴 하지. 근데……."

그 순간 10학년 남학생이 지나가며 쓰레기통에 침을 뱉었다. 우리 둘 다 웃음을 터뜨렸고, 이후에 캐리스는 다른 말을 하지 않았다. 우린 밖으로 걸어 나와 언덕을 내려가기 시작했다.

"미안, 캐물으려던 거 아니었어. 그 학교를 왜 떠났는지 말 안 해도 돼."

캐리스가 손톱을 잘근거리더니 입을 뗐다.

"날 괴롭히는 애들이 있었어. 우리 부모님은 내가 여기서 새출발을 했으면 하셨고, 그래서……. 아무한테도 말하지 마, 알았지?"

"당연하지. 비밀 꼭 지킬게."

캐리스가 내 팔에 팔짱을 끼자, 이 아이가 내 친구라는 사실에 작은 흥분이 느껴졌다. 마치 학교에서 눈이 내린다고 방송할 때처럼 기분이 몽글몽글했다.

"만약 누가 물어보면, 난 홈스쿨링을 했는데 부모님이 나한테 지쳤다고 해 줘."

언덕 밑에 다다르자 캐리스가 걸음을 멈췄다.

"우리 조금 돌아다닐까? 아직 집에 가고 싶지 않은데."

"나도 그래. 시내로 가서 밀크셰이크나 뭐 마실래?"

"흠, 좀 더 평화로운 곳이 떠올랐어."

우리는 들판을 가로질러 걷다가 작은 시골길로 15분 정도 더 내려갔다. 도착한 곳은 너도밤나무로 둘러싸인 개울가였다. 작게 무리 지은 갈색 낙엽들이 미풍에 물을 건너고, 가장자리에는 작은 나뭇가지와 돌멩이를 둘러싼 얼음이 죽 늘어서 있었다. 나는 막대기로 얼음을 쿡쿡 찌르며 얼음이 조각조각 부서지는 모습을 지켜보았다.

"이리 와!"

캐리스는 발레리나가 주떼를 하듯 두 다리를 쫙 뻗어 뛰어올랐다가 커다란 디딤돌로 착지했다. 그리고 책가방을 맞은편 둑으로 휙 던지고는 징검다리를 조심스레 디뎌 가며 개울을 건넜다.

"미끄러워?"

역시 조심조심 첫 번째 돌을 밟으며 내가 물었다.

"전혀!"

캐리스는 구름을 향해 두 팔을 쭉 뻗고 빙글빙글 돌았다.

"너무 아름답다!"

정확히 캐리스가 디뎠던 곳만 따라 밟으려 했건만, 풀로 덮인 둑에 도착했을 때는 내 신발이 푹 젖어 있었다.

"으, 물이 얼음장 같아."

이가 딱딱 부딪쳤다.

"여기, 이거 둘러."

캐리스는 나한테 스카프를 건네주고 하늘을 바라보며 풀밭에 누웠다.

"구름 본 지 몇 년은 된 것 같아."

나는 풀이 말랐는지 확인한 다음, 자리에 앉아 캐리스의 스카프를 몸에 둘렀다.

"집으로 곧장 안 왔다고 우리 엄마가 날 죽일 거야."

휴대폰 화면에 엄마의 부재중 전화 내역이 깜빡였다. 오늘은 냠냠

박스라는 협찬 회사의 신제품 레시피 상자를 이용해 저녁 준비를 돕기로 되어 있었다. 내가 문을 열고 들어가면 카메라를 설치하던 아빠가 부랴부랴 녹화를 시작하는 모습이 그려졌다. 캐리스를 따라 나도 하늘을 올려다봤다. 흩어진 구름이 빙빙 돌면서 회색과 흰색 소용돌이를 만드는 모습에 금방 마음을 뺏겼다.

"돌아가고 싶어?"

나는 가방에 휴대폰을 던져 넣고 스케치북을 꺼낸 다음, 주머니를 뒤져 연필을 찾았다. 그리고 다시 풀밭에 누워 구름을 응시했다.

"전혀!"

침식

집에 도착할 무렵에는 날이 어두웠다. 하지만 부모님은 수색대를 요청하거나 정보 협조를 호소하는 브이로그를 찍지 않았다. 우리 부모님답지 않은걸. 대신에 부재중 전화를 천 통 정도 받았다.

"드디어!"

내가 문을 열자 아빠가 소리쳤다.

"너 어디 있었어? 걱정하다 병날 뻔했잖아."

카메라가 켜져 있지 않아서일까, 아빠가 솔직히 말한 것 같았다.

"개울가에 있었어."

난 아무렇지 않게 코트를 벗었다.

"개울가? 그게 무슨 뜻이야?"

"작은 강 같은 거."

흙투성이 신발도 벗어 버렸다.

"개울이 뭔지는 나도 알아. 아빠 말은 곧장 집에 왔어야 할 시간에 왜 개울가에 있었냐는 거지. 지금 다섯 시 반이야! 날도 어둡고!"

나는 어깨를 으쓱했다.

"그냥 나한테 신선한 공기가 좀 필요했나 보다 하고 생각해."

아빠보다 100배는 더 놀란 표정의 엄마를 쓱 지나 위층으로 향했다. 내 방문을 조금 열어 두었기 때문에 엄마와 아빠가 하는 말을 엿들을 수 있었다. 냠냠박스 라이브 영상을 찍으려던 계획이 다 망쳐졌다, 아빠는 새로운 숙제 앱을 보여 주고 싶었지만 내 기분이 괜찮은지 어떤지 모르겠다, 엄마는 저녁 식사 후에 나한테 가상 방 탈출 게임을 시켜 볼 테니 최소한 일요일 브이로그용 '재밌는' 콘텐츠 하나는 확보할 수 있을 것이다, 뭐 이런 얘기였다.

나는 벽에 기대 휴대폰에 뜬 부재중 전화와 메시지를 휙휙 넘겼다. 할리한테서 문자가 하나 와 있었다.

괜찮아? 너 어디야? 너희 엄마가 방금 나한테 전화하셨어!

비슷한 문자가 스퍼드한테서도 왔는데, 이렇게만 적혀 있었다.

젠이 노발대발하는 중.

내 친구들한테 전화했다고? 나한테 완벽한 굴욕감을 선사하는 게 두 분의 일일 목표 같은 건가? 할리에게는 무슨 일이 있었는지 설명하는 문자를, 그리고 스퍼드에게는 엄지 척 이모티콘을 보냈다. 그때 계단을 오르는 발소리가 들렸다.

"안녕, 우리 딸."

엄마가 문을 열고 들어왔다.

"라스는 단지 네가 걱정돼서 그런 거야. 전화를 안 받으니까."

엄마가 침대 끝에 걸터앉았다. 나는 재빨리 눈을 들어 엄마가 영상을 찍고 있지 않은지 확인했다.

"그래서…… 친구들이랑 같이 있었니? 할리는 네가 어디 있는지 모르는 것 같던데."

나는 어깨를 으쓱했다.

"그냥, 학교에서 만난 새 친구야."

"남학생?"

"아니!"

뺨이 발갛게 달아오르는 걸 느끼며 무릎을 몸쪽으로 끌어당겼다. 캐리스 이야기를 하고 싶지 않았지만, 엄마가 〈에바가 첫눈에 반했나?!〉 같은 브이로그를 찍게 둘 수도 없는 노릇이었다. 나는 한숨을 쉬었다.

"이름은 캐리스고 우리 학교로 막 전학 왔어. 내가 이번 주 짝꿍이라 주변을 보여 주기로 되어 있고."

"캐리스가 개울을 보고 싶다고 했어?"

다시 한번, 이번에는 더 크게 한숨을 쉬었다.

"난 나를 위한 시간이 필요했고, 내 얼굴에서 카메라를 치워 버릴 시간도 필요했어. 됐지?"

엄마는 매서운 바람이 몰아친 듯 뒤로 움찔했다.

"알았어, 우리 딸. 하지만 우리한테 알려 줘야 해. 근데 너희 개울에서 뭐 했어?"

"심문할 필요는 없잖아. 엄마가 뭐 〈정의의 힘〉에 계속 나오는 것도 아니고."

〈정의의 힘〉은 엄마가 젊었을 때 출연한 TV 쇼 이름이다. 정의의 힘이라 불리는 탐정이 과거에 풀지 못했던 범죄를 해결하는 내용인데, 엄마는 시즌 2에서 변호사 역할로 나왔지만 겨우 에피소드 4편에서 무장 강도한테 살해되었다. 그 후로 엄마는 다른 TV에 출연하지 못했고, 누가 됐든 그 얘기 꺼내는 걸 무척 싫어한다. 같은 이유로, 엄마는 원래 이름이 레인보우였다는 것도 비밀로 하고 싶어 한다. 지금의 젠 즉 제니퍼는 엄마가 열여덟 살 때 정부의 특별 인증을 받아 바꾼 이름이다. 그러니까 엄마는 자신의 브랜드를 바꾼 셈이다.

"알았어, 에바. 엄마한테 상처를 줄 필요는 없잖아. 우린 네가 걱정됐을 뿐이야."

"채널이 걱정된 거겠지."

엄마는 불만스럽게 입술을 오므렸다.

"그게 아니란 거 알잖아. 우린 널 걱정해, 에바. 우리에게 넌 세상 전부야! 단지, 지금은 채널이 많은 관심을 받는 것뿐이야. 네 아빠랑 난 채널을 최대한 키워야 해. 우리에게 필요한 건 작은 협조가 전부야."

"작은 굴욕감이겠지."

내가 웅얼거렸다.

"뭐라고, 우리 딸?"

말은 이랬지만, 엄마는 틀림없이 내 말을 들었다.

"아무것도 아냐."

나는 엄마도 익히 가짜라는 걸 알고 있는 미소를 태연히 지어 보였다. 그 순간 내 기분이 좋지 않았다고 하면, 그건 거짓말이다.

다음 날 아침, 내가 계단을 내려가니 엄마랑 아빠는 서로를 축하하고 있었다. 유명 일간지에서 일주일에 한 번씩 부모 칼럼을 써 달라는 전화를 받았다고 했다. 다음 주 주말이 시작이라면서 잔뜩 흥분한 엄마는 카메라에 대고 비명을 지르다시피 하고 있었다. 나는 토스트가 목에 걸린 척 기침을 했고, 그 바람에 엄마는 녹음을 계속 다시 해야 했다. 결국 아빠가 영상 망치는 걸 그만두지 않을 거면 학교에 빨리 가라고 했다. 나는 물건을 챙겨 들고 인사도 없이 나왔다.

언어 동아리 책을 주방 식탁에 두고 나오지 않았더라면 훨씬 더 드라마틱한 탈출이 되었을 텐데. 아빠는 맨발로 현관 밖까지 달려와 내게 책을 주었다.

"자, 좋은 하루 보내라, 꼬맹아."

이렇게 말했다. 아니, 적어도 그렇게 들렸다. 아빠가 덴마크어로 말할 때는 100퍼센트 이해가 되지 않는다. 나는 매주 금요일 점심시간에 언어 동아리 활동으로 덴마크어를 배운다. 언어 동아리는 이중 언어를 사용하는 아이들을 위한 것인데, 스퍼드의 친구 라미는 덴마크어보다 훨씬 더 어려워 보이는 아랍어를 배운다. 금요일에는 책을 추가로 더 들고 가야 하지만 그렇게 나쁘지는 않다. 여러 가지 언어를 할 수 있어도 덴마크어와 아랍어는 못하는 샤펠 선생님이 항상 비스킷을 나눠 주기 때문이다. 안 좋은 점은 잊어버린 단어를 아빠가 물어본다는 거 정도?

스퍼드는 아직 코빼기도 안 보였다. 그래서 나는 스퍼드네 집 담장 끝에 앉아 휴대폰을 열고 '에바에 관한 모든 것'을 클릭했다. 〈내려놓기〉라는 제목의 새로운 브이로그가 어젯밤 늦게 올라왔다.

"안녕하세요. 여러분! 저희 채널에 오신 걸 환영합니다! 최근에 저와 에바는 작은 다툼이 있었어요."

엄마가 아랫입술을 깨물었다. 나는 헤드폰을 연결해 소리가 밖으로 들리지 않도록 했다.

"저는 이 이야기를 여러분과 나누고 싶어요. 왜냐하면 요즘 브이로그 커뮤니티에는 자기 삶을 완벽하게 꾸미는 사람들이 너무 많이 보이거든요. 하지만 저는 저희 가족이 그렇게 보이길 바라지 않아요. 아시죠?"

스퍼드가 벽 뒤에서 튀어나오는 바람에 깜짝 놀라 펄쩍 뛰었다.

"스퍼드!"

"주짓수의 첫 번째 규칙은 말이야, 에바. 항상 공격에 대비하라는 거야."

스퍼드가 씩 웃었다. 나는 헤드폰을 벗었다.

"너 주짓수 안 하잖아."

"아니거든, 나 주짓수 마스터거든."

"스퍼드, 우리 다 알잖아. 넌 그저 네 방에서 키우는 그 이상한 벌

레잡이 식물들의 마스터일 뿐이라는 거."

스퍼드가 눈알을 굴렸다.

"너 지금 디오나에아 뮤시퓰라 말하는 거야? 초보자들이 파리지옥이라고 부르는 거?"

"그래, 파리지옥이 너보다 주짓수를 더 잘할 거다. 솔직히 내가 너보다 주짓수를 더 잘할걸?"

나는 스퍼드가 들고 있던 물병을 냉큼 걷어차고 언덕을 뛰어 올라갔다. 꼭대기에 도착할 때까지 스퍼드가 내 발뒤꿈치를 여섯 번 정도 밟았다. 이런 바보 같은 놀이는 정말 오랜만이었다. 우체통 옆에 도착해서는 달리기를 멈추고 스퍼드를 주시했다. 웃느라 숨이 가쁘기도 했고, 여기 도착했으니 이제 그만할 건지 아니면 스퍼드가 필통으로 내 머리를 내리칠 건지 확인하기 위해서였다. 그때,

"에바!"

할리가 나를 불렀다. 스퍼드가 씩 웃었다.

"운 좋게 도망가는군, 앤더슨."

그러고는 길 건너편으로 향했다. 내가 할리와 가비를 거의 따라잡았을 때 언덕을 올라오는 캐리스의 모습이 보였다.

"얘들아, 우리 캐리스 기다리자."

할리는 머리를 두 갈래로 땋아 양쪽으로 동그랗게 말아 올리고 있었다. 내가 예쁘다고 말하려는데 할리가 가비와 눈을 마주쳤다.

"들어 봐, 에바. 우린 캐리스가 우리랑 어울려도 되는지 확신이 안

서.”

“뭐? 왜?”

둘은 다시 한번 서로를 쳐다보았다. 나 빼고 둘이 이미 이 일을 결정한 게 분명했다. 가비가 말했다.

“내 사촌이 캐리스가 다녔던 학교에 다니는데 캐리스가 골칫거리였대.”

“뭐? 넌 그런 말을 믿는 거야?”

내가 할리를 향해 묻자 할리가 어깨를 으쓱했다.

“가비의 사촌이 캐리스랑 같은 반이었대, 난 캐리스를 정말 모르겠어.”

“그러니까 캐리스에게 기회를 주면 어때? 윌슨 선생님이 날 캐리스의 짝으로 정하셨는데 캐리스를 그냥 따돌릴 순 없잖아.”

“걘 벌써 널 곤경에 빠뜨렸어.”

가비의 말이 차가운 공기에 작은 구름을 만들고 있었다.

“알잖아, 너희 엄마랑 말이야. 윌슨 선생님도 분명 이해해 주실 거야.”

할리와 눈을 마주치려고 했지만 할리는 바닥을 내려다볼 뿐이었다.

“너희 엄마가 나한테 전화하신 거, 가비한테 말했어.”

나쁜 말을 할 생각은 아니었지만 눈이 따끔거리기 시작했다. 바보 같다는 생각이 들었고 가비한테 약간 질린 것도 같았다.

“음, 지금 캐리스를 알아가는 중인데 난 캐리스가 마음에 들어. 어쩌면 가비의 사촌이 별로 착한 애가 아닌지도 모르지."

"에바!"

내가 자기 머리에 찬물 한 바가지를 끼얹었다는 듯 할리가 내 이름을 불렀다.

"그냥 말하는 거야. 너도 캐리스를 아직 모르잖아. 넌 왜 항상 가비 편을 들어? 내 의견은 어떻게 생각하는데? 네 베프는 나 아니었어? 가비 갤러니가 아니라."

왜 가비의 성을 붙여 말했는지 모르겠다. 내심 가비가 좋아하지 않는다는 걸 알고 있었기 때문 아닐까. 가비가 할리를 보며 눈썹을 치켜올렸다.

"봤지?"

"에바, 가비는 네가 자기를 좋아하지 않는 것 같대."

질문이 아니라서 난 대답하지 않았다. 또 다른 이유는 사실 맞는 말이었기 때문이다. 그리고 내가 거짓말을 하면 할리는 항상 알아챈다. 어쨌든, 가비가 나를 향해 자기의 트레이드 마크인 무표정한 얼굴을 하자 필통으로 가비의 얼굴을 한 대 치고 싶었다.

"나 갈게. 기다리고 싶으면 너도 에바랑 같이 기다려."

가비의 말에 할리가 나를 잠깐 쳐다봤다.

"교실에서 보자. 괜찮지?"

할리는 나를 내버려두고 가비를 따라갔다.

함께 떠나가는 둘을 보고 있자니 목구멍에 단단한 덩어리가 생겼다. 뒤를 쫓아가서 미안하다고 말해야 했을까? 모르겠다. 그 순간에는 가비 갤러리에게 사과하느니 내 눈을 도려 내는 게 더 낫다는 생각뿐이었다.

"안녕. 기다려 줘서 고마워. 얼른 할리랑 가비 따라갈까?"

캐리스가 거친 숨을 몰아쉬었다.

"아냐, 쟤네는 학생회 일이 있대."

가비가 한 말을 캐리스에게 전하고 싶지 않았다. 가비가 지어낸 얘기일 수도 있고, 아니면 캐리스를 괴롭힌 게 바로 가비의 사촌일지도 모르는 일이었다.

"괜찮아?"

내가 휴대폰 화면을 휙휙 넘기자 캐리스가 물었다.

"부모님이 다른 걸 포스팅하셨어?"

"볼래?"

캐리스가 고개를 끄덕였다. 나는 재생 버튼을 클릭하고 휴대폰을 캐리스에게 건넸다.

"최근에 저와 에바는 작은 다툼이 있었어요……."

엄마 목소리가 시작됐다. 듣지 않으려고 했지만 불가능했다.

"……저는 저희 가족이 그렇게 보이길 바라지 않아요. 아시죠? 별로 안 좋은 상황도 공유하는 게 중요하다고 생각하거든요. 내가 형편없다고 느끼는 그런 날들도요. 제가 완벽한 엄마라고 주장한 적은 한 번도 없어요. 여러분이 아시다시피 에바와 전 정말로, 정말로 가까워요. 하지만 최근에는 우리가 예전만큼 잘 연결되지 않는답니다. 에바의 호르몬이 미쳐 가고 있는 건지도 모르겠어요, 하지만…… 솔직히 말씀드릴게요. 여러분, 오늘 밤에 에바가 방문을 쾅 닫고 들어갔어요. 아시겠지만 우리 에바답지 않은 행동이에요. 에바는 너무…… 괜찮은 아이거든요! 라스는 에바한테도 가끔 우리가 뒤로 물러설 때가 필요한 거라고 하네요. 여러분 라스 아시죠. 라스는 '이성의 목소리'예요! 하지만 전 모르겠어요……."

엄마가 손으로 얼굴에 부채질을 하다가 눈을 닦는다.

이 부분에서 엄마에게 미안하다는 생각이 들 뻔했다. 거의 그랬다.

"그러니까, 만약 여러분한테 십 대 아이들과 관계를 개선할 수 있는 방법이 있다면 꼭 댓글에 남겨 주세요. 내일 아침에는 중대 발표가 있으니까 절대 놓치지 마시고요! 바로 여기 보이는 링크를 클릭하면 저희 가족의 업데이트 내용을 구독할 수 있습니다……."

"음, 조금 그렇다. 그런데 중대 발표가 뭐야?"

나는 한숨을 쉬었다.

"부모님이 신문에 칼럼을 쓰기로 했대. 나에 관해 쓰는 것 같아."

"세상에, 우리 부모님이 내 얘기를 쓴다 그러면 난 말 그대로 죽어 버릴 거야."

캐리스가 나를 보며 바로 덧붙였다.

"미안해."

"괜찮아."

나는 다른 영상이 자동 재생 되기 전에 화면을 멈추고 휴대폰을 주머니에 집어넣었다. 한번은 지리 시간에 해안 침식에 관한 영상을 봤는데, 거기 살던 사람의 집은 결국 벼랑으로 미끄러져 바다로 떨어지고 말았다. 내 기분이 그랬다. 내 삶이 천천히 바닷속으로 미끄러져 들어가는데, 내가 할 수 있는 건 아무것도 없다.

교실에서 할리는 나를 거의 보지 않았다. 난 할리와 이야기하고 싶었지만 윌슨 선생님이 모두 조용히 책을 읽으라고 했다. 할리가 나를 보게 하려고 이렇게 저렇게 해 봐도, 할리의 눈길은 책에서 벗어나지 않았다. 드디어 종이 울려서 말을 걸려고 하는데 선생님이 내게 남으라고 했다.

"에바! 뽐내기 게시판의 네 자리가 아직 비어 있어."

나는 입술을 깨물었다.

"너도 알겠지만, 네가 선생님한테 보여 준 그 많은 아름다운 그림 중에서 선생님이 고를 수도 있어. 하지만 내 생각은 말이야. 에바 네가 자랑스러워하는 걸 직접 전시하면 좋겠어."

선생님은 나를 향해 미소 지었다.

"네 일정이 바쁘다는 거 알아. 선생님한테 얘기해도 되는 거 알지? 상황이 너무 힘들어지면 말이야."

"전 괜찮아요."

나는 선생님 눈길을 피하려고 애쓰며 대답했다. 선생님들은 학생이

거짓말하면 눈치채는 방법을 알고 있다. 특별한 훈련을 받는 게 분명하다. 선생님은 잠깐 나를 응시했다.

"그래, 좋아. 게시판에 붙일 걸 찾아보겠다고 선생님이랑 약속해."

고개를 끄덕이자 선생님은 나를 보내 주었다.

과학 시간에 제이콥 선생님은 전자기에 관한 영상을 틀어 주었다. 나는 의자를 할리 옆으로 옮겼지만, 가비가 의도적으로 우리 사이를 비집고 들어오는 바람에 역시 말을 걸지 못했다. 뭐, 할리가 정말로 그 영상에 푹 빠진 것처럼 보이긴 했다.

점심시간이 시작될 때 다시 한번 할리에게 말을 걸려고 했지만 또 실패했다.

"미안, 나 지금 가야 해. 마셜 선생님이 오늘 내 체조 루틴을 지켜본다고 하셨거든. 어쨌든 너도 언어 동아리 있잖아. 그렇지?"

할리는 자기 말만 급하게 하고는 뒤도 안 돌아보고 가 버렸다. 캐리스는 제나, 나디라와 함께 점심을 먹으러 갔고 나는 언어 실습실로 향했다.

"네 자리 맡아 놨어."

내가 도착하자 라미가 자기 옆자리 의자에서 필통을 치웠다.

"고마워."

나는 자리에 앉아 헤드폰을 쓰고 'Hej Danmark!'에 로그인했다. 이 덴마크어 웹사이트에는 발음 영상, 관광 정보, 그리고 컴퓨터 캐릭터들과 대화하는 가상 채팅방이 있다. 코펜하겐에 관한 영상을 막

골랐는데 라미가 내 팔을 툭툭 쳤다. 나는 헤드폰 한쪽을 내렸다.

"네가 새로 온 여학생이랑 어울려 다니는 거 봤어."

라미는 책상에서 잡지를 읽고 있는 샤펠 선생님을 흘끔 쳐다보고는 속삭였다.

"홈스쿨링했다는 게 거짓말이라는 얘기 들었어? 실제로는 세인트 어거스틴스에서 여기로 전학 왔다는 것도?"

캐리스는 자기가 괴롭힘당했다는 걸 아무한테도 말하지 말라고 했지만 이미 몇몇은 알아낸 것 같았다. 나는 한쪽 어깨를 으쓱했다.

"나한텐 말했어. 근데……."

"진짜 나쁘다, 그치?"

라미가 눈썹을 치켜올리며 말을 이었다.

"학교 와이파이 차단한 거!"

라미는 샤펠 선생님이 우리 말을 듣고 있지 않은지 다시 한번 확인했다.

"캐리스가 어떻게 어떻게 해서 학교 와이파이를 해킹하고는 전부 마비시켰대!"

"그런 것 같지는 않던데, 라미. 누가 꾸며 낸 얘기일 거야."

나는 컴퓨터 화면으로 고개를 돌렸다.

"그래."

라미가 다시 헤드폰을 썼다.

"하지만 가비가 그러는데, 자기 사촌이 세인트 어거스틴스에 다니고 캐리스랑 같은 반이었대."

"가비 갤러니가 하는 말은 하나도 못 믿어."

"나도 안 믿어. 근데 베카 매튜의 친구가 거기 다니는데 걔도 똑같은 얘길 했대. 그 친구가 학생회 회장이라던걸."

라미는 아랍어 자막이 달린 '심슨 가족'을 다시 시청하기 시작했다. 나는 화면을 노려보았다. 베카 매튜가 그렇게 말했다고? 걔는 왜 캐리스 이야기를 지어내는 거지?

그런데, 그 애만이 아니었다. 점심시간이 끝나고 샤펠 선생님이 오레오를 나눠 줄 무렵에는 똑같은 이야기가 오르내리는 그룹 채팅이 세 개나 보였다. 우리 학년인 앰버에 의하면, 캐리스는 과학 선생님의 이메일에 '무한한 공간 저 너머로!'라는 새로운 사인을 설정하고 선생님의 프로필 사진을 버즈 라이트이어^{영화 〈토이 스토리〉의 등장인물}로 바꾸었다고 한다. 루카는 캐리스가 ICT 수업^{정보와 컴퓨터를 이해하고 프로그래밍을 활용하는 영국의 컴퓨터 수업} 시간에 학교 와이파이를 끊어서 전교생이 작업물을 날렸다고 했다. 캘럼 이야기로는 캐리스가 세인트 어거스틴스의 웹사이트를 해킹하고, 선생님 소개 페이지의 사진들을 〈트롤〉 영화에 나오는 괴물인 오거로 바꾸었다나. 나도 채팅창에 썼다.

틀림없이 누군가가 지어낸 얘기일 거야.

그때 찰리 로드라는 8T 반 남학생이 자기 동생이 받았다는 예전 스크린 캡처를 올렸다. '세인트 어거스틴스의 선생님을 만나 보세요'라는 페이지가 정말 있었다. 덴햄 교장 선생님이라는 글자 밑에 〈트롤〉의 그리스틀 왕자 사진도 있었다. 이걸 캐리스가 했다니 믿을 수 없어. 다른 말은 아무것도 떠오르지 않았다.

캐리스는 교실 앞에서 휴대폰 게임을 하며 날 기다리고 있었다. 내가 캐리스의 팔을 톡톡 건드리자 캐리스가 이어폰을 뺐다.

"웅, 언어 동아리 어땠어?"

"*Fint, tak!*"

'좋아, 고마워.'라는 뜻의 덴마크어다. 나는 복도가 텅 빌 때까지 기다렸다.

"있잖아. 너랑 얘기 좀 하고 싶은데 괜찮아?"

"당연하지. 무슨 얘긴지 알 것 같아."

"그냥……, 몇 가지 얘기를 들었는데……."

"해킹 얘기구나. 맞지?"

캐리스는 귓불에 있는 작고 투명한 막대를 비틀었다.

"나한테 말하지 않아도 돼. 그냥……. 우린 친구잖아. 그렇지?"

캐리스는 한숨을 내쉬고 벽에 머리를 기댔다.

"그게 사실이라고 해도 여전히 나랑 친구 하고 싶어?"

"웅! 그럼, 그게 사실이야?"

"전부는 아니야."

캐리스가 어깨를 으쓱했다.

"말하지 않아서 미안해. 네가 무슨 얘기를 들었는지 모르겠지만 어떤 건 과장됐어. 난 와이파이를 몇 번 비활성화했어. 학교 웹사이트에 있는 사진을 몇 개 바꾸고 영상도 몇 편 만들었지."

"네가 그런 걸 할 수 있는 줄 전혀 몰랐어. 대단하다!"

캐리스가 미소를 지었다.

"처음에는 장난이었어. 손쓸 수 없는 상황이 돼 버렸지만. 그때 배우던 고급 코딩으로 뭘 할 수 있는지 알아보던 중이었거든. 내가 무사히 피해 갈 수 있을지 보자, 그런데……, 학교에서는 심각하게 받아들이기 시작했지. 우리 부모님도 그랬고. 결국 나라는 게 밝혀지고 나서는 쫓겨날 수밖에 없었어. 내가 한 번만 더 사고 치면 우리 아빠는 날 에드나 숙모가 있는 곳으로 보내 버릴 거야. 우리 숙모는 나이가 100살인데 저 멀리 인적이 끊긴 스코틀랜드의 엄청 추운 섬에 사셔. 거긴 인터넷도 없어."

"학교에서 쫓아내다니. 너무하다."

나는 복도에 웨스트 선생님이 있는지 확인했다.

"너한테 두 번째 기회를 줬어야 했어."

캐리스가 입술을 깨물었다.

"이미 기회가 몇 번 있었어. 어리석게도, 아무한테도 말 안 한다는 친구 말을 믿어서 그렇지."

"네 친구가 말했다고?"

캐리스가 뒤를 돌아보았다. 우리 둘은 동시에 웨스트 선생님을 발견했다.

"이 얘기는 나중에 해야겠다."

나는 캐리스와 함께 교실로 들어갔다. 할리가 '내가 말했지'라는 눈빛을 던졌다. 나는 힘껏 미소를 지었지만 할리는 외면해 버렸다. 순간 눈이 마주친 가비에게도 미소를 지었지만, 가비는 눈을 가늘게 뜨고 비꼬는 표정을 지어 보였다. 그래서 정말로 나는 결심했다. 가비 갤러니에게 한 마디라도 말을 거느니 남은 삶을 제이콥 선생님의 전자기학 영상을 매일 보는 데 바치겠다고. 난 부디 할리를 잃지 않기만을 바랄 뿐이다.

그날 밤, 엄마와 아빠는 저녁으로 가지 버거와 짜장면 중에서 뭘 포장할지 찾아보고 있었다. 나는 소파에 무릎을 올리고 앉아서, 캐리스 얘기가 오르내리는 단체 채팅을 살펴보았다. 캐리스는 영상도 만들었다고 했는데 그걸 언급하는 사람은 아무도 없었다. 캐리스한테 직접 물어보면 혹 실례이려나.

아빠가 발로 내 다리를 툭 건드렸다. 깜짝 놀랐지만 이내 나를 향하고 있는 카메라를 발견했다.

"너는 뭘로 할래, 에바? 면으로 할래?"

나는 휴대폰을 뒤집어서 소파에 내려놓았다.

"좋죠."

가짜 미소를 지으며 대답했다. 나를 찍는 걸 막을 수 없다면 속일 수는 있을 것이다.

"나는 그 이상한 노란 건 빼서 주문해 줘. 맛이 별로거든!"

나는 웩 하는 소리를 덧붙였다.

엄마는 내가 욕이라도 한 것처럼 놀란 표정을 지었다. 아빠가 혀를 찼다.

"에바는 이번 주 내내 이런 상태예요. 눈에 띄게 심해지고 있죠."

아빠가 다시 한번 나를 툭 쳤다.

"그럼 음식을 포장해 올 게 아니라 *brunkål*을 만들어야겠다, 응?"

*brunkål*은 '갈색 양배추'라는 덴마크어다. 그 말을 듣자 좋은 생각이 떠올랐다.

"응, *brunkål*이 진짜 좋겠네!"

나는 최선을 다해 덴마크어로 말했다. 잠깐 미소를 짓던 아빠는 곧 내가 무슨 짓을 하고 있는지 깨달았다.

"에바, 우리가 촬영할 때는 영어로 말해 줘. 부탁할게."

"하지만, 아빠! 나 연습해야 한다고 아빠가 그랬잖아!"

나는 또다시 덴마크어로 말했다. 그리고 그날 하루가 어땠는지, 코펜하겐이 얼마나 아름다운지를 내가 할 수 있는 최선의 덴마크어로 설명했다. 썩 잘한 건 아니지만 효과가 있었다. 엄마가 겁에 질린 표정을 지은 것이다.

"에바, 브이로그를 망칠 필요는 없잖아! 그럼 우리가 어떻게……."

"걱정하지 마, 계속해! 내가 영어 자막을 넣을 테니까. 덴마크인 구독자가 생길지도 모르지!"

나를 멈추게 하는 데에는 그거면 충분했다.

123

"뭐든, 난 상관없어."

나는 휴대폰을 집어 들고 방으로 올라갔다. 한 소리 듣지 않을 만큼 만 세게 방문을 닫는데 부모님이 킥킥 웃는 소리가 들려왔다.

나는 침대에 누워 캐리스에 관한 이야기들을 다시 훑어보다가 '에 바에 관한 모든 것' 페이지로 들어갔다. 그리고 이런 악플을 캡처해 캐리스에게 보냈다.

Kelly_Sandra: 당신 딸한테 미안해하시길.

Hennessey: 역겨워, 이런 걸 왜 공유하는 거예요?

SparkleyAlice: 아이고, 더 이상 사생활은 없는 거야?

UFCC: 유명세에 굶주렸구먼.

캐리스가 답장을 보냈다.

이게 뭐야?

나는 캐리스에게 링크를 보낸 다음 이렇게 썼다.

팬 메일!

몇 분 후에 캐리스가 답장을 보냈다.

미안. 네 생리 브이로그를 다시 봤어. 두 번 봐도 정말 심하다.

내 답장.

내 말이. 엄마 아빠한테 삭제해 달라고 했어. 근데 지금 조회 수가 3백 50만이야. 절대 안 내리실걸.

캐리스 답장.

세상에, 내려야 해. 미치겠다! 네 생리고! 네 규칙이야! 너 정말 너무 안 됐다, 에바.

캐리스에게 웃는 이모티콘을 보내고는 휴대폰을 내려놓았다. 엄마
가 내 방 천장 가득 매달아 놓은 꼬마전구들이 가짜 별처럼 반짝반
짝 빛났다. 캐리스 말이 맞다. 이건 내 생리다. 그리고 내 인생이다. 하
지만 우리 부모님은 그걸 전혀 상관하지 않는 것 같았다.

다음 날, 침대에 누워 낙서를 끄적이며 캐리스 생각을 하고 있는데
방문을 두드리는 소리가 들렸다.

"에바, 너 이거 꼭 봐야 해!"

엄마는 들어와도 된다는 내 말을 기다리지도 않고 문을 벌컥 열었
다. 아빠가 엄마 뒤에서 영상을 찍고 있었다. 나는 재빨리 스케치북
을 덮었다.

"엄마가 좀 전에 찾은 것 좀 봐!"

엄마가 들어 올린 책에는 이렇게 적혀 있었다.

레인보우 제니퍼 존스의 일급 비밀 일기

※ 이거 읽으면 죽어 가페이스!

엄마가 가레스 삼촌을 가페이스로 불렀다는 걸 알고 웃음이 나려
했다. 하지만 애써 냉소적으로 '근사하네!'라고 말하면서, 이 말이 나
를 혼자 내버려두라는 힌트라는 걸 눈치채길 바랐다. 하지만 두 분
다 눈치가 꽝이었다.

"라스는 비명을 지르다시피 하면서 웃었다니까."

엄마가 얼굴 가득 환한 웃음을 지었다.

"아무것도 안 들렸는데. 어쨌든, 내 방에서 영상 찍는 거 싫어."

아빠 카메라는 계속 나를 향하고 있었다.

"에바, 좀. 이건 엄마가 네 나이였을 때 쓴 일기야! 되게 웃겨!"

"계속 찍을 거면 싫다니까."

엄마가 이미 목청을 가다듬고 있었지만 나는 단호하게 말했다. 그러고는 몸을 창문 쪽으로 굴렸다.

"설마 거기에 엄마랑 아빠의 역겨운 얘기는 없겠지!"

엄마가 웃음을 터뜨렸다.

"에바! 그때는 아빠를 만나지도 않았다고!"

"그럼 감사하지."

"자, 이건 엄마가 열세 살 때, 6월 8일 얘기야."

엄마가 읽기 시작했다.

"엄마는 매사에 잔소리를 한다! 엄마가 내 카세트 라디오를 24시간 동안 압수했다! 내가 두 번 정도 우연히 카세트를 너무 크게 틀어 놓았기 때문이다. 엄마는 지구상에서 킴 와일드가 부르는 노래의 진가를 모르는 유일한 인간임이 틀림없다. 아무튼, 엄마는 나한테 워크맨이 있다는 걸 깜빡했고 그래서 난 여전히 음악을 들을 수 있다! 하하! 엄마한테 나를 제니퍼로 불러 달라고 백만 번은 말했다. 하지만 엄마는 여전히 나를 레인보우라고 부른다! 내가 제니퍼 존스라는 유명한 여배우가 되면 엄마가 더는 나를 레인보우라고 부르지 못할 텐데, 도

저히 그때까지 기다릴 수 없다. 오늘은 내 사인을 수없이 연습했다. 내 재능이 언제 발견될지 누가 알겠어! 다른 소식, 가페이스가 아빠의 면도 로션을 바르기 시작했다! 이제 열한 살인 주제에! 가페이스는 솜털 하나 없고 악취만 풍기는 녀석이다."

엄마는 깔깔대고 웃다가 내 침대로 쓰러졌다. 나는 다리를 오므려서 엄마가 나를 만지지 못하게 했다.

엄마가 웃다가 흘린 눈물을 닦으며 말했다.

"불쌍한 외할머니. 난 얼마나 버릇이 없었는지 몰라!"

"그러게요, 불쌍한 외할머니."

내가 정색을 하고 말하자 엄마가 다시 한번 웃음을 터뜨리며 비명을 질렀다.

"아, 에바!"

엄마가 나를 끌어안았다. 내가 통나무처럼 **뻣뻣**하게 있자, 마침내 엄마가 내 뜻을 이해하고는 멈추었다.

"사춘기를 겪는 건 참 힘들어. 그렇지?"

엄마가 나와 친구가 되려고 노력하는 건 알지만, 그렇게 간절히 원한다면 아빠가 여기서 영상을 찍지 말았어야 했다. 그리고 엄마가 웃다가 울지도 말았어야 했고.

"그래서, 열세 살 엄마를 어떻게 생각해?"

엄마가 내 머리를 뒤로 쓸어 넘기며 물었다.

"짜증 나."

엄마가 웃으며 내 이마에 입을 맞추었다. 난 곧바로 이마를 닦아 버렸다. 엄마가 다시 웃었지만 난 웃지 않았다. 잠시 어색한 시간이 흘렀다.

"크느라 고생인 거 엄마도 알아. 네 외할머니의 방식에 엄마가 항상 동의한 건 아니었어. 하지만 지금은, 사실은 외할머니가 진심으로 언제나 엄마의 관심사를 알고 있었구나 하는 걸 깨달았어."

나는 자세를 똑바로 하고 앉았다.

"외할머니가 엄마의 첫 생리를 전 세계 관객에게 알렸어?"

"아니. 하지만 욕실을 가레스 삼촌이랑 같이 쓰게 하셨어."

나는 눈알을 굴렸다.

"그거랑 내 일상이 방방곡곡 방송된 거랑 같아? 엄마가 나를 버릇없는 애라고 말하고 싶다면, 좋아. 난 버르장머리 없는 애 할 거야."

엄마는 대사를 잊은 배우처럼 당황한 표정으로 아빠를 쳐다봤다. 아빠가 카메라를 내려놨다.

"에바, 우리가 새 콘텐츠 만들기를 지금 당장 그만둘 수 없다는 거 이해하지? 특히나 신문 칼럼이 다음 주에 시작되는데, 그건 말이 안 되잖아."

"맞아, 말이 안 되겠지."

나에게 이것 말고 다른 말이 무슨 의미가 있을까.

"나중에 가상 방 탈출 게임 할래?"

앞선 대화가 무색하게 엄마가 태연히 물었다. 나는 고개를 저었다.

그리고 문이 닫히기를 기다렸다가 스케치북을 다시 꺼냈다.

그래서, 외할머니가 백만 년 전에 엄마 카세트 라디오를 압수했다는 게 뭐 어떻다는 거야? 그게 뭘 증명했다는 거지? 엄마가 안됐다는 생각은 들지 않았다. 할머니한테 이해받지 못하는 기분이 어떤지 알면서, 왜 엄마는 나한테 무슨 짓을 하고 있는지 최소한 이해하려는 노력조차 하지 않는 걸까?

나는 휴대폰 잠금을 풀고 찰리가 보낸 세인트 어거스틴스의 선생님 소개 페이지를 다시 보았다. 캐리스가 했다니 아직도 믿기 어려웠다. 내 친구가 이걸 했다! 그리고 거의 성공할 뻔했다! 캐리스가 친구에게 말하지 않았으면 아무도 알아내지 못했을 것이다. 캐리스가 비밀로 유지했다면, 그럼 성공할 수 있었을 텐데.

지금 든 생각이 나쁘다는 건 나도 안다. 하지만 솔직히 흥분되기도 했다. 혹시, 어쩌면 드디어 내 삶을 되찾을 방법을 알아낸 건 아닐까. 휴대폰을 집어 들고 캐리스의 이름을 클릭했다.

조금 큰일이긴 한데 나 좀 도와줄 수 있어?

그러고는 마음이 바뀌기 전에 얼른 보내기 버튼을 눌렀다.

당연, 뭔데?

잠시 망설이다가 답장을 보냈다.

에바에 관한 모든 것 해킹하기!

흔적을 남기지 마

다음 날 아침, 나는 엄마가 외치는 소리에 잠에서 깼다.

"라스! 이 기사 좀 확인해 줄 수 있어? 난 오늘 보내고 싶거든."

뒤이어 아빠 목소리.

"잠깐만!"

아래층으로 내려가는 발소리가 들렸다. 나는 방문을 열고 아빠가 큰 소리로 읽는 엄마의 기사를 주의 깊게 들었다.

"우리의 새 칼럼니스트, 인기 있는 육아 브이로그 '에바에 관한 모든 것' 운영자인 라스 앤더슨과 젠 앤더슨을 소개합니다. 앤더슨 부부는 딸 에바가 출연하는 유튜브 영상을 제작해 육아의 희로애락을 공유합니다."

"도입부에 이건 어때?"

엄마가 다시 읽기 시작했다.

"십 대 육아는 우리가 몰랐던 새로운 기술을 요구합니다. 예를 들면 딸이 처음으로 여드름이 나는 충격적인 경험을 할 때 어떻게 말해야 하는지, 어깨를 한번 으쓱하는 것을 어떻게 의미심장한 대화로 받아

들여야 하는지, 휴대폰이 저녁 식사 자리의 새로운 손님이 되었을 때 어떻게 차분함을 유지해야 하는지 같은 것 말이죠."

아빠가 소리 내 웃더니 몇 가지를 고치자고 했고 곧이어 엄마 손가락이 노트북 키보드를 두드리는 소리가 들려왔다. 나는 살금살금 방으로 돌아왔다. 기사는 다음 주말에 온라인으로 공개될 예정이라고 했다. 그 글에 구역질하는 이모티콘을 익명으로 달 수 있어야 할 텐데.

일요일 밤까지도 캐리스는 내 문자에 답을 하지 않았고, 이제는 그런 문자를 보낸 게 정말로 미안했다. 하지만 내가 인스타에 올린 미스 피지의 스케치에 캐리스가 '좋아요'를 누른 걸 보면, 나한테 그렇게 화가 난 건 아닐지도 몰랐다.

월요일 아침 등굣길 내내 스퍼드가 마인크래프트 이야기를 했지만 나는 대꾸하지 않았다. 캐리스에게 할 말을 생각하는 데 골몰하느라 스퍼드 얘기가 귀에 안 들어왔기 때문이다. 캐리스와 이제 막 친구가 되었는데 다 망쳤다. 해킹 때문에 퇴학당한 캐리스가 나를 위해 위험을 무릅쓰면서 똑같은 짓을 할 이유가 있을까? 완전히 이기적이고 멍청한 나란 녀석. 언제나처럼 모퉁이에 서 있는데, 캐리스가 나를 향해 걸어오며 얼굴 가득 환한 미소를 지었다.

"에바!"

캐리스는 짧은 머리를 작은 포니테일로 묶고 있었다. 나도 캐리스처럼 짧게 잘랐으면 좋겠지만 엄마가 절대 허락하지 않을 것이다.

"기다려 줘서 고마워."

"문자 너무 미안해. 너한테 그런 부탁을 하다니 내가 정말 멍청했어."

내가 불쑥 말을 꺼냈다.

"괜찮아. 답장하려고 했는데……."

"그런 문자를 보냈다는 것조차 잊어버려. 우리 부모님 때문에 짜증이 났었거든, 그래서……. 정말 나쁜 생각이었어. 네가 전 학교에서 엄청 곤란했던 거 알아……. 미안해."

캐리스가 아침 햇살에 눈을 찌푸리며 나를 쳐다봤다.

"그게 나쁜 생각이라고 누가 그래?"

캐리스의 입술에 작은 미소가 반짝였다.

"그 일과 관련된 건 어떤 문자도 보내지 마. 그리고 네가 토요일에 보낸 것도 삭제해. 네가 진심이라면, 우린 어디에도 발자국을 남기면 안 돼."

내가 신발을 내려다보자 캐리스가 소리 내어 웃었다.

"디지털 발자국 말이야."

흥분으로 뱃속에 파도가 일었다.

캐리스가 엄한 눈으로 나를 쳐다보았다.

"말 그대로 단 한 사람도 안 된다는 뜻이야. 네가 신뢰하는 사람들조차도. 알았지?"

나는 고개를 끄덕였다.

"갈까?"

"할 거야? 그러니까, 나 도와줄 거야?"

다시 한번 환한 미소가 캐리스의 얼굴에 퍼졌다.

"더 빨리 묻지 않았다니 믿을 수가 없어."

그 뒤로는 이상할 만큼 쉬웠다. 할리와 가비는 여전히 우리와 어울리고 싶어 하지 않았다. 점심시간에 둘이 걸어가는 모습을 보니 찌릿하게 가슴이 아팠다. 하지만 나와 캐리스는 비밀스럽게 할 이야기가 있었다. 우리는 아무도 우리 말을 못 듣게 축구장 저 멀리 있는 커다란 참나무 아래로 갔다. 그리고 낮은 나뭇가지에 앉아 점심을 먹으며 계획을 세웠다.

"너희 부모님이 편집하고 업로드하는 컴퓨터 있잖아. 거기 로그인하는 비밀번호를 알 수 있을 것 같아?"

"이미 알아. 1990_TambourineMan이야. 넷플릭스 비번이랑 같아."

캐리스가 넋 빠진 표정으로 빤히 나를 쳐다봤다.

"너 그런 식으로 막 비밀번호 공유하면 안 돼!"

"아, 미안. 그냥 기억하기 너무 쉬워서 그랬어. 두 분이 만난 연도랑 그때 연주되던 노래 제목이거든."

캐리스가 눈썹을 씰룩거렸다.

"어째 너희 부모님께서 보안을 인식하는 수준이 너랑 비슷하신 거 같다."

"그래도 채널 비밀번호는 몰라."

"괜찮아. 컴퓨터 비밀번호만 알고 있으면 나머지에도 접근할 수 있을 테니까. 내가 방법을 알려 줄게."

나는 펜을 찾으려고 교복 재킷 주머니를 뒤적였다.

"있잖아, 내가 세인트 어거스틴스에서 해킹한 거 너희 부모님께 말씀 안 드렸지? 괜히 의심받고 싶지 않거든."

"당연히 안 했지."

"스피드는 어때? 걔가 혹시 의심할까?"

"스피드는 걱정하지 마. 걔는 인생의 대부분을 다른 행성에서 사니까."

내가 공책을 꺼내며 말했다.

"좋아, 준비됐어."

캐리스가 인상을 찌푸렸다.

"에바, 너 이거 하나도 적으면 안 돼. 외워야 해. 어떤 흔적도 남길 수 없어. 너희 부모님 채널을 해킹한다는 건 우리한테 상당히 심각한 문제를 일으킬 수 있으니까."

"아, 맞다. 미안, 알았어."

나는 가방에 공책을 쑤셔 넣었다.

"그냥, 혹시 내가 실수할까 봐 그랬어."

"안 할 거야. 적어도 우리는 아냐."

캐리스가 미소를 지었다.

학교에서 돌아오니 엄마가 나를 지나치게 친절히 대해 주었다. 가장 큰 이유는 한 재활용 문구 회사에서 협찬이 들어왔는데 내가 제품을 사용하지 않아서 사진을 한 장도 못 건졌기 때문이다.

"제발, 에바. 겨우 10분이면 돼. 지금도 일주일이나 늦었어."

"나 지금 숙제해야 해."

"이건 문구류잖아. 사진 찍는 동안 네 숙제를 하면 돼!"

부모님은 내가 촬영에 동의할 때까지 나를 가만두지 않았다.

30분 뒤, 나는 거대한 깃털이 달린 머리 장식을 쓰고 마당 그네에 앉아, 재활용 신문으로 만든 연필로 뭔가를 쓰는 척하고 있었다. 햇빛이 사그라지면서 하늘에 연분홍빛 줄무늬가 나타났다.

"에바, 고개를 살짝만 갸웃거려 봐. 그리고 공책을 조금만 높이 들어 줄래?"

나는 팔을 뻗을 수 있을 만큼 멀리 공책을 들어 올렸다.

"아주 재밌네. 그리고 미소 지어. 아니면 무표정하게 있거나. 뭐가 됐든 그렇게 인상 쓰고 있는 것보다는 훌륭할 테니까!"

엄마는 슬슬 짜증이 나기 시작했다. 내가 입을 쭉 잡아 늘여 바보같이 웃자 엄마가 한숨을 쉬었다.

"라스, 당신이 해 볼래?"

엄마가 카메라를 아빠에게 건넸다. 두 분이 잠시 속닥거린 다음 아빠가 나를 향해 미소 지었다.

"에바, 부탁인데 하자는 대로 해 줘. 안 그러면 괜찮은 사진이 나올 때까지 마냥 여기 있어야 해. 사진 한 장이잖아. 이 제품이 지구를 구한다는 사실에 너도 분명 요만큼이라도 기쁠걸?"

나는 공책에 '이건 너무 멍청한 짓이야.'라고 쓰고는 엷은 미소를 지었다.

"완벽해! 와, 그렇지. 좋아!"

미스 피지가 내 무릎으로 뛰어올라 공책 모서리에 얼굴을 문지르며 골골거렸다.

"딸, 사진 볼래? 정말 굉장한 게 나왔어!"

원래는 싫다고 하려고 했다. 날도 추워지고, 머리 위의 깃털 장식인지 뭔지가 우스꽝스럽게 보일 것 같았기 때문이다. 하지만 엄마가 게시물을 올리기 전에 보고 싶냐고 물은 건 이번이 처음이었다. 어쩌면 엄마가 내 말에 귀를 기울이기 시작한다는 신호일까?

"좋아."

내가 미스 피지를 내려놓자 엄마 얼굴이 환하게 빛났다.

"보여? 너 진짜 대박이야."

엄마가 내 이마에 입을 맞추고는 머리에 남아 있던 작은 깃털 두어 개를 떼어 냈다. 허공에 털어 낸 깃털이 울타리 쪽으로 둥실 떠가는 걸 물끄러미 보는데 덤불 속에서 스퍼드의 얼굴이 나타났다. 그 순간, 엄마가 사진 밑에 달리는 댓글에 바로 답장을 두드렸다. 그러니까 엄마는 내가 사진이 좋다고 말할 때까지 기다린 게 아니었다. 이미 사진을 업로드한 뒤였다.

"내 머리에서 공작새가 자라는 것처럼 보이는데?"

난 이렇게 툭 던지고 스퍼드에게로 갔다. 거리가 가까워지자 스퍼드가 기르는 기니피그의 얼굴 역시 덤불 사이로 보였다. 둘 다 군용 헬멧을 쓰고 있었다. 스퍼드의 부모님은 스퍼드가 우리 가족의 영상에도 나오지 못하게 했지만, 우리가 밖에서 영상을 찍을 때마다 염탐하는 스퍼드를 막을 수는 없었다.

"스퍼드, 동물한테 헬멧 씌우면 안 돼."

내가 덤불 사이로 말했다. 그리고 토스트의 머리에서 헬멧을 살살 벗겼다.

"이런 건 도대체 어디서 났어? 바비 인형 거야?"

"정찰 미션. 스탠바이. 고양이가 접근 중인가? 반복한다. 고양이가 접근 중인가?"

"진정해, 스퍼드. 미스 피지는 안으로 들어갔어. 그리고 숙제할 게 좀 있는데……."

"로저, 부정적이다. 반복한다. 부정적이다. 후퇴!"

스퍼드는 토스트를 데리고 덤불 뒤로 사라졌다.

나는 집으로 들어와 내 방으로 올라갔다. 갑자기, 부모님 컴퓨터를 해킹한다는 사실이 실감 나기 시작했다. 머릿속으로 계획을 짚어 보았다. 로그인, 채널 열기, 비밀번호가 저장되어 있는지 보기, 보안 설정에서 찾고 기억하기, 그리고 삭제하기. 캐리스의 말대로 간단했다.

단지 실행을 앞둔 지금은 그렇게 간단하게 느껴지지 않을 뿐이었다.

그날 밤에는 수학 숙제에 최선을 다했다. 직각삼각형의 빗변을 찾으면서 내가 부모님의 채널에 저지를 행동을 조금이나마 만회하려고 했다. 엄마 아빠는 보통 자정 즈음 잠자리에 들기 때문에 알람을 새벽 두 시로 맞춰 두고 휴대폰을 베개 밑에 찔러 넣었다. 그리고 심호흡을 했다. 마음 한편으로는 두려웠지만, 다른 한편으로는 더 이상 기다릴 수 없었다.

마침내 로그인

새벽 두 시에 알람이 울렸을 때, 너무 당황한 나머지 실수로 다시 알림 버튼을 누르고 말았다. 또다시 잠이 들려는 찰나에 번뜩 내가 할 일이 떠올랐다. 차가운 공포가 천천히 온몸에 퍼졌다. 자리에서 일어나 살금살금 방을 가로질러 갔다. 숨을 참고 조심스럽게 방문을 여는데, 미스 피지가 펄쩍 뛰어드는 바람에 심장이 멈출 뻔했다. 나는 미스 피지를 침대의 따뜻한 자리에 내려놓은 다음 거의 숨도 쉬지 않고 아래층까지 내려갔다. 식기세척기의 조그만 빨간 빛과 바깥 가로등의 흐릿한 주황빛을 제외하고는 집 안이 온통 깜깜했다.

부모님이 작업하는 방에 들어가서 조용히 문을 닫고 자리에 앉아 마우스를 움직였다. 부모님은 컴퓨터를 항상 절전 상태로 둔다. 화면이 갑자기 밝아지자 눈이 멀 것 같았다. 잠시 문에 귀를 기울인 후 떨리는 손가락으로 비밀번호를 눌렀다. 침입자 알람 같은 게 울리지 않을까 반쯤은 걱정했지만 딱 캐리스가 말한 그대로였다. 나는 캐리스의 말을 조용히 되뇌었다. 로그인, 채널 열기, 비밀번호가 저장되어 있는지 확인하기. 로그인, 채널 열기, 비밀번호가 저장되어 있는지 확인하기. 아이콘을 클릭하는 손이 여전히 떨리고 있었다. 갑자기, '앤 더슨 가족을 만나 보세요' 창에서 음악이 최대 출력으로 흘러나왔다. 심장이 입 밖으로 튀어나오는 줄 알았다. 난 재빨리 음소거를 누르고 얼음 상태로 있었다. 위층에서 아무 소리도 들리지 않는 것을 확인하고는 마우스를 꼭 쥔 채 긴 숨을 몰아쉬었다. 로그인됐다.

해킹은 은행을 터는 것과 별반 다르지 않다. 실제로 은행을 털어 본 적은 없지만 퍽 비슷할 것 같았다. 그러니까, 어떤 지점에 도착하면 돌아설 수 없다. 일단 들어가면 돌아 나오는 게 나아가는 것보다 어렵게 느껴지는 것이다. 공포로 온몸이 마비된다 해도 계속 앞으로 가야 한다.

마우스로 메뉴를 훑어본 뒤 예약된 영상을 클릭했다. 몇 시간 후에 방송이 예정된 영상이 하나 있었다. 〈에바의 부모예요, 우릴 여기서 꺼내 주세요!〉였다. 섬네일에서는 엄마와 아빠가 군대에서 쓰는 위장 장비를 입고 있었다. 자막은 두 개였는데 '사랑스러운 초딩에서 무서운 십 대로'와 '에바가 악당이 되고 있어요!'였다. 자막을 읽고 있자니 애당초 내가 왜 이런 마음을 먹었는지가 떠올랐다.

영상 옆에 있는 상자를 선택하고 삭제를 클릭했다. 그러자 경고 창이 떴다. '삭제는 영구적이며 실행을 취소할 수 없습니다.' 나는 컴퓨터 옆에 있는 액자 속 사진을 흘끗 보았다. 지난여름에 나, 엄마, 아빠, 그리고 할머니가 코펜하겐의 외레순 다리에 서 있는 사진이었다. 그날은 정말 즐거웠는데.

첫 번째 영상을 삭제하는 데 1분이 걸렸다. 막상 영구 삭제라고 적힌 버튼을 누르려니 약간 무서웠다. 하지만 그때 공유 예정인 다른 영상들이 눈에 들어왔다.

<에바가 화났어요!>

<에바가 보여 주는 전설의 눈 굴리기 모음!>

갑자기 '에바에 관한 모든 것' 영상을 최대한 많이 삭제하는 것이 지금까지 내가 생각한 가장 훌륭한 아이디어처럼 느껴졌다. 캐리스의 지시를 떠올렸다. 먼저 채널 비밀번호를 외워야 해! 보안 설정을 열고 비밀번호 보기 상자를 클릭했다. 비밀번호는 컴퓨터 비밀번호와 같았지만, 대문자와 소문자 혼용, 그리고 'tambourine'의 'o'가 숫자 '0'이라는 게 달랐다. 절대 못 외울 것 같아서 사진을 찍으려 했지만 핸드폰을 위층에 두고 온 것 같았다. 연필꽂이에 있던 연필로 포스트잇에 비밀번호를 휘갈겨 적고는 잠옷 주머니에 쑤셔 넣었다. 인기 동영상 페이지가 로딩되길 기다리는 동안 무의식적으로 포스트잇에 구름을 끄적거렸다. 나는 <우리 꼬맹이가 여자가 됐어요!>랑 <해피 밸런타인데이!>를 삭제했다. 다시 재생 목록을 클릭하려는데 위층에서 벨소리가 들렸다. 죽은 듯이 동작을 멈췄다. 내 휴대폰이다! 알람 끄는 걸 잊어버렸구나!

공포로 얼어붙은 심장을 부여잡고 잽싸게 웹 창을 닫은 뒤 절전을 눌렀다. 그리고 최대한 빠르고 조용히 계단을 두 칸씩 달려 올라갔다. 이불 밑으로 뛰어들면서 베개 밑에 있던 휴대폰을 낚아채 멈춤을 누르고는, 솜털 하나 움직이지 않고 1분을 꼬박 누워 있었다. 심장 뛰는 소리가 내 귓가에 포격처럼 울렸다. 밖에서 아무 기척이 느껴지지 않았을 때서야 자리에서 일어나 조심스럽게 방문을 닫고 다시 침대로 돌아갔다.

아드레날린 때문이었을까, 아니면 순수한 안도감이었을까. 뚜렷한 이유를 모르게 눈물이 뺨을 타고 흘러내리기 시작했다. 나는 다리를 이불 속에 집어넣고 머리를 베개에 뉘었다. 잠드는 데 시간이 조금 걸렸다.

심장마비에서 회복되는 기분이었기에 그때는 미처 깨닫지 못했지만, 나는 컴퓨터 바로 옆에 멍청한 증거 한 조각을 남겨 두고 말았다.

평범하게 행동하라

다음 날 아침에는 걱정으로 속이 울렁거렸다. 엄마랑 아빠가 분명 알아차리고 말 거야. 그렇게 여러 번 클릭했던 삭제 아이콘이 내 눈동자에서 보일지도 모르고, 아니면 내 피부에 문신처럼 새겨졌을지도 모른다. 비밀이란 그런 거다. 새롭고 신선해서 누구에게나 보일까 봐 걱정하는 것으로 시작된다. 하지만 비밀을 품은 채 좀 더 수월하게 지내려면 그런 기분에 익숙해져야 한다는 게 내 생각이다.

두어 해 전 여름인가, 내가 할머니 댁 마당에 있는 커다란 너도밤나무에 올라가는데 할머니가 아빠가 없을 때는 나무를 타지 말라고 했다. 높은 나무에 갇히면 할머니가 나를 내려 줄 수 없기 때문이다. 하지만 나는 제대로 듣지 않고 닿을 수 있는 가장 높은 가지, 거의 꼭대기까지 올라갔다. 경치가 어마어마했다. 항구를 지나 곧장 바다로 가는 길이 전부 보여 참 좋았다. 결국, 코펜하겐에 연극을 보러 갔던 부모님이 돌아와 아빠가 나를 내려 줄 때까지 한참을 거기 있어야 했다. 그때 할머니는 나무에 오르는 나를 보며 고개를 절레절레 저었다. 그리고 할머니를 생각하면 언제나 떠오르는 다정한 덴마크어로

143

이렇게 얘기했다.

"노를 저어 돌아올 수 있는 거리보다 더 멀리 항해하지 말렴."

그날 채널을 해킹하고 겨우 몇 시간 후에, 아빠랑 같이 두뇌 촉진 그래놀라를 만들고 엄마가 영상을 찍는 동안 할머니 말씀이 노래처럼 혹은 경고처럼 슬금슬금 떠올랐다. 할머니의 조언이 머나먼 북해를 건너 내 머릿속으로 항해해 왔다. 하지만 나는 할머니 말씀을 충분히 마음에 새기지 않았다.

식탁에 앉아 그래놀라를 한 숟가락 가득 떠서 조용히 씹는데, 부모님이 작업하는 방에서 엄마 목소리가 들려왔다.

"에바! 너 여기 들어왔었니?"

피부가 싸늘해졌다. 공포로 턱이 굳어서 한입 가득 넣은 그래놀라가 씹히지 않았다. 엄마가 방에서 나와 내가 지난밤에 낙서한 포스트잇을 내밀었다. 재빠르게 생각하는 건 원래 내 전공이 아니다. 그런데 아빠의 두뇌 촉진 그래놀라 레시피가 정말로 효과가 있었나 보다. 얼어붙은 뇌가 겨우 몇 초 만에 작동을 시작했으니까.

"아, 응. 미술 시간에 연필이 필요해서. 그냥 테스트해 본 거야."

"거기 있는 건 아무것도 만지지 말아 줄래. 우리 딸? 우리 메모가 온 사방에 널려 있어서 그래."

엄마가 다시 들어간 뒤에야 비로소 숨이 쉬어졌다.

아침을 먹고 위층에서 양치를 하는데 엄마가 외치는 소리가 들렸다.

"라스! 잠깐 들어올 수 있어? 문제가 생겼어!"

"뭔데?"

아빠가 소리쳤다. 놀란 나는 온몸이 굳은 채, 엄마 아빠의 작업실 방문 손잡이가 움직이길 기다렸다.

'그냥 평소처럼 행동해!' 나 자신에게 말했다. '그냥 완전히 평소처럼 행동해. 그리고 절대로 그렇게 얼어붙은 채 욕실 한가운데에 서 있지 마. 범죄자처럼 보이니까!'

작업실 문이 열리자 나는 재빨리 욕실 문을 닫았다. 그리고 가만히 서서 내 심장이 쇠망치처럼 쾅쾅거리는 소리를 듣고 있었다. 아빠가 계단을 밟는 소리가 들렸다.

"예약한 영상이 사라졌어! 당신이 삭제하거나 뭘 했어?"

"난 손도 안 댔어."

아빠가 작업실 문을 닫았는지, 나머지 얘기는 들리지 않았다.

나는 방으로 가서, 캐리스가 '평소처럼 행동해'라고 한 말을 머릿속으로 떠올리며 잠시 침대에 앉아 있었다. 하지만 사실은 어떻게 하는 게 평소처럼 행동하는 건지 기억이 나지 않았다. 바람을 쫓던 연이 나무에 걸린 것처럼, 뇌가 덫에 걸려 엉킨 것 같았다. 하지만 공포심 아래 어딘가에서 자그마한 성취감도 느껴졌다. 그때 작업실 문이 열렸다.

"그래, 나도 알아, 젠. 그런데 우리가 달리 뭘 할 수 있겠어? 당신이 업로드했다고 생각하는 거 나도 알아. 근데 아마 제대로 저장되지 않앉을 수도 있잖아. 그게 사라졌을 리는 없어. 하드에 저장되어 있으니까 그냥 다시 올리자고. 내가 커피 한 잔 갖다줄게."

잠깐, 하드에 저장되어 있다고? 다시 올릴 거라고? 영상을 삭제하는데 내 목숨을 걸었는데, 다 헛된 일이었다니! 나는 아래층으로 내려가 여전히 귀를 쫑긋 세운 채 신발을 신었다. 다른 영상들도 삭제됐다는 건 아직 눈치채지 못한 듯했다. 어쨌든 아직은 아니었다. 엄마가 그 사실을 깨닫는 순간 놀라서 컴퓨터에 커피를 떨어뜨렸으면 좋겠다.

그때 휴대폰이 울리는 바람에 깜짝 놀랐다. 할리였다.

우리끼리만 학교 가는 거 어때?

원래 캐리스와 라벤더가 끝에서 만나 결과를 얘기하기로 했었다. 흔적이 남을까 봐 문자를 주고받지 않았기 때문이다. 하지만 할리다! 나는 답장을 보냈다.

그럼, 좋지.

나는 캐리스에게 독일어 숙제는 잘했으니 학교에서 보자고 메시지를 보냈다. 독일어 숙제는 해킹을 뜻하는 우리의 암호다. 오직 비상 상황일 경우에만 쓰기로 했다. 사실 생각해 보면, 내가 고작 독일어 숙제 때문에 누구에게 메시지를 보낸다는 거 자체가 우리 부모님이 보기에 굉장히 의심스럽긴 하지만.

"야, 내가 과학 숙제 짝으로 우리 이름 적었어."

현관문 앞에서 스퍼드가 말했다.

"좋아. 무슨 과학 숙제?"

"너 숙제 앱은 전혀 확인 안 해?"

"무슨 숙제 앱?"

반쯤은 농담이었지만 스퍼드는 내 말을 듣고 씨익 웃었다.

"내가 두 단어를 얘기할 거야. 그럼 첫 번째로 떠오르는 걸 나한테 말해."

"좋아, 시작."

"강자성 유체."

"스퍼드, 이 게임은 실제로 들어 본 단어 중에서 말해야 하는 거잖아."

"강자성 유체는 자기극에 끌리는 액체를 말해."

나는 스퍼드를 멍하니 바라보았다.

"그러니까, 어떻게 생각해? 우리 과학 프로젝트로 말이야!"

"네가 라미랑 같이 하는 게 더 낫다고 생각해."

"제이콥 선생님이 남녀가 짝이 되어야 한다고 하셨어. 우리 반에서 나랑 얘기하는 여학생은 너뿐이잖아."

"좋아. 하지만 좀 더 간단한 걸 해야 하지 않을까?"

"이거 안 복잡해! 내가 유튜브로 실험을 보여 줄게. 완전 레전드야."

스퍼드가 씩 웃었다. 유튜브라는 말을 듣자 뱃속에 바늘처럼 따끔한 죄책감이 느껴졌다.

"나중에."

나는 이렇게 말하고 스퍼드가 길을 건너 덕후 공포증 무리에 합류하는 모습을 쳐다봤다. 할리가 모퉁이에서 나를 기다리고 있었다. 머리를 중간까지 길게 땋아 늘여 목 부근에서 헐렁하게 묶은 채였다.

"네 머리 진짜 대박이다. 너무 예뻐."

"고마워. 우리 숙모가 해 주셨어. 결승전에서 머리를 이런 식으로 할까 생각 중이야."

학교가 가까워지자 할리가 말을 꺼냈다.

"네가 전에 한 말 때문에 가비가 엄청 속상해하는 거 알아? 나도 캐리스에 관해 안 좋은 얘기 몇 개 들었어. 가비에게서만이 아니야."

"캐리스는 예전 학교에서 있었던 일을 잊고 싶어 해. 새출발 알잖아."

지금까지 한 것 중 가장 큰 거짓말 같았다. 나는 할리에게서 시선을 멀리 돌렸다.

"우리 셋이 같이 어울릴 수 있을 거야."

"그건……, 난 학생회 소속이라는 거 잊지 마. 만약 캐리스가 우리를 곤경에 빠뜨리면 난 자리를 잃을 수도 있어."

"할리. 학생회가 너한테 누구랑 친구 하라고 말해 줄 수 있는 건 아니야."

"알아. 하지만 가비도 우리가 캐리스와 어울리지 않는 게 낫겠대. 우리 반에 걔랑 친구 할 수 있는 다른 애들 많잖아."

"하지만 나는 캐리스랑 친구가 되고 싶어."

"나보다 더 많이?"

"하지만 할리······."

캐리스가 나를 어떻게 도와줬는지 할리에게 얘기하는 상상을 해 봤다. 그러니까, 새벽 두 시에 '에바에 관한 모든 것' 영상을 몰래 삭제하는 것 같은. 할리가 어떤 반응을 보일지는 뻔하다. 나를 곧장 우리 집으로 데려가 다 털어놓게 할 것이다. 할리에게는 절대 말 못 해. 그 순간 우리 사이에 유리 벽 같은 비밀이 생긴 것 같았다.

"좋아. 그럼, 나중에 보자."

할리는 내가 다른 말을 할 새도 없이 가비가 기다리고 있는 길로 뛰어갔다.

그날 아침, 제이콥 선생님이 지난주 물리 시험 성적표를 나눠 주기 시작했다. 시험지를 돌려받은 스퍼드가 '예스!'라고 외치길래 쳐다봤더니 점수가 97%였다. 내 책상에 놓인 종이에는 빨간 동그라미 안에 38%라고 적혀 있었다. 그럼 그렇지, 빨간 동그라미 안에는 절대 좋은 게 없는 법이다.

선생님이 짙은 눈썹을 치켜올리며 나를 바라봤다.

"에바. 복습하지 않은 게 분명해."

아이들의 눈이 나를 향했고, 특히 알피는 줄 끝에서 실실 비웃고 있었다.

"영상을 찍느라 조금 바빴어요, 선생님. 정말 죄송합니다. 하지만 저희 부모님은 인생에 물리보다 더 중요한 게 있다고 생각하세요."

선생님이 다시 한번 눈썹을 치켜올렸다.

"그러시니?"

나는 침을 꿀꺽 삼켰다.

"저는 명백히 동의하지 않지만요."

나는 희미한 미소를 지었다. 그리고 선생님이 교탁 옆으로 가자 시험지를 과학책 뒤에 쑤셔 넣었다. 선생님이 부모님께 전화하지 않았으면 좋겠다. 내가 과학에서 낙제했다는 유튜브 영상은 전혀 필요 없기 때문이다.

점심시간에 비가 내려서 캐리스와 나는 밖으로 나가지 못했다. 하지만 윌슨 선생님이 그림을 그리는 동안에는 미술실에 있어도 된다고 해서, 우리는 곧바로 뒷자리에 앉았다. 다행히 선생님은 헤드폰을 끼고 있었다.

"두 분이 너를 의심하지 않아서 다행이야."

캐리스가 선반 위에 놓인 까마귀 두개골을 스케치하면서 말했다.

"만약 너한테 물어보셔도 놀라지 마. 내 말은, 분명히 놀란 척해. 하지만 네가 알고 있는 건 전부 부인하라는 거야."

"하지만 그 영상들을 다시 업로드하셨어. 봐."

나는 휴대폰 화면을 켜 부모님의 유튜브로 들어갔다.

"〈에바가 보여 주는 전설의 눈 굴리기 모음〉은 이미 온라인 상태야."

월슨 선생님은 음악을 흥얼거리면서 금속 도구로 캔버스의 페인트를 긁어 내고 있었다. 나는 캐리스에게 이어폰을 건네고 재생 버튼을 눌렀다. '지금 나는 당신이 너무 미워요'라는 노래 가사가 흘러나오기 시작했다. 이상할 만큼 영상과 꼭 들어맞는 음악이었다. 영상은 내가 눈 굴리는 장면만 모은 것으로, 수년 전에 찍은 것도 있었다. 좋아요 1만 4,800개라니. 이건 캐리스가 안 봤길.

"좋아. 그럼, 다음번에는 영상을 삭제하지 않으면 어떨까? 다른 걸 하면 어때?"

캐리스가 조용히 말했다.

"달리 할 수 있는 게 있어?"

캐리스가 미소를 지으며 연필 뒤를 깨물었다.

"나한테 좋은 생각이 떠오른 것 같아."

그날 오후 국어 시간에 웨스트 선생님은 평소처럼 셰익스피어 이야기를 이어 갔다. 나는 눈을 뜨고 있으려고 정말로 열심히 집중했다. 그리고 캐리스가 점심시간에 제안한 걸 생각해 보았다. 콘텐츠를 삭제하는 대신 우리가 직접 만든 걸 업로드할 수 있다니. 뱃속이 흥분으로 요동쳤다.

"에바! 너 집중하고 있니?"

웨스트 선생님이 날카롭게 말했다.

"네, 선생님."

"그럼 셰익스피어가 평생 얼마나 많은 소네트를 썼는지 말해 줄 수 있겠구나?"

힌트를 얻을 수 있을까 싶어 칠판을 쭉 훑었지만, 소네트 이야기는 하나도 없었다. 스퍼드를 흘깃 쳐다보았다. 스퍼드가 나를 향해 손가락 하나를 들어 올렸다.

"어, 하나요?"

내 대답에 몇 명이 웃음소리를 냈다. 스퍼드는 책상에 머리를 쾅쾅 박는 시늉을 했고 선생님은 한숨을 쉬었다.

"윌리엄 셰익스피어는 154편의 소네트를 썼어요, 아가씨! 선생님은 셰익스피어가 국어 시간을 몽상으로 보내지 않았다고 장담해! 배움은 마법처럼 일어나지 않는다는 거 알고 있지?"

나는 남은 수업 시간 동안 흥미진진하다는 표정을 짓고 있으려고 노력했고, 덕분에 집에 도착할 무렵에는 기진맥진한 상태였다. 현관문을 열면서 평소처럼 행동하라고 나 자신에게 말했지만 손이 가볍게 떨렸다. 안으로 들어가기도 전에 부모님 모습이 보였다. 두 분은 주방 식탁에 앉아 나를 기다리고 있었다.

사라진 죄책감

나는 잠시 현관 앞에 서 있었다. 즉시 자백할 것인가? 아니면 철저히 부정할 것인가? 마음이 시소를 타고 있었다. 식탁에는 핫초코가 담긴 머그잔과 신제품으로 보이는 태블릿이 있었다. 아빠는 두 손을 식탁에 올려놓았고 엄마 휴대폰은 뒤집혀 있었다. 촬영도 안 하고 있다니, 너무 이상한데.

"앉아, 에바."

아빠가 말했다.

"별일 없는 거지?"

나는 캐리스가 앞서 한 말을 되새기며 물었다. '부모님은 날 배제하고 있어. 두 분은 아무것도 몰라.' 하지만 이미 얼굴에서 핏기가 싹 가시는 느낌이었다.

"엄마랑 아빠…… 심각해 보이는데."

"아, 걱정하지 마, 우리 딸."

엄마가 파리를 쫓는 것처럼 손을 휘휘 저었다.

"그냥 오늘 힘든 하루를 보내서 그래. 기술적인 결함 문제가 있었거

153

든. 무슨 일인지 통 모르겠는데, 아마 엄마가 뭘 잘못했나 봐. 하지만 지금은 다 고쳤어. 오늘 아침에 컴퓨터에 접속 안 했지, 우리 딸? 그렇지? 그러니까, 학교 일이나 뭐 다른 걸로 말이야."

엄마가 미소 띤 얼굴로 물었다. 나는 고개를 저었다.

"난 그 컴퓨터 쓰면 안 되잖아."

아빠도 미소를 지었다. 아마도 내 평생 처음으로 정답을 말했기 때문인 것 같았다. 나는 엄마 옆에 앉아 최대한 태연하게 보이려고 노력했다.

"그래서, 무슨 일인데?"

"가족 삼각형이 필요하다는 생각이 들었거든."

엄마가 내 머리카락을 귀 뒤로 부드럽게 쓸어 넘겼다. 가족 삼각형은 부모님이 가족회의를 일컫는 말이다. 아빠는 아빠, 엄마, 그리고 내가 삼각형의 세 꼭짓점이라면서 만약 서로가 없다면 우리는 무너질 거라고 했다. 하지만 나에게 우리 가족은 더는 삼각형이 아니다. 마치 백만 면체 도형 안에 우리가 갇혀 있는데, 백만 면의 각기 다른 얼굴들이 전부 안을 응시하고 있는 모습 같다.

엄마가 내 쪽으로 몸을 돌렸다.

"'에바를 위하여'에서 우리한테 몇 가지 의견을 보냈는데……."

나는 또 눈알을 굴리다가 아빠한테 걸렸다.

"일단 엄마 말 좀 들어 봐, 알았지?"

"요즘 네 모습이 예전 같지 않다고 하는 거야. 오늘 아침에 기술적인 문제도 있고 해서 예전 영상들을 한번 봤거든. 그거 알아? 그분들 말이 맞았어. 넌 댄스 루틴도 하고 함께 빵을 굽기도 했어. 매주 금요일에 디즈니 공주 노래방도 했지. 기억나?"

그 기억에 저절로 미소가 지어졌다.

"오래전이잖아. 디즈니 공주 옷을 차려입고 유튜브 라이브로 '렛잇고'를 부를 나이는 한참 지났지. 그게 정말로 지금 내 인생에 도움이 된다고 생각해?"

아빠가 씩 웃으며 말을 이었다.

"우린 단지 요즘 네가 채널에 그렇게 큰 재미를 못 느끼는 것처럼 보인다는 거야."

"내가 재미없어하는 건 엄마 아빠도 알잖아. 채널에 나오고 싶지도 않아."

"알았어. 아 참, 과학 선생님한테서 이메일도 하나 받았는데."

나는 창밖으로 시선을 돌렸다. 아, 사악하기 짝이 없는 제이콥 선생님!

"38퍼센트. 에바, 지난번 시험 점수보다도 낮잖아!"

"음, 아마 우리 학교가 별로 안 훌륭한가 봐. 내가 오히려 점점 무식해지는 걸 보면."

엄마는 웃음을 참으려고 애쓰다가 결국 손으로 입을 가렸다.

"제이콥 선생님이 그러는데 네가 영상 촬영 때문에 시험공부를 못한다고 했다며. 너 정말 그렇게 말했어?"

"내 말은, 유튜브 채널이 아니었으면 아마 공부를 훨씬 더 잘했을 거라는 뜻이야. 당연히 물리 시험도 처음부터 통과했을 거고."

나는 시선을 식탁보에 고정한 채 진실을 말하고 있었다.

"결국 채널을 닫아야 하지 않을까? 아빠가 8학년이 중요하다고 했잖아. 그리고 제이콥 선생님은 진짜 똑똑한 분인데, 선생님이 보기에 채널이 나한테 안 좋다고 하는 거면……"

엄마가 피식 코웃음을 터뜨렸다.

"제이콥 선생님 말씀은 그게 아니야, 에바. 선생님은 우리 채널을 본 적도 없으셔!"

"그래, 에바. 우리가 말하는 건 그게 아니야. 채널을 그만둘 순 없어. 우리 직업이니까! 그저 균형을 바르게 할 필요가 있다는 거지. 그래서 이제부터는 일정을 개선하고 네가 학교에서 돌아오자마자 숙제를 할 수 있도록 할 거야. 할 일을 일요일 밤까지 남겨 두면 안 돼! 촬영은 새 일정에 맞춰 조정할게."

아빠가 손가락으로 식탁을 두드렸다.

"그리고 이거 받아."

엄마가 태블릿 상자를 내 앞으로 밀었다.

"라스는 네 성적이 오를 때까지 기다리고 싶어 했지만 엄마가 다른 방법으로 설득했어."

엄마는 우리 둘 사이의 비밀이라는 듯 나를 보며 미소 지었다.

"네가 신제품 갖고 싶어 한 거 우리도 알아. 이게 있으면 정말로 즐

겁게 숙제할 수 있을 거야! 네가 꼭 갖고 싶다고 한 로즈골드 색상이
야. 스크린이 초저반사율을 지원하는데, 얘 완전 다재다능이다! 영
상을 촬영하고 편집하고 공유도 할 수 있어. 기기 한 대에서 다 된다
니까! 매직 키보드도 있는데 웬만한 노트북보다 더 빨라. 물리 숙제
마저 재밌어질걸! 그리고 네가 그림을 잘 그린다는 것도 아니까…….
짜잔!"

엄마가 식탁 밑에서 신제품 스마트 펜을 꺼냈다.

"이 펜은 태블릿 옆에 자석으로 붙어. 픽셀 단위의 완벽한 정밀도를
장착했고 사용하기도 엄청 쉬워. 창의적인 프로젝트를 수행하는 데
완벽하지! 그리고 이거 봐. 우리가 새겼어."

엄마가 펜을 집어 들자 옆에 금색으로 새긴 '에바 앤더슨'이라는 글
자가 보였다.

"꿈을 꾸어라. 적어 두어라!"

엄만 왜 저런 식으로 얘기하는 걸까? 꼭 광고에 나오는 사람 같았
다. 하지만 좀 흔들리기도 했다. 만약 어디에선가 지니가 튀어나온다
면 소원으로 빌고 싶은 선물이 바로 신제품 태블릿과 스마트 펜이었
으니까. 나는 선물을 한 번, 그리고 엄마를 한 번 쳐다봤다. 그리고
내 의지를 영혼까지 끌어모아 말했다.

"난 뇌물 안 받아."

엄마가 멈칫하고 내 얼굴을 보더니 웃음을 터뜨렸다.

"아, 에바. 엄만 정말 진심인 줄 알았잖아! 이건 화해의 선물이야,

바보야. 우리의 스타가 되어 줘서 고마워. 넌 우릴 너무 자랑스럽게
해 줬어."

엄마가 자리에서 일어나 나를 꼭 안았다.

"우린 널 너무 사랑해, 에바."

그러고는 어리둥절해하는 내 머리에 대고 이렇게 말했다.

나중에 보니, 상당히 훌륭한 대사였다. 〈정의의 힘〉에서 엄마가
한 연기보다 단연코 더 나았다는 뜻이다. 아빠가 책장으로 걸어가기
전까지는 영상을 삭제해서 죄책감을 느끼고 있던 게 사실이다. 그랬
는데.

빕―빕.

하, 영상을 찍지 않을 거라고 생각하다니 난 너무너무 멍청해. 이건
가족 삼각형이 아니었다. 그저, 편집되고 업로드되어 '좋아요'를 받고
공유되고 댓글이 달릴 또 다른 장면일 뿐이었다.

내가 다음에 할 일에 죄책감을 조금도 느끼지 않은 건 바로 이런
이유였다.

상어의 공격

다음 날, 나는 방과 후에 캐리스네 집에 가서 독일어 숙제를 해도 된다는 허락을 받았다. 캐리스가 언어에 얼마나 재능이 있는지를 자랑한 덕분이었다. 엄마는 50만 구독자 달성을 대비해 특별한 브이로그 영상을 만들고 싶어 했다. 나는 아빠가 짠 새로운 일정에 따라 숙제가 최우선이어야 했다. 엄마는 그것 때문에 살짝 짜증이 난 상태였는데, 윌슨 선생님이 언플러그의 날에 부모님도 참여하라고 권하는 메일을 보내자 패닉에 빠졌다. 그날 50만 번째 구독자를 달성하면 정말 중요한 순간을 놓치게 된다는 것이다. 하지만 나는 그런 일이 벌어지는 상상만으로도 웃음이 났다.

캐리스네 집은 라벤더가 끝, 전나무로 둘러싸인 막다른 골목에 있다. 우리 집에서는 몇 블록 떨어진 곳이다. 도로에서는 집이 보이지 않았는데, 정말 긴 자갈길을 걸어 들어가고 나서야 캐리스가 말했다.

"집이 최고지!"

그러면서 담쟁이덩굴이 지붕까지 덮인 거대한 저택을 가리켰다. '까

마귀 영토'라는 이름도 붙어 있었다.

"우아! 이게 너희 집이야?"

내가 놀란 눈으로 물었다. 진심으로 신발을 닦고 올 걸 그랬다는 생각이 들었다.

"감동 먹을 필요 없어."

캐리스가 어떤 기둥의 갈라진 틈으로 손가락을 콕 찔러 넣자 작은 먼지구름이 새어 나왔다.

"말 그대로 쓰러지고 있으니까."

캐리스가 웃으며 문을 밀어젖혔다. 문이 끼익 열리는 소리와 개 짖는 소리가 복도에 메아리쳤다. 나는 재빠르게 캐리스 뒤로 물러섰다. 작은 말 크기의 개가 쿵쿵거리며 우리 쪽으로 다가왔다.

"난 고양잇과라는 얘기를 하기에 아직 늦은 거 아니지?"

"걱정하지 마. 얘 엄청 착하니까!"

캐리스가 개의 귀를 문질렀다.

"넌 우리 곰돌이지, 버니?"

나는 조심스럽게 버니의 머리를 쓰다듬었다.

그 순간 버니의 침이 내 신발에 툭 떨어졌다.

"좀 이런 면도 있어. 미안!"

우리 웃음소리가 복도에 둥둥 떠다녔다. 캐리스가 소리쳤다.

"나 왔어요!"

하지만 아무 대답도 들리지 않았다. 캐리스는 먼지가 쌓인 피아노

건반을 손가락으로 훑으며 거대한 계단 난간으로 향했다. 나선형으로 뻗어 오른 계단이 꼭 할머니가 키우던 커다란 앵무조개 껍데기 같았다.

"너희 집에서 촬영하라 그러면 우리 엄마 기절하겠다."

아무 생각 없이 툭 내뱉었는데 너무 바보 같은 소리였다. 내가 여기 온 이유는 바로 다음 해킹 계획을 세우기 위해서인데 촬영 얘기를 꺼내다니.

"아니 내 말은, 너희 집이 정말 굉장하다는 뜻이야."

"고마워."

우리는 두 층을 올라가 캐리스의 방으로 갔다.

"저쪽 끝은 굉장히 오래된 포탑으로 이어지거든. 거기 올빼미 둥지가 있어."

보러 가도 되는지 진심으로 물어보고 싶었지만 꾹 참았다.

캐리스의 방은 테이프로 붙인 커다란 포스터로 벽이 꽉 차 있었다. 내 방에서는 그런 게 허락되지 않았다. 엄마가 우리 집을 미술관처럼 큐레이팅하기 때문에 일단 포스터도 내가 못 고르고, 또 전부 액자에 들어 있어야 했다. 엄마는 액자가 똑바른지 확인하는 도구도 있다. 캐리스처럼 담배 피는 여자가 그려진 옛날 영화 포스터를 침대 위에 붙이면 엄마는 아마 기겁할 것이다. 그건 '브랜드 수준'에 관한 일이니까.

나는 커다란 쿠션에 앉아 캐리스가 서랍장 뒤지는 걸 쳐다보았다.

"근데, 우리가 업로드하려는 것 말이야."

마침내 내가 말을 꺼냈다.

"너무 나쁘거나 그런 건 아니겠지? 내 말은, 난 분명히 채널 구독자가 줄어들면 좋겠어. 50만 구독자를 달성하면 부모님이 〈에바 앤더슨의 생리: 더 무비〉를 찍으실 테니까."

캐리스가 소리 내어 웃으며 계속 서랍 속을 뒤적거렸다.

"난 단지, 이게 부모님 브랜드에 안 좋긴 하겠지만 그렇다고 누군가를……, 기분 나쁘게 하고 싶지는 않거든."

"걱정하지 마. 무슨 말인지 알아."

캐리스가 노트북과 충전기를 꺼냈다.

"이제 막 다수의 신규 구독자가 생긴 거잖아. 그렇지? 그러니까 만약 우리가 좀 이상한 걸 업로드하면 그 신규 구독자들은 이 채널이 노잼이라고 생각할 거야. 그리고 구독을 끊겠지. 기존 구독자들도 좀 떠날지 모르고."

캐리스가 노트북을 열었다.

"그리고 협찬 회사들은 채널 페이지가 습격당했나 싶어서 약간 긴장할지도 몰라. 영향을 끼칠 만한 나쁜 짓은 할 필요가 없어."

나는 목구멍에 걸린 묵직한 혹을 꿀꺽 삼켰다.

"만약에 부모님이 우리 뒤를 쫓으면 어떡해?"

캐리스가 옷소매로 노트북 화면을 닦았다.

"너희 부모님 비밀번호를 사용할 거라서 아무것도 못 찾으실 거야. 솔직히, 그 비번은 추측하기 어렵지 않잖아. 너희 고양이 이름을 비번으로 쓰는 거나 다름없거든!"

캐리스의 말을 듣고 내 소셜미디어 비밀번호 Ilove_MissFizzy를 바꾸기로 마음먹었다.

"있잖아. 마음이 바뀌었으면 안 해도 돼."

"아냐, 해야 해. 멈출 수 있는 다른 방법이 없어."

그건 사실이지만 놀이동산 롤러코스터 맨 꼭대기에 아슬아슬하게 앉아 있는 기분은 아직 그대로였다.

"그냥, 우리가 곤란해질까 봐 그러지."

"걱정하지 마. 봐."

캐리스가 커다란 USB를 집어 들었다.

"이건 VPN인데, VPN은 프록시 서버에 암호화된 계층 연결을 사용해."

나는 멍하니 캐리스를 바라보았다.

"내가 유령 상태로 서핑한다는 말씀이지."

이 말을 들으니 기분이 조금 나아졌다.

우린 유튜브에서 무작위로 영상을 찾다가 금속 케이지에 잠수부가 들어 있는 영상을 골랐다. 거대한 백상아리 두 마리가 케이지를 코로 쿵쿵 들이박는 게 꼭 지금 내 인생을 비유하는 것 같았다. 그 영상을 두 번째 보고 있는데 방문이 열리더니 캐리스의 아빠가 머리를 빼꼼히 들이밀었다. 순간 캐리스가 주짓수를 배웠나 싶을 정도의 번개 같은 속도로 영상을 멈췄다.

"안녕! 네가 에바구나. 네 덕분에 캐리스가 학교에서 굉장히 환영해 준다는 기분이 들었대."

"아빠, 우리 지금 숙제하느라 바쁜데!"

캐리스가 쳐다보지도 않고 말했다. 캐리스의 아빠는 근심스러운 표정으로 노트북을 쳐다보았다. 캐리스가 한숨을 쉬었다.

"괜찮아, 아빠. 독일어 숙제야. 에바가 동사 이해하는 거 도와주고 있다고. 보고 싶으면 와서 보든지."

내 심장이 덜컥했다.

"아냐, 괜찮아! 너희들 하던 거 계속해."

그때 캐리스의 엄마가 문 앞에 나타났다. 캐리스와 완전히 똑같이 생겼지만 좀 더 나이 들어 보이고 머리가 더 단정한 분이었다.

"안녕! 안녕! 만나서 너무 반가워! 난 캐롤라인이야!"

내가 캐리스의 엄마에게 인사를 하고 나자 캐리스가 말했다.

"이제 가 줄래, 엄마? 우리 숙제하느라 정말 바쁘거든."

"그래, 미안해! 방해하려던 건 아니었어. 그냥 인사하러 온 거지! 저녁은 여섯 시쯤, 괜찮아? 에바는 저녁 먹을 때까지 있을 거니?"

"응."

캐리스가 대답하자 아주머니는 문을 닫고 그냥……, 가 버렸다. 다른 행성을 방문한 것 같았다. 우리 부모님은 내가 숙제한다는 말을 그대로 믿어 주는 법이 없었다. 세인트 어거스틴스에서 그런 일이 있었는데도 캐리스의 부모님은 증거를 보여 달라고 하지 않았고, '부탁해요'라는 말을 하지 않았다며 잔소리를 하지도 않았다. 딴 세상 같은 자유로움에 현기증이 났다.

우리는 상어 영상을 업로드할 때까지 며칠 기다리기로 했다. 우리 부모님의 의심을 사고 싶지 않았기 때문이다. 영상 편집을 마친 후에는 쿠션에 엎드려 음악을 들으면서 핑계로 삼을 독일어 숙제를 했다. 숙제를 거의 마칠 때쯤에는 캐리스에게 세인트 어거스틴스에서 해킹했던 일을 좀 더 물어볼 용기가 생겼다.

"거의 다 내려갔어. 교장 선생님한테 내 로그인 정보를 다 드려야 했거든. 그런데 온라인에 아직 좀 남아 있어. 볼래?"

"흠, 생각해 볼까……. 당연하지!"

"좋아. 그런데 처음 건 다 삭제됐다는 거 알아 둬. 누가 이상한 음악이랑 같이 다시 포스팅했어. 또, 여기 배트맨 이모티콘은 나랑 아무 상관 없어."

"그냥 틀어!"

내가 웃으며 말했다. 캐리스가 터치패드를 클릭했다. 으스스한 음악이 시작되면서 뱀파이어 만화가 튀어나왔다. 교장 선생님 형체가 다른 선생님의 목을 깨물자 피가 온 사방으로 튀었다. 난 웃음을 터뜨렸다. 캐리스가 씩 웃었다.

"나를 왜 쫓아냈는지 이제 알겠어?"

"그래. 조금은."

"우리 부모님은 숙제할 때만 간신히 와이파이를 연결해 줘."

바로 그때 징 소리가 울렸다.

"저녁 다 됐다."

캐리스가 눈알을 굴리며 말했다.

"저녁 식사 신호로 징을 치시는 거야?"

"아니, 우리 집에 징이 있는데 내 친구들이 놀러 왔을 때 사용하면 재밌겠다고 아빠가 생각해 낸 거야. 한동안 그럴 일이 없었지만. 있잖아, 만약 네가 괜찮으면, 금요일에 우리 집에 와서 자고 가도 되는지 엄마한테 물어볼게. 그때 상어 영상을 올려도 되고."

나는 미소를 지었다. 들뜬 마음이 뱃속에서 톡톡 터지고 있었다.

"우리 부모님은 뭐가 자신들을 물었는지 모를 거야."

강지성 유체

나는 결국 캐리스네 집에서 늦게 돌아왔다. 엄마는 50만 구독자 영상을 촬영하고 싶었던 터라 짜증이 나 있었지만 다행스럽게도 영상을 어디서 찍을지, 어떤 협찬품을 사용할지, 혹은 어떤 구독자에게 개인적으로 감사할지 등을 아직 정하지 못한 상태였다. 그래서 나는 아빠에게 숙제를 보여 준 다음, 소파에 누워 휴대폰을 보며 기다렸다. 엄마가 어떤 협찬 회사의 이름을 언급할지 정하기 시작하자 나는 금요일에 캐리스네에서 자고 와도 되는지 물었다.

"한번 생각해 보자, 딸."

"네가 협조해 주면."

엄마랑 아빠가 번갈아 가며 말했다. 협조라는 건 '네가 촬영하는 동안 즐기고 있다는 걸 보여 주면'의 암호였다. 나는 한숨을 쉬고 '가족 삼각형' 영상에 달린 댓글을 훑어보았다.

너무 버릇없어!

감사할 줄 모르는 아이.

'버릇없는 아이'는 정확히 부모님이 쓴 단어는 아니었다.

님들의 솔직함이 너무 신선해요! 이 가족 정말 대박!

미안해요. 앤더슨 가족 너무 좋아하는데 에바 버릇이 점점 나빠지고 있어요.

마지막 댓글을 보니 상당히 뿌듯했다. 이제 자러 가려는데 엄마가 말했다.

"아, 일요일 언플러그의 날 있잖아. 당연히 우리도 다 같이 할 거야."

나는 설명이 필요하다는 표정으로 아빠를 쳐다봤다.

"누가 학교 페이스북에 앤더슨 가족은 참여하지 않을 거라는 댓글을 달았거든."

엄마가 머리 위로 쿠션을 집어 들고 아빠한테 집어던지는 시늉을 했다. 그러자 아빠가 웃으며 몸을 피할 준비를 했다.

"젠이 우리도 당연히 참여할 거라고 분노의 답글을 달았지! 그러니까 이제 우리도 해야 해."

"나 분노의 답글 단 거 아니야, 라스!"

엄마는 웃으며 한 마디 한 마디에 맞춰 쿠션으로 아빠를 때렸다. 아빠 말이 분명히 맞다는 뜻이었다.

"어쨌든, 우리 그날 협찬도 받았어. 모든 게 완벽하게 준비됐지."

"우리 반 언플러그의 날에 협찬을 받았다고?"

"응! '고요한 눈'이라는 새로운 마음 챙김 앱에 그날 우리 채널을 넘길 거야. 근사하겠지! 그쪽에서 너희 반 아이들과 공유할 수 있는 특별 할인 코드를 주기도 할 거거든."

아빠가 휴대폰으로 고요한 눈 웹사이트를 보여 주었다. 그 회사의 슬로건은 '스트레스는 날리고 부정적인 생각은 버리자!'였는데 굉장히 스트레스를 주는 말처럼 들렸다. 어쨌든, 나도 협조하기로 했으니까 그런 말은 꺼내지 않았다.

다음 날, 내가 아침을 먹는 동안 아빠는 작업실에서 바쁘게 일을 보고 엄마는 위층에서 샤워를 하고 있었다. 엄마 노트북 바탕화면에 신문 이름이 적힌 폴더가 있어서 진심으로 살짝만 보려고 했다. 어쨌든 아빠가 초고 읽는 소리를 듣기도 했으니, 꼭 염탐은 아니었다. 하지만 파일을 열어 보니 내용이 그때와 달랐다. 더 끔찍했다.

우리 딸 에바는 지금 성적이 떨어지고 (……) 주의 집중 시간이 두 살배기 수준이고 (……) 신체적으로 자기 옷을 세탁 바구니에 넣는 게 가능하고 (……) 눈 굴리기 실력은 천장을 뚫을 만큼 높고 (……) 당연히, 가장 좋아하는 말은 '지루해'이고…….

나는 노트북을 탁 소리 나게 덮고 책가방을 낚아챘다. 그리고 학교에 간다는 인사도 없이 집을 나섰다. 난 더 이상 어린아이가 아니다. 성적이 떨어지는 걸 제외하면(엄밀히 말해 그건 사실이었으니까) 전부 다 지어낸 얘기였다! 더 나쁜 건 정말 비열하게 느껴졌다는 점이다. 분노가 전기처럼 혈관을 타고 치밀어 올랐다.

학교를 마친 후에는 스퍼드와 과학 실험을 하기로 되어 있었다. 그런데 스퍼드가 이런 메시지를 보냈다.

작업용 점프 슈트 입고 와.

내 옷장에 당연히 그런 옷이 있다는 듯 말이다. 나는 준비물을 들고 스퍼드네 뒷마당으로 갔다. 스퍼드는 해군 점프 슈트에 군대 헬멧을 쓰고 경찰용 진압 방패 같은 것도 들고 있었다.

"스퍼드, 너 이 실험은 위험한 게 아니라고 하지 않았어?"

내가 장비를 잔디에 내려놓으며 말했다. 스퍼드가 방패를 옮기고 장비 상자를 열었다.

"카메라 가져왔지?"

나는 배낭에서 카메라를 꺼냈다.

"잘했어. 우리의 초기 가설에는 야심이 충분하지 않다고 판단했거든."

스퍼드는 쇳가루로 가득 찬 커다란 유리병을 흔들며 씩 웃었다.

"대박 아니면 쪽박이겠지?"

"뭔 박이든 너 이미 밖이거든!"

스퍼드가 정원용 장갑과 안전 고글을 건넸다.

"날 믿어, 에바. 우리 학교 역사상 최고의 실험이 될 테니까."

"그 말을 들으니 내 안전이 심히 걱정된다."

하지만 마음 깊은 곳에서는 스퍼드의 말이 맞기를 바랐다. 이 프로젝트에서 좋은 점수를 받으면 엄마의 바보 같은 기사를 조금이나마 반박할 수 있을 것이다. 스퍼드는 잔디 위로 초강력 자석을 끌어다 놓고, 차고에서 무슨 통을 하나 꺼내 굴렸다. 과학자의 벽장에 놓인 물건들처럼 위험 경고가 붙어 있었다. 이건 엄청난 실험이 될 거야. 아니면 우릴 정말 죽일지도 모르지. 나아가 우리 동네 전체를 날릴 가능성도 배제할 순 없어.

한 시간 후, 스퍼드네 뒷마당 잔디의 꽤 많은 부분이 시커멓게 변해 있었다. 엄청난 영상을 얻었지만 우리 둘 역시 강자성 유체를 완전히 뒤집어쓰고 말았다. 스퍼드는 '대박' 생각은 까맣게 잊고 잔디의 강자성 유체를 과연 표백할 수 있을지 걱정하고 있었다. 나는 웃느라 얼굴이 아픈 와중에도, 대왕오징어의 먹물을 정통으로 맞은 듯한 우리 모습을 셀카로 찍었다. 그리고 이런 해시태그를 붙여 내 인스타그램에 올렸다.

#과학프로젝트 #스퍼드의_실험에서_살아남기

곧바로 제나가 댓글을 달았다.

대박!

나는 검게 변한 앞머리 뭉치를 살피며 슬며시 웃었다. 스퍼드한테 표백제를 빌릴 수 있을까 모르겠다.

"물리가 재밌다는 말은 하지 마, 에바!"

집으로 가는 내 뒤통수에 대고 스퍼드가 소리쳤다.

문을 열고 들어서는데 엄마가 카메라를 들고 나를 향했다.

"어머나 세상에, 에바! 너 뭐 하고 있는지 우리 시청자들한테 설명 좀 해 줄래?"

정말이지 싫다고 말하고 곧장 내 방으로 가고 싶었지만 갑자기 마음이 바뀌었다. 아마 '눈알을 굴리고, 헤드폰을 쓰고, 성적이 떨어지고, 앱에 집착하는 십 대'라는 말이 나를 건드린 것 같았다. 나는 카메라 렌즈를 똑바로 바라보며 설명을 시작했다. 자기장이 존재하는 상황에서 강자성 유체가 어떻게 강력한 자기화가 되는 액체인지, 그리고 실험을 통해 우리가 세운 가설을 어떻게 입증했는지도. 한 마디 한 마디 완벽하게.

"우아! 엄청 근사하다, 우리 딸!"

엄마가 활짝 웃었다. 나는 어깨를 으쓱했다.

"성적이 떨어지고 앱에 집착하는 십 대치고는 나쁘지 않지."

엄마가 나를 뚫어져라 보더니 녹화 정지 버튼을 눌렀다.

"그 기사 읽었구나."

부드럽게 말하며 엄마는 카메라를 내려놓았다.

"미안해, 에바. 신문사에서 육아를 가볍게 해석해 달라고 했거든. 너한테 보여 주려고 했었는데. 엄마랑 아빠 당연히 그렇게 생각 안 해."

손톱에 남아 있던 강자성 유체 한 조각을 떼느라 엄마를 보지 않아도 돼서 다행이었다.

"우리 딸, 미안해. 그 칼럼은 부모들이 그냥 재밌게 읽으라고 쓰는 거야. 진실에 근거한 게 아니야!"

엄마는 내 얼굴에서 검은 끈적이로 덮이지 않은 부분에 살짝 뽀뽀했다.

"넌 너무 완벽해서 단점을 엄마가 전부 지어내야 한다니까! 알지? 그런데! 너 그런 몰골로는 50만 구독자 영상 못 찍겠다!"

엄마가 카메라를 다시 들어 올렸다.

"기분 나빠하지 마, 우리 딸. 그런데 냄새가 쪼끔 나는 것 같아! 우리 과학자님은…… 지금 목욕을 해야 해. 엄마한테 '리빙 리얼'의 최고로 예—쁜 입욕제 있는 거 알지?"

엄마는 카메라에 대고 내가 과학 프로젝트에 들인 노력이 얼마나 자랑스러운지를 얘기했다. 그리고, 아직 엄마를 실망시키고 싶지 않다는 내 마음속 작은 틈을 찾아낸 것 같았다. 나는 그저 고맙다고 한 다음, 장미꽃잎 입욕제를 엄마와 함께 욕조에 넣는 영상을 찍었다.

나중에 나는 엄마와 아빠 사이에 꼭 끼어 소파에 앉아 이런 얘기를 듣고 있었다.

"오십만 구독자라니!"

두 분은 이 말을 약 50만 번쯤 했다. 색종이 폭죽을 발사하고 협찬사와 '에바를 위하여'에 감사 인사도 전했다. 그리고 '역대급 경품 추첨!'을 발표했다

아빠가 '이것으로 마무리할게요!'라고 말할 때까지 귀가 징징 울렸

다. 그래도 행복하고 신나는 표정을 지으려고 최선을 다했고, 대사를 외워서 말하는 것처럼 들리지 않게 노력했다. 하지만 우리가 영상을 찍기 전에 아빠가 한 말이 머리를 떠나지 않았다. 아빠는 '빠른 성장'과 '채널 협업', '폭발적인 홍보 효과'를 얘기했다. 만약 이런 일이 모두 일어난다면, 그리고 추가 수입이 발생하기 시작한다면 부모님을 막을 기회는 영영 없을 것이다. 내가 마냥 손을 놓고 있으면 두 분은 내 남은 평생 영상을 찍겠지? 나한테 상어 영상이 필요한 이유는 바로 이거다. 이 모든 상황을 끝낼 것이다.

해킹

가짜 50만 구독자 달성 영상을 기념하기 위해, 우리는 시내에 있는 비건 식당에 갔다. 우리가 안으로 들어가자마자 웨이터가 아빠에게 말했다.

"장신이시네요!"

"아뇨, 제 이름은 라스인데요!"

아빠 말에 나만 빼고 모두 웃음을 터뜨렸다.

음식이 나오고 나서 엄마가 깜짝 놀랄 발언을 했다.

"아빠랑 엄마가 생각해 봤는데, 내일 밤에 네가 캐리스네 집에 가는 대신 캐리스가 우리 집으로 오면 좋을 것 같아."

"뭐라고?"

햄버거빵에서 미끄러져 나오는 가지 패티를 붙잡으며 내가 물었다.

"우린 아직 캐리스를 못 봤잖아. 우리가 그 친구를 모르는데 네가 가서 자고 온다는 게 약간 마음이 편치 않아서, 캐리스가 우리 집에서 자는 게 낫겠다고 생각했거든. 캐리스 부모님이 허락하시면 말이야."

"좋아."

나는 캐리스에게 문자를 보냈다. 우리 부모님은 내 인생을 통째로 생판 모르는 사람들에게 다 보여 주면서, 몇 블록 떨어진 친구 집에서는 하룻밤도 못 자게 하는구나.

"아, 그리고 캐리스한테 우리 집에 있는 동안 영상을 찍어도 되는지 부모님께 여쭤보라고 해."

"안 돼!"

우리가 어디 있는지 깜빡하고 내가 소리쳤다. 옆 테이블 사람들이 나를 쳐다봤지만 상관없었다. 캐리스가 촬영 모드의 우리 부모님을 본다고 생각하니 너무 창피해서 오싹할 지경이었다.

"내 말은, 캐리스는 찍으면 안 된다고. 걔 그런 거 싫어한단 말이야."

아빠가 냅킨으로 손을 닦았다.

"물어봐서 나쁠 건 없잖아, 에바."

아빠는 카메라를 집어 들고, 영상 찍을 때의 우스꽝스러운 목소리로 말하기 시작했다.

"자, 저희는 지금 놀라운 운동 영상을 제작하는 피트니스 블로거를 찾았는데요. 이번 주말에 이런 동작 하나쯤 시도해 보는 것도 재미있을 것 같습니다."

식당에 있는 사람들이 우리를 쳐다보았다. 아빠는 왜 큰 카메라를 가져와서 저래…….

"1980년대 테마야. 엄마가 저번에 읽어 준 거 있잖아. 그 일기에서 발췌한 내용이랑 완벽하게 연결하는 거지."

이제 알았다. 그게 바로 캐리스를 우리 집에서 자게 하려는 이유였다. 이런 바보 같은 운동 때문에. 나는 포크로 웨지 감자를 접시에 으깨며 한숨을 쉬었다.

"오래 걸리지 않을 거야!"

아빠가 씩 웃으며 말을 이었다.

"지금 구독자가 47만 2천 명이거든! 50만 명에 달성하는 순간을 위해 정말 특별한 계획을 세워 놨어."

"정말 어마어마한 영상이 있어! 곧 너한테 다 보여 줄게. 〈우리 가족의 여정: 0에서 50만 구독자까지!〉 우리가 네 존재를 알게 된 날부터 시작이야! 엄청 흥분되는 거 있지!"

엄마가 손가락으로 부드럽게 내 코를 눌렀다.

"어떻게 생각해, 우리 딸? 신나?"

나는 달그락 소리가 나게 포크를 내려놓았다.

"화장실 좀 갔다 올게."

구독자가 벌써 47만 2천 명이라고? 이제 언제 50만 명을 달성해도 이상하지 않다! 이번 주말에라도 가능할지 모른다. 그럼 부모님은 계획한 대로 대대적인 홍보전을 펼치고, 예전 영상을 샅샅이 파헤칠 것이다. 내 인생은 50만 배 더 나빠지겠지. 나는 화장실이 빌 때까지 기다렸다가 캐리스에게 전화했다.

"우리가 내일 하려고 계획한 독일어 숙제 있잖아. 그거 오늘 밤에 할 수 있을까?"

"해양에 관한 거 말이야?"

"응. 오늘 밤에 좀 급해서. 어떻게 생각해?"

잠시 아무 말이 없더니 곧 노트북을 부팅하는 소리가 들렸다.

"난 준비됐어."

그날 밤 나는 늦게까지 '에바에 관한 모든 것' 페이지를 새로고침하며 그 영상이 나타나길 기다렸다. 하지만 어느새 곯아떨어졌는지, 다음 날 아침에 휴대폰이 뺨에 딱 붙은 채로 엄마 비명에 눈을 떴다.

나는 곧바로 일어나 뺨에서 휴대폰을 떼어 냈다. 그리고 '에바에 관한 모든 것' 페이지를 눌렀다. 영상이 올라왔다. ⟨새로운 채널 예고편!⟩ 섬네일은 거대한 백상아리가 나를 물고 있는 장면이었다. 나는 헤드폰을 쓰고 재생 버튼을 눌렀다. 수요일에 만든 것보다 훨씬 더 좋았다. 캐리스가 음악과 그래픽을 추가했고, 타이거상어가 누군가의 다리를 무는 새로운 장면도 있었다. 나는 캐리스에게 문자를 보냈다.

숙제 완벽해.

캐리스는 우리가 합의한 대로 새벽 2시에 포스팅을 예약했고, 채널 계정에 새로운 비밀번호를 설정해 두었다. 그래서 부모님은 영상을 삭제하기 위한 로그인조차 할 수 없었다. 지금까지 조회 수 5만 8천에 좋아요 1500, 싫어요 9천, 그리고 댓글 238개가 달렸다. 나는 화면을 아래로 내렸다.

QueenSass: 육아랑 연결 고리를 모르겠는데.

TryHarderO: 앤더슨 가족 괜찮아요?

XxxLisaMitchxxX: 끔찍해.

KerLeyFries: 웩.

YurtGroupy: 이건 여기 콘텐츠가 아니야!

아래층으로 내려가면서 웃음을 참으려고 뺨 안쪽을 깨물었다.

"이해가 안 돼! 도대체 누가 이런 걸 만든 거야?"

엄마가 소리쳤다. 아빠는 작업실에서 IT 컨설턴트인 애쉬 아저씨와 스피커폰으로 통화하고 있었다.

"보안이 뚫린 게 틀림없어요. 어떻게 누가 접근해서 새로운 콘텐츠를 올릴 수 있는지 모르겠네요. 이해되세요?"

"이런 걸 듣게 해서 미안해, 우리 딸."

엄마가 내 머리를 포니테일로 묶으며 말했다. 나는 자동으로 어깨를 으쓱했다.

"무슨 일 있어?"

심각한 표정과 결백한 표정을 동시에 짓느라 얼굴 근육이 뻣뻣해졌다.

"아니."

엄마가 휴대폰을 탁자에 내려놓고 말을 이었다.

"넌 쳐다보지도 마. 너무 끔찍하니까. 아침 먹어, 알았지?"

엄마는 내 이마에 입을 맞추고 작업실로 돌아갔다.

"내 도움이 필요하면 말해!"

엄마 뒤에 대고 소리쳤다. 제법 속임수 전문가가 되는 나 자신이 조금 자랑스러웠다. 엄마는 금방 작업실에서 돌아왔다.

"있잖아, 우리 딸. 엄마는 아빠랑 상황을 좀 정리해야 해서 그러는데 오늘 점심은 혼자 만들어 가도 괜찮지?"

"그럼."

아빠가 작업실에서 얼굴을 빼꼼 내밀고 말했다.

"오늘 언어 동아리에 덴마크어 책 잊지 마."

내가 스퍼드와 얘기하며 진입로를 반쯤 걸어가고 있는데 엄마가 쫓아 나왔다.

"자, 네 책."

내가 식탁에 두고 온 게 틀림없었다.

"고마워, 엄마."

괜한 의심을 살까 봐 다른 말은 안 했다.

"아빠한테는 말 안 할게, 알았지?"

엄마가 윙크하고 내 이마에 뽀뽀했다.

"사랑해."

순간, 엄마의 입맞춤이 내 앞머리를 통해 느껴졌다. 엄마 눈이 살짝 반짝이는 걸 보니 틀림없이 울고 있었나 보다. 문득 내가 한 일에 죄책감이 잠시 들었는데 그 죄책감은 이상할 정도로 쉽게 사라졌다. 엄마가 나를 신경 쓰는 건 알고 있었다. 다만 채널을 그만둘 만큼 충분하지 않았을 뿐이다. 지금 엄마가 속상해하는 수준은 내가 수년 동안 느낀 굴욕감과는 비교도 되지 않았다.

"나도 사랑해."

그리고 엄마 눈을 마주칠 수 없게 되자 내 마음속의 그 이상한 기분을 무시했다. 내 심장이 나에게 하려던 말이 무엇이든, 그 말은 나를 빗나가고 말았다.

운동 영상

그날, 부모님은 상어 영상 문제를 해명하는 특별 브이로그를 촬영했다. 기술적 결함 때문에 잘못된 영상이 올라갔다고 설명했다.

나는 위층에 올라가 늑장을 부리며 옷을 갈아입고 현관문 옆에서 캐리스를 기다렸다. 사이버 공격으로 기분을 전환하는 십 대처럼은 보이지 않으려고 최선을 다했다.

"안녕, 캐리스! 어서 들어와. 편하게 있어!"

내가 문을 열자 엄마가 캐리스에게 인사했다.

"고맙습니다."

캐리스의 머리카락이 바람에 날려 흩어져 있었다. 엄마는 머리를 곧게 펴 주고 싶어서 손이 근질거렸겠지만, 대신 내 머리를 부드럽게 쓸어내렸다.

우리는 TV 방으로 들어갔다. 미스 피지가 소파 위로 올라와 우리 사이에 몸을 말고 누웠다. 뱃속이 이상하게 울렁거리는 것이 꼭 무대에 오르기 직전 같았다. 정확히 죄책감은 아니었다. 부모님은 내 인생 전체를 우스꽝스럽게 만드는 영상을 게시했고, 나는 인생을 되찾아 오는 일이 그렇게 나쁘다는 생각은 들지 않았다. 하지만 내가 실수로 뭔가를 배신한 건 아닐까 하는 걱정도 들었다. 입 밖으로 나오지 못한 비밀이 피부밑에 그대로 머물러 있었다. 내 비밀은 아무도 보지 못하지만, 나한테는 수두보다 더 가렵게 느껴졌다.

엄마가 문 옆에서 고개를 들이밀고 말했다.

"너희, 와서 저녁 차리는 것 좀 도와줄래? 아빠가 *indbagtegulerødder* 만들고 있거든."

"구운 당근을 말하는 거야. 듣기보다 아주 약간 덜 맛없는 음식이지."

내가 캐리스에게 설명했다.

"딸! 맛있는 거야! 오래된 가족 레시피에다, 아빠가 엄마한테 제일 처음으로 해 준 음식이란 말이야."

"엄마, 그런데도 결혼한 거 맞지?"

"글쎄, 나 잘한 거겠지?"

갑자기 엄마가 휴대폰을 꺼내 얼굴 앞에 갖다 댔다. 가슴이 철렁 내려앉았다.

"자, 조금 전에 에바는 라스가 저한테 처음으로 해 준 요리가 뭔지를 물었어요!"

캐리스가 내 옆구리를 쿡 찔렀지만 나는 창피해 죽을 것만 같아서 캐리스의 얼굴을 볼 수 없었다.

"사실은 정말로 로맨틱했어요. 여러분도 아시다시피, 저희는 코펜하겐에 있는 대학에서 만났어요. 그때는 저희 둘 다 학생이었고 라스는 아직 어머니랑 살고 있었죠. 그때 엄청 귀여웠는데……"

나는 엄마에게 그만하라는 신호를 보냈지만 엄마는 손을 휘휘 내 저을 뿐이었다. 카메라 앞을 지나지 않고는 그 방을 나갈 수 없었기 때문에, 엄마가 끝날 때까지 기다리는 수밖에 없었다. 아니면 마룻바 닥이 열려서 우리를 집어삼키게 해 달라고 기도하거나.

"에바가 제 뒤에서 엄청 꼼지락대고 있네요. 라스가 그렇게 훌륭한 요리사가 아니었으면, 전 결혼하지 않았을지도 몰라요. 그럼 어떻게 되는 거지, 딸?"

엄마가 웃으며 말했다.

"'에바에 관한 모든 것'이 세상에 없겠지?"

"참 나! 네가 없는 거지, 바보야."

"그게 그거잖아."

엄마는 내 말을 못 들은 척했다. 이 부분은 잘라 낼 것이다.

마침내 엄마가 휴대폰을 내려놓았다. 캐리스가 옆에 있어서인지, 나 때문에 짜증 난 걸 애써 꾹꾹 누르는 것 같았다.

"좋아! 이제 정말 너희가 주방 당번이야!"

캐리스가 샐러드를 써는 동안 나는 짜장 소스를 저었는데, 강자성 유체를 떠올리게 하기에 충분했다. 눈으로는 진득한 거품이 올라왔 다가 터지는 걸 보면서 귀로는 아빠가 통화하는 소리를 집중해서 들 었다. 분명 상어 영상에 관한 얘기였다.

"이제 상어한테서 안전해! 축하를 해야겠는데."

아빠는 냉장고에서 맥주를 꺼내고 엄마의 와인 잔을 채웠다. 그리고 캐리스와 나한테도 콜라를 한 병씩 주었다.

"구독 해지한 사람들은 어떻게 하지? 그 일은 별로 축하할 게 아니잖아."

엄마 말에 내가 귀를 쫑긋 세웠다. 고양이 간식을 보관하는 찬장을 열 때 미스 피지가 쫑긋하는 것처럼 말이다. 나는 캐리스와 눈빛을 교환했다. 하지만 아빠는 구독자들이 곧 다시 돌아올 거라면서 걱정하지 말라고 했다.

"아니면 새로운 구독자를 얻으면 되지."

그러고는 허공에 땅콩을 던져 입으로 받았다.

"우리 칼럼 연재가 내일 시작되는 거, 기억하지? 애쉬가 보안을 지켜 주고 우린 내일 아침에 운동 영상을 찍을 거야. 걱정할 건 하나도 없어!"

나는 콜라를 캐리스의 콜라에 살짝 부딪쳤다. 우리는 눈을 마주치고 미소 지었다.

그날 밤, 내 침대 밑에 있던 간이침대를 꺼내서 캐리스와 나란히 누웠다. 그리고 팔을 뻗어 꼬마전구를 전부 켰다. 천장에서 별들이 반짝반짝 빛났다. 진짜 별보다 살짝 더 흔들리고, 파인애플 모양이 몇 개 섞여 있긴 했지만.

"네 방 완전 멋있다!"

캐리스가 천장을 올려다보며 말했다.

"고마워. 우리 엄마가 한 거야."

캐리스는 팔꿈치에 턱을 괴고 나를 쳐다봤다.

"그래서, 계획은 내일 운동 영상을 다 찍고 난 후에 난 채널에 나오면 안 된다고 말하라는 거지?"

"그래. 그럼 우리 엄마 아빠 영상을 찍느라 시간을 다 썼는데 그 영상을 못 쓰게 되는 거지. 실패할 수가 없는 계획이야! 우리 엄마 머리가 터져 버릴지도 모르지만."

캐리스가 킥킥 웃었다. 잠깐의 침묵 뒤에 캐리스가 다시 속삭였다.

"너, 우리 행동 후회해?"

나는 잠시 생각해 보고 역시 속삭였다.

"아니. 왜? 넌 그래?"

"아니."

캐리스의 대답으로 우리 둘 다 빵 터지는 바람에 베개로 웃음소리를 가려야 했다.

다음 날 아침, 우리를 깨우러 온 엄마는 한쪽으로 묶은 머리에 형광 녹색 헤어밴드를 하고 있었다.

"촬영 준비됐지, 애들아? 여기 레그워머도 있어!"

내가 끙 하고 신음 소리를 냈다.

"엄마랑 아빠만 하면 안 돼?"

"아유, 얘들아! 재밌을 거야!"

캐리스가 하품하며 기지개를 켰다.

"할게요. 전 상관없어요."

"그렇지. 바로 그런 자세야, 캐리스! 너희 부모님께 전화했니? 유튜브 나오는 거에 오케이하셨지?"

캐리스가 고개를 끄덕이고는 나를 힐끗 봤다. 갑자기 음악이 들리더니 보라색 레오타드 위에 사이클 반바지를 입고 가짜 콧수염을 붙인 아빠가 나타났다. 아빠는 엄마 뺨에 입을 맞추고 문 워킹을 시작했다.

"자 자, 너희 둘! 그루브에 빠져 보자고!"

아빠는 몸을 꿈틀거리며 노래를 불렀다.

우리 셋 다 웃음을 터뜨렸다.

"알았어, 좋다고!"

나는 아빠한테 베개를 던졌다.

30분 뒤, 아빠는 거실에 프로젝터 스크린을 내리고 소파를 뒤로 민 다음 요가 매트 네 개를 바닥에 깔았다. 나는 엄마가 입으라고 한 반짝이는 초록색 캣슈트를 밑으로 잡아당겼다. 레그워머까지 한 내 모습이 꼭 외계인 같았다. 캐리스는 분홍색 레오타드 위에 노란색 사이클 반바지를 입고 선글라스를 쓴 다음 거기에 어울리는 레그워머를 신었다. 우리 둘 다 헤어밴드는 거절했다. 아빠가 팔을 쭉 뻗으니 손이 천장에 닿을 것 같았다.

"좋아, 해 보자!"

리모컨을 누르자 운동 유튜버인 안드레아가 화면에 나타났다. 안드레아는 엄마랑 똑같은 보라색 레그워머를 신고 있었다.

"저의 운동 채널에 오신 걸 환영합니다! 저는 안드레아고 오늘은 1980년대 스타일로 가 볼 겁니다! 시작하기 전에, 아는 분들은 아시겠지만 전 요즘 네일에 완전 푹 빠졌어요."

안드레아가 카메라에 대고 손가락을 흔들었다.

"제 협찬사를 잠깐 소개할게요……."

안드레아가 '우리가 진정으로 자신감을 느끼고 자신을 자랑스러워하는' 기분의 비밀은 바로 슈퍼 프릭 젤 네일이라고 밝히는 동안, 아빠는 워밍업으로 런지를 했다. 나로서는 지금 같은 시기에 기꺼이 한번 해 볼 만한 네일 같았다.

마침내 운동이 시작되었을 때는 아빠가 워밍업 런지를 종류별로 백 개는 한 뒤였다. 나랑 캐리스는 이미 정신을 못 차리고 있었는데, 우리가 부모님 뒤에 있어서 '강철 엉덩이'라고 부르는 동작을 고스란히 목격할 수밖에 없었기 때문이다. 법으로 금지해야 마땅한 동작이었다.

"세상에, 대박 재미있었어!"

다 끝난 후 캐리스가 물 한 모금을 쭉 들이키며 말했다. 우리는 마당으로 나가 찬 공기를 들이마셨다. 아직도 숨이 찼다.

"너희 부모님 정말로 진짜 멋지시다."

내가 캐리스를 쳐다봤다.

"진심이야! 우리 부모님은 너무 지루하고 평범해. 아마 저런 건 절대 못 하실걸."

"우리 부모님이 평범해지는 게 내 소원이다."

우리는 나란히 그네에 앉았다.

"내 말은, 너 솔직히 말해서 학교 애들한테 이런 거 입고 있는 모습 보여 줄 수 있어?"

캐리스가 우리 옷차림을 내려다보았다.

"아휴, 그건 절대 안 되지. 그럼 이제 우리 엄마가 너희 엄마한테 전화해서 내가 채널에 나오면 안 된다고 말하면 되지?"

"응."

나는 물 한 모금을 마시고 말을 이었다.

"허락이 필요하거든. 할리네 엄마는 채널이 심리적으로 해가 될 거라고 생각해서 할리가 절대 카메라에 못 나오게 하셔. 그래서 할리가 놀러 오면 엄마랑 아빠는 영상을 못 찍어."

나는 레그워머를 끌어 올렸다가 갑자기 마음을 바꿔 다시 내렸다.

"어쨌든, 그래서 좀 어색해졌어. 할리도 더는 안 놀러 오고."

"네가 할리랑 더 이상 베프가 아닌 이유가 그거야?"

내가 발로 부드럽게 땅을 밀자 그네가 흔들리기 시작했다.

"그런 셈이지. 가비 일도 있고."

"가비랑 무슨 일이 있었는데?"

난 어깨를 으쓱했다.

"난 걔가 정말 싫어."

둘 다 웃음을 터뜨린 순간 아빠가 베란다 문을 열고 나왔다.

"얘들아, 너희 팬케이크 여기서 먹을래?"

아빠는 초콜릿 팬케이크와 딸기 스무디, 세모로 자른 수박을 쟁반에 담아 들고 있었다. 엄마는 우리가 음악을 들을 수 있도록 블루투스 스피커와 새 태블릿을 들고나왔다.

"원하는 거 있으면 새로 다운받아."

그러고 나자, 캐리스에게 우리 부모님이 내 인생을 망치고 있다는 확신을 주기가 어려워졌다.

"모르겠어, 에바."

캐리스가 팬케이크를 한입 먹으며 말했다.

"난 너희 부모님이 좀, 비열하거나 뭐 그러실 거라고 생각했거든."

"내가 협조할 때는 괜찮지. 지금 너희 엄마한테 전화해서 영상 못 올리게 해 달라고 말씀드려 봐. 그럼 우리 부모님이 진짜 어떤 분들인지 알게 될 거야."

"응. 우리 엄만 사실 세인트 어거스틴스 일이 있고 난 후에는 내가 온라인에 나온다는 생각만으로도 거의 기절 직전이거든. 어쨌든 지금 너희 엄마랑 통화 중이야."

내가 캐리스의 눈을 똑바로 바라봤다.

"걱정하지 마. 그 일은 언급하지 않겠다는 약속을 받았으니까. 그저 너희 부모님이 날 싫어하지만 않으셨으면 좋겠다."

"안 그럴 거야! 어쨌거나, 우리한테 무슨 선택권이 있었겠니?"

내가 캣슈트를 가리키며 말했다.

엄마가 캐리스의 엄마와 통화한 다음에는 역시나 집 안 분위기가 확 바뀌었다.

"그냥 너무 아까운 것 같아서 그래!"

"그걸 전부 다시 해야 한다고!"

정말이지 너무 어색했다.

"너무 죄송해요. 엄마한테 먼저 물어봤어야 했는데, 저희 엄마가 이런 거에 그렇게 엄격한 줄 몰랐어요."

엄마가 눈을 몇 번 깜빡거렸다. 참 이상하게도, 어떤 사람들은 눈을 깜빡이는 것만으로도 화난 티를 낼 수 있다.

"아, 걱정하지 마, 딸. 네가 부모님께 이미 여쭤봤을 거라고 생각한 건 우리니까."

"죄송해요."

캐리스가 입술을 깨물었다.

엄마는 소파에서 몸을 일으켜 캐리스를 안아 주었다.

"이해해. 우린 그냥……. 다시 하면 되지! 괜찮지, 에바?"

"사실은 다리가 좀 아파. 근육도 땅기고. 또 과학 실험 보고서도 써야 하는데."

엄마는 미소를 지었지만 내 숙제 일정을 이미 후회하고 있다는 게 눈에 보였다. 그게 무슨 상관이람. 우리 학교 애들을 포함해 수천 명 넘는 사람이 초록색 캣슈트를 입고 엉덩이춤 추는 나를 보는 기분이 얼마나 끔찍할지와 비교하면 엄마 기분은 아무것도 아니다.

하지만 내가 어리석었다. 캐리스의 엄마가 안 된다고 하는 정도로 우리 부모님을 멈출 수 있다고 생각했다니.

언플러그의 날

다음 날은 일요일이자 언플러그의 날이었다.

"에바!"

아빠가 아래층에서 불렀다.

"오늘 자전거 타고 버튼힐 가는 거 잊지 마."

앓는 소리가 절로 나왔다. 완벽한 하루라는 아빠의 아이디어는 엄청나게 먼 거리를 자전거로 간다는 뜻이었고, 불행하게도 오늘 아침은 기온이 영하로 내려가지 않았기 때문에 거기서 벗어날 방법이 없었다. 나는 구글 지도를 클릭해서 버튼힐이 얼마나 먼지 알아봤다. 17.7킬로미터라니! 레깅스를 한 벌 더 꺼냈다.

"오늘이 언플러그의 날인 거 기억하지, 우리 딸."

엄마가 문 앞에 서 있었다.

나는 구글맵을 닫고 전화를 끄려고 허둥댔다. 그러다 엄마가 쓰고 있는 밝은 분홍색 사이클 헬멧으로 시선이 갔다.

"그거 새 거야? 왜 벌써 쓰고 있어?"

"맞혀 봐!"

엄마가 고개를 옆으로 돌렸다.

"헬멧에 붙어 있는 건……. 혹시 뿔?"

"맞아! 귀엽지 않니? 유니콘 뿔이야."

"글쎄, 누구 찌르면 큰일 나겠는데."

"하! 글쎄다. 너도 안 그래야 할 텐데!"

엄마가 문 뒤로 손을 뻗어 털이 북슬북슬하고 양쪽에 커다란 뿔이 달린 헬멧을 들어 올렸다.

"네 헬멧은 하일랜드 카우라고 해! 운 좋은 줄 알아. 아빠는 괴물 헬멧을 쓰고 있으니까!"

"세상에, 18킬로미터를 갈 동안 이걸 쓰고 있어야 한다고?"

엄마가 내게 헬멧을 건넸다.

"36킬로미터야! 올 때도 자전거로 오는 거, 알지?"

자전거를 밖으로 꺼내는데 오늘이 언플러그의 날이라는 사실에 퍽 안심이 됐다. 적어도 이런 내 모습을 아무도 보지 못할 테니 말이다. 정확히 바로 그 순간, 진입로 끝에서 스퍼드가 나타났다.

"우아!"

"한 마디만 해 봐. 죽여 버릴 테니까."

"정말 그럴 수 있을 것처럼 생겼어! 그게 뭐야? 미노타우로스?"

나는 한숨을 내쉬었다.

"하일랜드 카우야."

"아, 스퍼드!"

엄마가 차고에서 자전거를 밀고 나오며 스퍼드를 불렀다.

"타이밍 완벽한데! 인스타그램에 올릴 우리 사진 좀 찍어 줄래?"

나는 스퍼드를 쏘아보며 고개를 저었다.

"죄송한데 못 찍을 거 같아요."

"아유, 우리가 자전거에 탔을 때 한 번만 빨리 찍으면 돼."

엄마가 휴대폰을 내밀었다.

"저희 8W 반 공식 언플러그의 날 규칙을 침해하는 행위가 우려되어서요."

나는 스퍼드에게 입 모양으로 '고마워'라고 했다.

엄마가 한숨을 쉬었다.

"내가 도대체 왜 이걸 동의했는지 모르겠다."

"좋아!"

아빠가 현관에서 달려오고 있었다. 아빠의 사이클 헬멧은 회색이었는데, 가운데에 거대한 빨간 벼슬이 달린 모히칸 스타일이었다.

스퍼드의 눈이 번쩍 뜨였다.

"우아, 아저씨! 엄청난데요! 언제 저 한번 빌려 주실 수 있어요? 게임 동아리에서 대박 날 거 같아요."

아빠가 미소를 지었다.

"꼭 그럴게, 스퍼드. 자, 그럼 준비됐지?"

자전거를 타고 커다란 언덕을 10킬로미터 정도 달리자, 손은 얼고

허벅지에서는 불이 났다. 엄마는 인스타그램에 올릴 만한 풍경 사진을 놓치고 있다며 투덜거렸다.

"라스, 우리 1분만 쉬면 안 돼? 저 경치 좀 봐!"

엄마가 우리 앞에 있는 언덕을 내다보며 말했다.

"셀카 한 장 정도는 아무 문제 없을 거야."

"자 자, 젠, 우리 오늘 언플러그하기로 했잖아."

아빠가 윗입술의 땀을 닦으며 말했다. 그리고 한 몇 초쯤? 나는 아빠가 우리 반 발표를 진심으로 걱정해서 그러는 줄 알았다.

"고요한 눈에서 넘겨받은 전체적인 컨셉이 그거야. 사진을 한 장이라도 올리면 우린 휴대폰 없는 날을 하지 않은 게 된다고."

"좋아, 당신 말이 맞아. 그래도 난 헬멧 쓴 당신 사진 절대 못 놓쳐!"

내가 등을 돌리자 엄마 휴대폰이 찰칵하는 소리가 들렸다.

"에바, 웃어!"

나는 몸을 돌려, 할 수 있는 가장 가식적인 미소를 지었다.

"아름답네!"

엄마가 반어법으로 말한 건지도 모르겠다.

우리가 버튼힐에 도착할 무렵 비가 내리기 시작했다. 아빠는 무척 즐거워 보였다.

"우아, 너무 상쾌한데!"

아빠는 괴물 헬멧을 벗고 하늘을 향해 고개를 비스듬히 들었다.

"상쾌하다고? 난 말 그대로 손가락에 감각이 없는데. 아무튼, 우리가 여기서 뭘 봐야 하는데?"

나는 기념비나 건물, 아니면 인간이 남긴 삶의 흔적 같은 걸 찾아 두리번거렸다.

"그게 무슨 뜻이야? 바로 이거야! 우리가 여기 있잖아! 아름다운 시골에, 이 근처 수 킬로미터 안에는 아무것도 없어. 평화! 이거야말로 진정한 언플러그지."

나는 가장 가까이에 있는 바위로 걸어가 털썩 앉았다.

"좋아! 그럼 우리 이제 뭐 해?"

30분 후, 우리는 팝업 텐트 안에 끼어 앉아 베저위저를 했다. 베저위저는 덴마크의 보드게임인데, 아빠는 자신이 항상 이긴다는 이유로 이 게임을 좋아했다. 날이 너무 추워서 나는 어쩔 수 없이 아빠의 여분 후드 파카를 입었다.

집으로 오는 내내, 아빠는 '자연으로 돌아가는' 것이 얼마나 환상적인지를 얘기했다. 아빠는 엄마랑 내가 산울타리 뒤에서 소변을 봐야 할 때만 자전거를 멈췄고, 엄마는 아빠가 한 마디만 하면 택시를 부르겠다고 협박했다. 하지만 내 생각에 야생에서 소변 누는 것, 비에 흠뻑 젖는 것, 그리고 바보 같은 자전거 헬멧을 제외하면, 모든 게 온라인으로 연결된 상태라는 걱정을 하지 않아도 되는 기분은 꽤나 근사했다.

월요일 아침에 윌슨 선생님은 우리가 어제 한 일을 보고서로 쓰라고 했다. 가축 테마의 헬멧, 베저위저 보드게임, 혹은 야생의 소변과는 관련 없는 쓸거리를 생각하려고 머리를 쥐어짰다. '우리는 자전거를 타고 나갔다.' 이렇게 쓰고는 연필 끝을 깨물었다. 언플러그로 지낸 하루가 과연 어땠다고 써야 할까? 내가 존재하기도 전부터 내 삶 전체가 온라인 상태였는데.

월슨 선생님이 보고서를 걷으며 나를 불렀다.

"에바, 디지털 디톡스 즐거웠니?"

"저희 부모님은 빗속에서 자전거를 타게 하셨어요."

선생님이 미소를 지었다.

"빗속에서 자전거를 탔다니, 말만 들어도 상쾌한데!"

아빠가 한 말과 정확히 똑같았다.

"네 보고서 읽는 게 정말 기대된다."

'실제로 내 보고서를 읽고 선생님 생각이 달라져도 난 몰라요.'

"이번 조회 때 네가 사회를 보면 어떨까 생각하는데. 네 경험을 조금 나눠 주면 우리 조회가 더 특별해질 거 같아."

"아, 저는 회장이 조회를 이끄는 줄 알았어요."

나는 할리를 힐끗 돌아보았다. 선생님은 모아 온 보고서 뭉치를 휘리릭 넘겼다.

"보통은 그렇지. 하지만 이번 주제를 고려하면 네가 함께 주목받는 걸 할리가 별로 개의치 않아 할 것 같아. 그렇지, 할리?"

"그럼요."

대답은 이랬지만 할리가 실망한 게 보였다.

"네가 원하면 인사말 쓰는 걸 도와줄게. 내가 어젯밤에 좀 정리해 놨거든."

"고마워."

"고맙다, 할리. 그럼 정한 거다. 선생님이 네 보고서를 한번 훑어볼게. 금요일 점심시간에 같이 연습하자."

"아, 전 금요일에 언어 동아리가 있어요."

"저도요. 샤펠 선생님이 빠지는 걸 허락 안 해 주실 거예요."

라미가 말했다. 선생님이 한숨을 쉬었다.

"흠, 강당이 비는 건 그 시간이 유일한데……. 그럼 너희 없이 연습해야겠다. 하지만 에바, 네 대사는 외워 올 거라고 기대할게!"

내가 이 말을 이미 했는지 모르겠지만, 윌슨 선생님은 좀 대책이 없는 편이다.

다음 날, 선생님은 내 보고서에 이런 의견을 한 줄 달아서 돌려주셨다. '너무 짧아. 네가 뭘 배웠는지 알려 줘! 관객의 관심을 사로잡을 만한 것으로!' 그날 밤, 나는 구글에서 디지털 디톡스를 검색한 다음 마음이 고요해지는 것, 더 일찍 잠드는 것에 관해 몇 가지를 적어 내려갔다. 일요일에 그런 일들이 나한테 실제로 일어났냐고 물으면, 잘 모르겠다. 하지만 사람들이 듣고 싶어 하는 말을 그냥 해 주면 삶이 훨씬 쉬워진다는 걸 난 이미 수년 전에 깨달았다.

글쓰기를 마무리한 후 아빠에게 보여 주려고 아래층으로 내려갔다. 그런데 우리가 운동 영상을 찍을 때 들었던 노래가 작업실에서 흘러나오고 있었다. '슈퍼 프릭'은 상당히 독특한 노래라서 듣자마자 바로 떠올랐다. 나는 작업실 문 주변을 서성거렸다. 열린 틈이 아주 작아서 컴퓨터 화면은 잘 보이지 않았다.

"그래, 그 부분. 거기를 잘라."

엄마가 말하자 아빠가 마우스를 몇 차례 클릭했다. 뭘 하는 거지? 캐리스의 엄마가 운동 영상을 업로드하면 안 된다고 했는데. 나는 조금 더 가까이 다가갔다. 미드 스쾃^{양발을 바닥에 밀착하고 서서 무릎을 구부렸다 폈다 하는 운동} 자세를 하는 우리가 화면에 보였다. 내 레그워머 한쪽은 밑으로 흘러내렸고, 얼굴은 땀으로 번들거렸다. 문을 아주 조금만 더 밀어 보려다가 균형을 잃는 바람에 벌컥 열고 말았다. 엄마가 돌아보았다.

"앗! 우리 딸. 괜찮니?"

나는 아무렇지 않게 보이려고 노력했다. 훔쳐보다가 걸렸을 때 태연하기란 물론 쉽지 않았지만.

"나 숙제 다 했다고. 그거, 조회 준비."

"잘했어! 우리가 가서 못 본다니 너무 아쉽다."

엄마가 내 머리카락을 귀 뒤로 넘겨 주었다.

"하지만 윌슨 선생님이 엄마 의견을 들어주셔서 얼마나 다행인지 몰라! 엄마가 선생님한테 이런 일에서 너를 더 많이 드러내 달라고 말씀드렸거든."

'훌륭해'. 그러니까 내가 이런 걸 하게 된 게 엄마 때문이었구나.

"80년대 스타일 운동 영상 보고 싶어? 너무 근사한 거 있지!"

엄마가 아빠를 쿡 찔렀다.

"난 이미 라이브로 봤잖아. 기억하지? 어쨌든 캐리스네 엄마가 캐리스는 채널에 나오면 안 된다고 한 것 같은데."

"아, 그건 걱정하지 마. 우리가 정리했으니까."

엄마가 말했다. '슈퍼 프릭' 연주가 시작되고, 우리가 동시에 엉덩이에 힘을 꽉 주는 모습이 보였다. 그런데 캐리스의 얼굴에 이모티콘이 붙어 있었다.

"저렇게 해서 올리는 거야?"

"알아. 좀 아쉽긴 하지."

"나 말이야. 캣슈트를 입은 나! 너무 창피하잖아!"

"또 이러네, 에바. 이런 건 원래 창피해야 해! 그래야 재밌지."

"스티커를 좀 더 붙일게. 그럼 괜찮아 보일 거야, 에바. 너무 걱정하지 마."

아빠가 말했다.

나는 할 말을 잃고 잠시 엄마와 아빠를 지켜보며 옆에 서 있었다. 내 말 좀 들어 달라고 노력하는 것조차 무슨 의미가 있나 싶었다. 배도 고프지 않았다. 딱 붙는 반짝이 캣슈트를 입은 영상이 전 세계에 공개될 예정이라는 걸 알고 나니 입맛이 싹 사라졌다.

잘 준비를 하고 이불 밑에 누워 꼬마전구를 한참 올려다보며, 내가 무엇을 할 수 있을지 생각해 내려고 했다. 콘텐츠를 삭제하는 건 말 그대로 아무 효과도 없었다. 상어 영상을 포스팅한 건 겨우 구독자 몇천 명을 잃게 했을 뿐이다. 그리고 부모님은 여전히 창피한 것들을 올리고 있다. 나는 평생을 '에바에 관한 모든 것'에 갇혀 살았다. 아무도 도와 달라는 내 외침을 들어주지 않았다. 그래서, 나한테는 남은 선택지가 별로 없었다. 부모님을 멈추게 할 더 큰 일을 해야 했다.

전쟁

다음 날 아침, 스퍼드가 머리에 교복 타이를 매고 '슈퍼 프릭' 노래를 부르며 우리 집으로 뛰어 들어왔다.

"봤지? 스퍼드는 재밌다고 생각하잖아!"

"엄마, 스퍼드는 도시락에 개구리를 담아서 학교에 가져가는 게 재밌다고 생각하는 애야."

스퍼드가 웃음을 터뜨렸다.

"그거 재밌었지! 너 다 챙겼어?"

그러고는 내 가방을 잡는 척하면서 과장되게 스캇을 했다. 양팔을 스퍼드의 머리에 휘둘렀지만 스퍼드는 용케 피했다.

"에바, 주짓수의 첫 번째 규칙은 항상 공격에 대비하는 거라고 했잖아."

언덕을 올라가는 길에, 운동 영상을 얼마나 많은 사람이 봤는지 확인하려고 휴대폰을 열었다.

"벌써 1만 8천이 넘었어."

내가 꿍 소리를 냈다.

"걱정하지 마!"

"반짝이 캣슈트를 입은 게 너였으면 너도 안 웃었을 거잖아."

스피드가 씩 웃었다.

"사실 그렇지, 내가 한 말 취소."

나는 한숨을 쉬었다.

"지금이 중간 방학이었으면 좋겠다. 그럼 난 할머니 댁에 있을 거고, 이런 일 따위는 일어나지도 않은 척할 수 있는데."

"우리 엄마가 중간 방학에 불화수소산을 사 줄지도 몰라. 제이콥 선생님의 전구 실험을 훨씬 크게 재현해 볼 수 있게 말이야!"

"그때 난 다른 나라에 있을 거라서 안심이다. 만약 네가 '에바에 관한 모든 것'도 그 수소산인지에 떨어뜨릴 수 있으면 참 좋을 텐데."

할리가 조회 인사말 쓰는 걸 도와주겠다고 해서 점심시간에 나, 할리, 가비, 그리고 캐리스가 처음으로 같이 앉았다. 그렇게 어색하지는 않았다. 무엇보다 가비가 끊임없이 떠들어 댔기 때문이다.

"……내가 공중으로 뛰어 발을 가슴까지 끌어 올린 다음 반 바퀴 돌고, 그다음에 다리를 쭉 벌려 도약한 뒤 프런트 워크오버^{서 있는 자세에서} _{앞쪽으로 물구나무서기를 한 다음 같은 방향으로 다리를 내리는 동작}로 마무리하는 거지."

가비는 꼭 올림픽 금메달 수상 세리머니를 하는 것처럼 두 팔을 번쩍 들었다.

"굉장하네."

반어법처럼 들리지 않게 하려고 최선을 다했다. 할리가 듣고 있었기 때문이다.

"네가 다시는 체조를 안 한다니 너무 아쉽다, 에바. 특히나 너의 능력을 고려하면 더 그런 거 있지."

그러고는 가비가 노래를 부르기 시작했다.

"슈퍼 프릭! 슈퍼 프릭!"

나는 가비에게 0.5초 정도 미소를 지어 보였다.

"그래서, 대회가 토요일이라고?"

나보다 훨씬 친절한 태도로 캐리스가 가비에게 물었다.

"응. 할리의 루틴은 굉장해!"

이제 가비는 할리가 착지를 얼마나 잘하는지 떠벌리기 시작했다. 나는 주제를 바꾸려고 휴대폰을 할리 쪽으로 밀었다.

"이런 소개는 어떻게 생각해? 윌슨 선생님이 도대체 나한테 뭘 기대하시는지 짐작이 안 돼."

"좋은데!"

할리가 내 메모를 훑어보며 말했다.

"하나만, 오프닝 할 때 조금 더 드라마틱하게 할 수 있을까?"

그러면서 휴대폰을 두드리기 시작했다. 내 입가에 웃음이 번지는 것 같았다.

"마지막 말을 할 때는 비꼬는 것처럼 들리지 않게 확실히 해."

우리는 마주 보며 미소를 지었다. 그리고 잠깐이지만 꼭 예전으로 돌아간 것 같았다. 점심을 다 먹고 나서는 다 같이 할리의 체조 루틴을 보기로 했다. 우리는 할리가 옷을 갈아입는 동안 체육관 귀퉁이의 바닥에 앉아 기다렸다.

"근데, 네가 세인트 어거스틴스의 웹사이트를 해킹했다는 게 사실이야?"

가비가 불쑥 내뱉었다. 경고도 뭐도 없었다. 캐리스는 미소 띤 얼굴로 대답했다.

"나에 대해 들리는 얘기 다 믿지 마. 알았지?"

가비가 어깨를 으쓱했고, 내가 한 소리 더하지 않았으면 그대로 끝날 일이었다.

"어쨌든 그건 네가 상관할 일이 아니잖아, 가비."

신발에 묻은 마른 진흙을 떼어 내며 내가 말했다.

"캐리스가 내 친구랑 어울린다면 그건 내가 상관할 일이야."

가비가 무표정한 눈빛으로 나를 똑바로 보며 말했다.

"난 네 친구 아니야."

나는 손에 묻은 흙먼지를 털어 냈다.

"알아. 할리를 말한 거야."

가비가 콧방귀를 뀌었다.

"그래. 고마워, 가비. 널 알게 돼서 너무 기쁘다."

캐리스가 자리에서 일어나는데 할리의 루틴 음악이 시작됐다. 멜라니 피오나의 '프라이스리스'였다. 나도 모르게 미소가 지어졌다. 지난여름, 할리가 연습 루틴에 꼭 맞는 곡을 찾아 헤맬 때 우린 이 노래를 무척 많이 들었다.

우리는 이 노래를 반복해 들으면서 할리네 마당에서 오후 내내 옆돌기와 물구나무서기를 연습했다. 할리의 아빠가 매운맛 탄산음료를 주셨는데, 코가 얼얼해서 끝없이 재채기하는 나를 보며 할리가 웃음을 터뜨렸었다.

할리가 백핸드 스프링_{등을 바닥으로 향해 뒤로 물구나무를 서듯이 360도 회전하는 동작}을 한 뒤 팔을 쫙 뻗어 루틴을 마무리하자, 우리는 체육관이 꽉 차도록 손뼉을 쳤다. 할리는 한 다리를 뒤로 쭉 빼며 과장되게 인사를 하고 나서야 우리에게 달려왔다.

"어떻게 생각해? 결선 3등 안에 들 만큼은 한 거 같아?"

"당연하지."

내가 말하는데 가비가 벌떡 일어났다.

"마설 선생님한테 도마를 꺼내도 되는지 여쭤 볼까? 연습을 좀 해도 괜찮을 거 같아."

"그래."

할리가 우리 얼굴에 나타난 어색한 표정을 읽으며 대답했다.

"네 루틴 너무 좋다, 할리."

"그래, 정말 굉장해."

나와 캐리스는 진심으로 할리를 칭찬했다.

"고마워."

그때 가비가 입 모양으로 할리에게 뭐라고 말했다.

"그럼, 나중에 보자. 알았지?"

그러고 나서 할리와 가비는 매트를 정리하는 마셜 선생님께로 뛰어 갔다. 잠시 기다렸지만 둘 다 뒤돌아보지 않기에, 나는 캐리스를 따라 밖으로 나왔다.

할리는 남은 그 주 내내 나한테 거의 말을 걸지 않았다. 대회 연습 때문에 바쁘다고 했다. 하지만 가비와 크레이프 캐빈에 간 영상을 포스팅했다. 둘은 더블 초콜릿 크레이프를 나눠 먹고, 가비의 우스꽝스러운 춤을 보며 함께 소리 내어 웃었다. 질투가 내 심장을 꽉 조였다. 보고 싶지 않은데도 둘이 '가장 즐거운 시간'을 보내는 영상이 계속 튀어나왔다. 볼수록 기분이 안 좋아져서, 결국 나는 둘의 프로필을 클릭하고 알림 해제를 눌렀다. 나중에는 모르겠지만, 지금은 볼 필요가 없었다.

금요일 점심시간, 라미와 언어 동아리로 향했다. 11학년 몇 명이 복도에서 우리를 지나가고 있었다.

"엉덩이 꽉 조이세요!"

복도 전체에 소리가 울렸다. 교실에 도착했을 때는 뒤통수에서 이런 말이 들려왔다.

"너희 엄마 몸매 좋다고 전해 드려!"

라미가 나를 쳐다보았다.

"괜찮아?"

"그럼, 아무것도 아냐."

나는 교실 문을 밀었다. 라미는 대수롭지 않은 듯 이야기했다.

"맞아, 뭔 상관이야! 그것 말고도 우리가 본 네 굴욕 영상이 이미 백만 개는 되는데."

라미의 말에 갑자기, 금방이라도 폭발할 것만 같았다. 나는 몸을 돌려 복도에 대고 있는 힘껏 소리쳤다.

"우리 엄만 마흔일곱 살이야!"

그리고 심호흡을 했다. 소리를 지르고 나자 정말로 기분이 훨씬 더 좋아졌다. 언어 동아리 아이들이 전부 나를 쳐다보고 있다는 걸 깨닫기 전까지는.

그날 밤, 나는 부모님이 잠들었다고 확신할 때까지 기다렸다가 살금살금 아래층으로 내려갔다. 마우스를 움직여 컴퓨터 화면을 켜고 자연스럽게 비밀번호를 입력했다. 화면이 잠깐 멈추자 심장이 덜컥했다. 이 비밀번호도 바꿨나? 하지만 그때 바탕화면이 나타났고, 다시 숨이 쉬어졌다. 보안을 클릭하고 새로운 비밀번호를 찾았다. 이번에는 내가 무얼 원하는지 정확히 알고 있었다. 나는 상처를 주고 싶었다.

영상을 지우기 시작하자 멈출 수가 없었다. 수년 전, 우리가 이 집에 이사도 오기 전 영상부터 시작했다. 첫 번째 옹알이, 첫 번째 걸음마. 첫 번째 머리 깎기. TV에 출연해서 말한 것처럼 엄마가 의도했던 '우리가 간직하고 공유하는 굉장한 기억으로 가득 찬 거대한 저장고'의 모든 것을.

<앤더슨 가족 디즈니랜드에 가다!>

<에바의 첫 번째 덴마크 방문!>

<A&E '텔레비전 채널' 탐방>

<에바가 방금 엄마라고 했나요?!>

이 영상들은 추억으로 느껴지지도 않았다. 그날 밤, 얼마나 많은 예전 영상을 음소거 상태로 봤는지 모르겠다. 혹은 정확히 언제부터 울기 시작했는지도.

슈퍼 프릭

다음 날 아침에 엄마가 작업실에서 소리쳤다.

"라스! 또 무슨 일이 생겼어!"

뱃속에 두려움의 웅덩이가 가득 고였다. 부모님은 내가 주방 식탁에서 시리얼을 먹고 있다는 것도 알아채지 못했다. 작업실에서 애쉬 아저씨와 스피커로 통화하고 있었기 때문이다. 숟가락으로 시리얼을 휘젓는데 아빠 목소리가 들렸다.

"그러니까 누군가가 우리 비밀번호를 알아냈다는 거죠?"

엄마는 깊이 한숨을 내쉬더니 울음을 터뜨렸다. 나는 어떻게 해야할지 몰랐다. 전에도 엄마가 우는 모습을 본 적은 있었다. 그것도 아주 많이. 하지만 그때는 분명히 내 잘못이 아니었다. 이번에는……

"엄마, 괜찮아?"

그런 상황에서는 세상 멍청한 질문이었겠지만, 내 머리로 생각할 수 있는 말은 그것뿐이었다.

"애쉬 말이, 누가 우리 채널을 해킹하고 있는 것 같대. 네가 아기 때부터 찍은 영상이 삭제됐어! 도대체 누가 그런 짓을 하는 거야?"

나는 침을 꿀꺽 삼켰다. 심장이 평소보다 열 배는 빠르게 뛰고 있었다. 엄마가 눈치채지 않아야 할 텐데.

엄마가 주머니에서 휴지를 꺼내 코를 풀었다.

"우리한테 백업 파일이 있는지 아빠가 보고 있어. 그래도 며칠이 걸릴 거야. 전부 복구하는 데는 몇 주가 걸릴지도 몰라. 하드디스크가 고장 났을 수도 있대. 그러면 저장을 잘 못 한다는 거야. 우린 네 아기 때 영상을 다 잃어버릴지도 몰라."

엄마는 뺨으로 흘러내리는 눈물을 휴지로 훔쳤다. 영상을 삭제할 때는 기분이 훨씬 좋았는데, 속상해하는 엄마를 보는 지금은 마음이 좀 어두웠다. 시리얼이 마치 죄책감처럼 목구멍에 콱 걸렸다.

월요일 등굣길에 스퍼드는 조회 인사말을 들어 보겠다고 고집을 부렸다. 나는 주말 동안 인사말을 외우기로 했지만, 그 일은 절대 일어나지 않았다.

"선생님이 메모를 보면서 해도 된다고 하실까?"

스퍼드가 내 손에서 메모지를 움켜잡았다.

"학교까지 뛰어가면 이걸 타자로 쳐서 조회 시작 전에 출력할 시간이 될 거야."

언덕을 달려 올라가는 스퍼드의 뒤에 대고 내가 소리쳤다.

"넌 정말 최고야!"

그러자 덕후 공포증 전원이 고개를 돌려 나를 쳐다보았다.

학교에 도착했을 때, 주차장에 있는 할리 엄마의 차가 눈에 들어왔다.

"이상하네. 아주머니가 여기 왜 오셨지?"

캐리스도 그쪽을 쳐다봤다.

"할리가 체육복이나 다른 걸 깜빡했을지도 모르지."

"할리가 깜빡한다고? 말도 안 돼."

우리가 강당에 도착했을 때는 반 아이들이 이미 거의 다 와 있었다. 무대를 향해 놓인 의자의 줄이 수십 킬로미터는 되어 보였다.

"에바!"

내가 들어오는 걸 보자마자 선생님이 나를 불렀다.

"시간이 별로 없어. 넌 여기, 이 앞에 서 있으면 될 거야."

선생님이 나를 무대로 안내했다. 나는 심호흡을 하고 계단을 올라가 선생님이 가리키는 자리에 섰다. 스퍼드가 얼른 오기를 바라며 강당 문을 보고 있는데, 문을 연 건 가비였다. 가비가 뒤에 들어오는 할리를 위해 문을 잡아 주었다. 발목에 파란색 깁스를 한 할리가 목발을 짚고 들어오고 있었다.

"어머, 세상에."

나는 무대에 서 있어야 한다는 사실도 잊고 할리를 향해 계단을 뛰어 내려갔다.

"무슨 일이야?"

할리는 울 것 같은 표정으로 나를 쳐다봤다. 동시에, 목발로 나를 밀치고 싶은 것 같기도 했다.

"내가 올린 거 안 봤어?"

"나, 난……."

하지만 할리는 내 말을 끝까지 듣지 않았다.

"그런 것 같았어. 가자, 가비."

"대단한 친구 납셨네."

가비가 이렇게 속삭이며 내 옆을 거칠게 지나갔다. 가비는 할리가 객석 쪽을 마주 보는 좌석에 앉을 수 있도록 도와주었다. 나는 세상에서 가장 나쁜 사람이 된 기분이었다. 어떻게 할리의 대회를 잊을 수 있지? 어떻게 할리의 소식을 모를 수 있지? 내 몸의 온기가 싹 사라지는 것 같았다. '알림 해제한 걸 잊고 있었어.' 그때 종이 울리고 사람들이 쏟아져 들어오기 시작했다.

"여기!"

스퍼드가 깔끔한 종이를 건네주며 말했다.

"로그인하는 데 백만 년 걸리는 바람에!"

"고마워."

나는 할리를 쳐다봤다. 우리 반 여학생 한 무리가 할리를 에워싸고 있었다. 할리는 대회를 위해 몇 달 동안 훈련했고, 그러다 부상을 당했는데 나는 무슨 일인지 전혀 모르고 있었다. 끔찍한 기분이 뱃속을 휩쓸었다. 가비 말이 맞았다. 나는 나쁜 친구였다. 최악의 친구였다.

윌슨 선생님이 무대 위로 다시 올라오라고 나를 불렀다. 나는 무대 중앙에 자리를 잡고 서서, 이 모든 게 빨리 끝나고 할리와 이야기할 수 있기만을 바랐다. 그리고 스퍼드에게도 제대로 고맙다고 말할수 있기를.

"안녕하세요, 여러분!"

앤드루스 교장 선생님이 인사했다.

"8W 반이 주최하는 조회를 소개하게 되어 너무나 기쁩니다. 특별한 허그 데이가 주제라고 들었어요!"

웃음소리가 파도처럼 강당을 메웠고 무대에 서 있던 나는 속이 울렁거렸다. 맨 앞줄에 앉은 윌슨 선생님이 팬터마임처럼 입 모양을 크게 해서 무언가 속삭였다.

"미안해요! 오해가 있었군요!"

교장 선생님은 우리를 향해 씩 웃으며 손뼉을 쳤다.

"특별한 언플러그의 날이죠. 다행이에요! 윌슨 선생님. 시작하죠, 8W!"

모래를 한 움큼 삼킨 것처럼 입안이 바싹 말랐다.

"안녕하세요."

내가 마이크에 대고 말했다. 스퍼드가 준 종이의 첫 문장은 웃는 이모티콘들에 둘러싸인 '포스가 너와 함께 하리라!'였다. 나도 모르게 웃다가 고개를 들어 보니 수백 개의 얼굴이 이쪽을 향해 있었다. 나는 웃음을 지우고 얼굴을 반듯이 폈다.

"요즘 젊은 사람들이 밖에서 보내는 시간은 죄수들보다 더 적다는 걸 알고 계셨나요? 그래서, 1월 31일에 저를 포함한 저희 반 친구들은 24시간 동안 우리만의 디지털 디톡스를 하기로 했습니다. 모두가 참여한다는 사실에 저희는 정말 기대가 됐는데요."

엄밀히 말하면 거짓말이지,라고 생각하다가 순간 멈칫했다. 객석에서 흥얼거리는 소리가 들려왔기 때문이다. 윌슨 선생님이 내게 계속하라는 손짓을 보냈다. 나는 침을 꿀꺽 삼켰다.

"해가 뜰 때부터 질 때까지, 저희는 휴대폰을 내려놓고 컴퓨터의 전원을 껐습니다. 그리고……."

나는 고개를 들어, 눈앞에서 일렁이는 얼굴의 바다를 바라보았다. 흥얼거림이 더 커지고 있었다.

"그리고 화면을 보는 스크린타임 대신, 우리는 하루를……. 음, 얼굴을 보는 페이스타임으로 보냈습니다. 그러니까, 화면을 거치지 않고서요."

손에 든 메모지가 떨렸다. 흥얼거리는 곡이 무엇인지 알게 됐기 때문이다. '슈퍼 프릭'이었다. 운동 영상에서 나오는 그 노래. 나를 쳐다보는 눈길 하나하나가 다 느껴졌다. 강당에 있는 눈들뿐만이 아니라, 그 영상을 본 모든 사람의 눈 전부. 나를 똑바로 보는 수백만, 수천만의 눈길이 너무 무거웠다. 그 무게에 눌려 무너질 것만 같았다.

맨 앞줄에 앉아 있던 선생님들은 소리가 어디서 나는지 찾으려고 주위를 두리번거렸다. 하지만 소리는 온 사방에서 들려왔다. 그때 할리의 목소리가 들렸다. 어떻게 했는지 몰라도, 온통 흥얼거리는 소리를 건너 내게로 왔다.

"계속해, 에바."

나는 목소리를 가다듬었다.

"그럼, 저희가 발견한 이야기를 즐겁게 들어 주시기 바랍니다."

그러고는 한 걸음 물러나 무대 커튼의 그림자 속으로 들어갔다.

루카스가 저수지를 방문한 것으로 이야기를 시작했다. 여전히 희미하게 흥얼거리는 소리가 들렸지만, 내 머릿속에서만 일어난 일일지도 모르겠다. 조회가 끝나자 모두가 손뼉을 쳤다.

"잘했어, 다들!"

윌슨 선생님이 내 손을 꼭 쥐었다.

"떨고 있구나, 에바! 네가 이렇게 긴장할 줄은 몰랐어."

"엄청 잘했어! 너도 노래 들었구나?"

캐리스의 말에 나는 고개를 끄덕였다.

"전교생이 들은 거 아니었어?"

"잊어버려. 걔네는 그냥 우리가 엉덩이 조인 게 질투 나서 그런 거야."

캐리스가 내게 팔짱을 끼며 말했다. 나는 웃으려고 했지만 마음속은 진흙 바닥을 뒤집어 엎는 것처럼 휘몰아치고 있었다.

"할리가 결승전에서 발목을 다쳤어. 근데 난 결승전이 이번 주말이었다는 것도 까맣게 잊고 있었어."

"할리랑 얘기해 보는 게 좋겠다."

캐리스가 할리 쪽을 보며 고개를 끄덕였다. 할리가 강당 문 앞에서 기다리는 동안, 가비가 할리의 가방을 들고 옆에 서 있었다.

"교실에서 보자."

캐리스에게 인사한 뒤 할리를 보며 미소를 지었다. 할리는 나를 돌아봤지만 웃어 주지는 않았다.

"저기, 도와줘서 고마워."

"아무것도 아냐. 그 콧노래는 정말 비열했어."

"도대체 어떻게 된 거야?"

내가 할리의 깁스를 보며 물었다. 깁스에 가비의 이름이 보라색 사인펜으로 적혀 있었다.

"착지할 때 백플립^{공중 뒤돌기}을 망쳤어. 네가 먼저 알아봐 줬으면, 내가 이렇게 설명하지 않아도 됐을 텐데."

"미안해."

이런 말로는 충분하지 않다는 걸 알지만 더 나은 말은 하나도 생각나지 않았다. 나를 쳐다보는 할리의 갈색 눈이 눈물로 반짝였다.

"넌 행운을 빈다는 말도 해 주지 않았어."

나는 정말로 할리를 안아 주고 싶었다. 하지만 우리 사이에 있는 보이지 않는 벽이 어느 때보다 두껍게 느껴졌다.

"정말 미안해, 할리. 채널에 무슨 일이 있었어. 그래서……."

"맞아, 그렇겠지. 다음에 내 발목이 부러지면 '에바에 관한 모든 것'에 꼭 댓글 남길게. 그럼 너도 확실히 알게 될 테니까."

내가 할 수 있는 말은 아무것도 없었다. 할리 말이 맞다. 그건 할리에게 가장 큰 대회였는데 나는 행운도 빌어 주지 않았다. 아니, 기억도 못 했다. 채널에서 매일같이 나를 지켜보는 사람들이 떠올랐다. 내가 자라는 모습을 지켜본 사람들, 나를 아는 것처럼 내 얘기를 하던 사람들. 하지만 나는 그 사람들을 전혀 모른다. 하지만 나는 할리가 매운 음식을 좋아하고, 피를 보는 걸 싫어한다는 사실을 안다. 아무리 많이 연습해도 눈을 가운데로 모으지 못한다는 걸, 간혹 자기도 모르게 노래를 부른다는 걸. 나는 할리의 모든 걸 알고 있는데, 할리에게 일어난 중요한 일들은 몰랐다.

맞다. 나는 별로 좋은 친구가 아니다. 하지만 이건 그 멍청한 채널이 없었다면 절대 일어나지 않았을 일이었다!

우연인지 몰라도, 그날 밤 캐리스가 나한테 링크를 하나 보내 주었다. '그랜트 레이시 가족'이라는, 구독자가 8백만 명인 미국인 가족 블로그였다. 막 보기 시작하는데 캐리스한테 문자가 왔다.

저 여자 티셔츠 좀 봐.

나는 좀 더 가까이 들여다보았다. 엄마 뒤에 딸이 서 있었다. 처음에는 티셔츠에 뭐라고 쓰여 있는지 알아볼 수 없었지만 여자애가 셔츠를 똑바로 펴자, 커다란 검은색 글자가 보였다. '나를 찍지 마세요.'

그때 깨달았다. 나는 화면의 잘못된 쪽에서 채널을 장악하려 하고 있었다는 것을.

비상 '미용실' 사태

　며칠 후는 학기 마지막 주였다. 엄마와 아빠는 여전히 컴퓨터 앞에 딱 붙어 있고, 해킹에 관한 특별 브이로그도 이미 올렸다. 그래도 구독자가 줄어드는 대신 늘어나고 있었다. 부모님은 매의 눈으로 구독자 계측기를 지켜보면서 50만 구독자 달성 시 실시간 반응을 찍을 수 있도록 준비하고 있었다. 미리 찍은 축하 영상으로는 충분하지 않다며 라이브 방송을 위해 카메라를 24시간 돌아가게 해 놓은 것이다. 실시간 촬영이 정말 가능할지는 모르겠다. 만약 계측기가 500,000으로 변하는 결정적인 순간에 내가 학교에 있다면? 혹은 화장실에? 다음 주, 할머니 댁에 있을 때라면? 하지만 엄마는 내가 이 말을 꺼낼 때마다 눈을 굴렸다.

　목요일에 나는 새 계획을 실행에 옮겼다. 우선 벽에 있던 그림들을 떼어 냈다. 그런 다음 내 침대에 늘어뜨려진 분홍색 캐노피를 걷었다. 손이 닿는 꼬마전구 전부와 벽에 붙은 거대한 리본을 끌어 내렸고, 바보 같은 협찬 회사들이 보내 준 식물과 장식품도 전부 모아서 방 밖에 한 무더기로 쌓아 두었다. 엄마가 위층에 올라왔을 때는 층계참 맞은편에 거의 닿을 정도였다.

엄마가 물건 더미를 넘어 내 방으로 들어왔다.

"방 전체를 싹 비웠구나! 여기 무슨 감방 같다."

"그럼. 내 삶이랑 너무 잘 어울리지."

"저 말 들으셨어요?"

엄마가 카메라를 자기 쪽으로 돌리고 말했다.

"저희 사랑스러운 딸이에요, 여러분!"

나는 옷장 옆에 있는 벽 스티커를 뜯느라 스툴 위에 서 있었다.

"여기 완전 먼지투성이다! 제대로 구역질 나겠는데."

카메라가 꺼질 때 나는 빕—빕— 소리가 들렸다.

"에바! 라스랑 나는 해킹 사건 때문에 지금 해결할 일이 너무 많아. 네가 충분한 관심을 못 받고 있다면 미안하지만."

나는 뜯어낸 벽 스티커가 팔랑거리며 카펫에 떨어지도록 내버려두었다.

"일평생 충분히 관심받지 못한 것처럼 말이지."

"좋아, 우리 딸. 지금은 얘기할 기분이 아니란 거 알겠어."

엄마는 내가 반박하길 기다렸지만 난 그러지 않았다. 엄마는 내 이마에 입을 맞추고 가 버렸다.

그날 밤, 자려고 누워서 한때 꼬마전구가 있던 텅 빈 천장을 올려다보았다. 전구가 없으니 방이 깜깜했다. 내 물건이 전부 사라지니 좀 감방 같기는 했다. 아 참, 부모님 물건 말이다. 하지만 텅 빈 페이지처럼 느껴지기도 했다. 스케치북의 새로운 장을 넘긴 것 같았다. 이제 여기에 원하는 건 무엇이든 그릴 수 있다.

금요일에는 방과 후에 캐리스네로 곧장 갔다. 50만 구독자를 달성하는 일이 벌어질 때를 대비해 5시 30분까지 집에 오기로 되어 있었지만, 엄마랑 아빠에게 수없이 사정해서 약간의 평화와 고요를 위한 동의를 얻어 냈다.

캐리스의 방에서 우스꽝스러운 표정으로 사진을 찍는데, 캐리스가 카메라에 비친 자기 모습을 보더니 앞머리를 잡아당겼다.

"잘라야겠는데."

캐리스는 한참 동안 서랍장을 뒤적거리더니 검은색 상자 안에서 가위를 집어 들었다.

"이거 전문가용이야."

"네가 직접 하려는 건 아니겠지?"

나는 캐리스가 안경을 벗고 앞머리를 신중하게 빗어 내리는 모습을 지켜보았다.

"난 항상 내가 잘라. 음, 어쨌든 앞머리는."

"네가 자르도록 부모님이 내버려두셔?"

"당연하지. 내 머리잖아."

"나도 머리가 짧았으면 좋겠어. 긴 머리는 싫어."

나는 머리를 자세히 보려고 거울로 바싹 다가갔다.

"그럼 잘라."

거울 속의 캐리스가 앞머리를 싹둑 잘랐다. 새까만 머리카락이 캐리스의 코 위로 후드득 흩어졌다.

"너한텐 짧은 머리가 잘 어울릴 거야."

"그래. 우리 엄마가 허락해 주면."

나는 머리를 뒤로 넘겨서 짧으면 어떻게 보일지 살펴봤다.

캐리스는 앞머리를 싹둑 자른 다음 바닥에 있던 휴대폰을 집어 들었다. 휴대폰 화면이 휙휙 넘어갔다.

"너한테 진짜 잘 어울릴 만한 머리야."

나는 캐리스가 보여 준 엠마 왓슨의 사진을 꼼꼼히 살펴보았다.

"세상에, 진짜 짧다. 내가 말하는 건……."

나는 잠시 다른 사진을 찾아보고 나서, 딱 어깨 길이에 웨이브가 있는 어떤 여자아이 사진을 골랐다.

"이런 거."

"우아, 멋진데!"

캐리스가 사진을 살펴보며 말했다.

"내가 저렇게 할 수 있을 거 같아."

"네가 자를 수 있다고?"

캐리스가 어깨를 으쓱했다.

"응. 우리 이모가 런던에서 제일 비싼 미용실 헤어 스타일리스트야. 크리스마스 때 이모가 우리 사촌 동생 머리 자르는 걸 유심히 봤어.

뒷부분은 내가 잘랐고. 엄밀히 말해서 이모가 도와줬지만."

캐리스가 휴대폰을 다시 가져가서 화면을 휘리릭 넘겼다.

"봐. 이게 자르기 전 사진이고, 이게 자른 후 사진이야."

"우아, 네가 내 머리도 저렇게 자를 수 있다는 거지?"

"그럼. 이모가 나한테 가르쳐 줬지. 이 가위도 이모가 주신 거야. 그런데 자를 거면 목욕탕으로 가야 해. 안 그러면 카펫에 머리카락이 떨어지니까."

"아! 나 다음 주 할머니 댁에 가기 전에 긴 머리용 헤어 팩인지 뭔지 하는 광고를 촬영하기로 되어 있어."

캐리스가 씩 웃었다.

"내가 보기엔 완벽한 타이밍 같은데."

우리는 얼굴을 마주 보다가 갑자기 웃음을 터뜨렸다. 뭐가 그렇게 웃겼는지 설명을 못 하겠다. 하지만 바로 그 순간에, 정말로, 나 자신이 될 수 있을 것 같은 기분이 들었다. 정말로 되고 싶은 에바, 낯선 관찰자가 전혀 없었다면 사실 이미 되었을 에바가.

저녁 식사를 마치고, 나는 뱃속에 파닥이는 나비 한 마리를 품고 캐리스네 욕실에 앉았다.

"너 확실한 거지? 네가 마음에 안 든다고 해도 내가 다시 붙여 줄 수 있는 게 아니거든."

"그럼. 난 오랫동안 짧은 머리를 하고 싶었어. 그냥 해."

나는 눈을 감고 첫 번째 가위소리에 귀를 기울였다. 얼마 후, 캐리스가 나를 쿡 찔렀다. 손에 내 머리카락이 들려 있었다.

"세상에."

나는 머리를 휙휙 털고 거울에 비친 내 모습을 살펴보았다.

"굉장히 멋있어! 이제 앞쪽을 조금 자를 거야. 그러니까, 좀 더 고난도인 거지."

나는 뒤돌아 앉았다. 캐리스의 손길이 어깨에 느껴졌다.

"다들 마음에 들어 할 거야."

캐리스가 마무리한 뒤 거울로 본 내 모습은 예전과 너무 달랐다. 짧은 머리카락 한 가닥을 손가락에 감았다.

"너 정말로 괜찮다고 생각하는 거지? 그러니까, 더 낫지?"

"백만 퍼센트."

캐리스가 거울 속의 나에게 환한 웃음을 지었다.

"아, 이리 와 봐."

나는 캐리스를 따라 방으로 돌아왔다. 캐리스가 옷장 옆의 상자를 뒤적이더니 폴라로이드 카메라를 집어 들었다.

"여기 있다!"

캐리스가 혀를 쑥 내밀자 플래시가 번쩍였다. 카메라에서 사진 한 장이 미끄러져 나왔다.

"테스트용이야."

캐리스가 몇 초 정도 사진을 흔들었다.

"좋아, 이제 네 차례야. 스마일!"

나는 고개를 옆으로 살짝 기울이고 반쯤 진지한 태도로 카메라를 쳐다봤다. 캐리스가 사진을 건네주었다. 나는 천천히 드러나는 내 얼굴을 지켜봤다.

캐리스의 집에서 느꼈던 흥분은 집으로 걸어오는 동안 긴장으로 변했다. '머리카락일 뿐이야' 하고 되뇌었다. '이건 내 머리카락이야'. 하지만 가슴에 퍽 와닿지 않았다. 심장이 너무 빨리 뛰어서 구급차를 불러야 하는 건 아닌가 싶을 정도였다.

"안녕, 우리 딸."

내가 문을 열자 엄마가 기분 좋게 말했다. 다음 순간 엄마 얼굴에서 핏기가 싹 사라졌다.

"어머 세상에! 에바!"

엄마가 비명을 지르며 소파에서 벌떡 일어나다가 탁자의 와인잔을 쓰러뜨렸다. 하지만 아빠가 이상할 만큼 훌륭한 주짓수 기술로 와인잔을 붙잡았다. 그러고는 달라진 내 머리를 발견했다.

"아."

다른 말은 없었다.

"너 도대체 무슨 짓을 한 거니? 이 머리 어디서 잘랐어?"

엄마가 내 얼굴 옆의 머리카락을 잡아당겼다.

"내가 했어."

나는 자기 머리를 스스로 자르는 게 평범한 사람들의 일상인 양 태연하게 말했다.

"……왜? 내 말은, 너무 짧잖아! 왜 이렇게 잘랐어, 에바?"

"난 그저 머리를 자른 거야, 엄마. 얼굴에 문신한 게 아니라."

"라스, 제발 무슨 말 좀 해 봐."

아빠가 자리에서 일어섰다.

"조금 드라마틱하네. 그런데 잘 어울리는걸."

엄마는 입을 떡 벌리고 아빠를 빤히 쳐다봤다.

"당신 진심이야? 네가 엄마한테 말도 없이 이런 짓을 했다니 믿을 수가 없어, 에바!"

엄마는 뒷모습을 보려고 나를 한 바퀴 빙 돌았다.

"이걸 네가 혼자 했다는 건 말도 안 돼. 캐리스가 했니?"

"내가 부탁해서."

나는 가만히 내 신발을 내려다보았다.

"젠, 그냥 머리카락이잖아. 에바의 머리카락. 맞지?"

아빠가 엄마 어깨에 팔을 두르며 말을 이었다.

"이제 내 머리랑 더 똑같아 보이는데!"

그 말이 진심은 아니길. 엄마는 두 손으로 얼굴을 문지르고 나를 쳐다봤다.

"맞아, 네 머리야. 하지만 난 지금 당장 사샤에게 문자 보내서 내일 긴급 예약을 할 수 있는지 알아볼 거야."

엄마가 손을 허리에 얹었다.

"엄마 생각에는 네가 다음 주 헤어 팩 광고를 잊은 것 같은데?"

나는 입술을 비틀어 사과하는 미소를 지었다. 그러고는 책가방을 들고 위층으로 올라가는데 엄마가 말했다.

"아, 너무 늦기 전에 캐롤라인한테 전화해야지."

나는 계단 중간쯤에서 멈칫했다.

"캐롤라인이 누구야?"

아빠가 묻자 엄마가 혀를 쯧쯧 찼다.

"캐리스 엄마. 기억 안 나?"

"캐리스 엄마한테 무슨 일로 전화하려고?"

"농담해? 방금 당신 딸이 우리 딸한테 '가위손' 놀이를 했다고 말해야지!"

"엄마, 제발! 캐리스 잘못이 아니야! 내 생각이었다고!"

"쉿, 신호 간다."

나는 계단 맨 위까지 올라가서 캐리스에게 재빨리 문자를 보냈다.

우리 엄마가 너희 엄마한테 전화하고 있어, 머리 자른 것 때문에! 미안해. 이건 내 생각이었다고 말했어.

캐리스가 답장을 보냈다.

괜찮아. 너 아직 살아 있네. 야호!

엄마가 내일 나 미용실에 데려간대. 기분 나쁘게 받아들이지 말아 줘.

연장하려고?

그러지 않길 바랄 뿐이야. 어쨌든, 아빠는 마음에 든대. 너희 엄마가 뭐라셔? 나랑 어울리면 안 된다고 하셔?

나는 잠깐 귀를 기울였다. 엄마 목소리가 들렸다.

"네, 둘이 재밌게 논 건 분명해요. 캐리스가 잘하려고 애쓴 것도 분명하고요. 하지만 채널도 있고 해서, 이런 일은 전문적으로 하는 걸 선호하거든요⋯⋯. 네, 저도 애들이 어떤지 알죠⋯⋯. 네⋯⋯."

괜찮은 것 같네. 우리 엄마는 주로 카메라 밖에서 벌어진 일에 짜증 내는 편이긴 해.

네 머리 정말 대박이야! 헤어 스타일리스트가 망치지 않았으면 좋겠다.

엄마는 웃으며 전화를 끊었다. 다음에 캐리스의 엄마를 만났을 때 너무 어색하지 않아야 할 텐데.

방에 돌아와 보니, 엄마나 아빠가 놓고 간 게 틀림없는 종이 상자가 침대에 놓여 있었다. 상자 안에는 금빛 소용돌이가 치는 글씨체로 '나답게 아름답게'라고 적힌 액자가 들어 있었다. 액자를 상자에 도로 집어넣고 뚜껑을 덮었다.

캐리스가 찍어 준 사진을 책상 위에 놓고 찍은 다음 인스타에 올렸다. 첫 번째 댓글이 달리는 데 3초쯤 걸렸다.

에바! 너 진짜 멋져 보인다! 네 머리 마음에 들어. 완전 대박이야!

제나의 댓글에 답장을 쓰고 있는데 엄마가 계단에서 불렀다.

"에바! 사샤가 7시 반에 네 머리 고쳐 줄 수 있대."

"아침?"

"그래! 내일은 예약이 꽉 찼대. 우리를 특별히 배려해서 일찍 문 여는 거야."

'그 말은 당연히 그 영상을 촬영한다는 뜻이겠지.'

"내일 엄마가 옷장 문에 걸어 둔 새 윗도리 입어. 알았지?"

한숨을 쉬었다. 왜 나는 내가 입고 싶은 옷을 못 입을까? 캐리스는 손톱을 물어뜯어도 되고 귀에 작은 스케이트를 매달아도 되는데. 나는 옷장에 걸려 있는 윗도리를 들어 보았다. 뭐, 그렇게 나빠 보이지는 않네. 하지만 뒤를 보니, 운동화를 신고 있는 가지 그림에 큰 글씨로 이렇게 적혀 있었다. '가지가지 하네!'

헬멧이 필요한 순간

다음 날 아침, 나는 미용실에 '가지가지 하네!' 티셔츠를 입고 가야 했다. 남은 평생을 캐리스네에 출입 금지를 당하고 싶지 않다면 다른 선택은 없었다. 네임펜으로 글자 위를 덧칠해 볼까도 생각했지만 엄마가 서두르라고 계속 닦달했다.

"우아, 정말 멋지게 짧구나, 에바!"

사샤가 내 머리카락 속으로 손을 넣으며 말했다.

"좋아, 깔끔하게 정리해 줄게. 시작해 볼까?"

머리를 다듬는 동안 한 마디도 하지 않겠다고 다짐했지만, 사샤가 너무 친절해서 그 결심을 고수하기가 어려웠다. 하지만 머리 감는 모습을 엄마가 촬영하자 나는 입을 닫고 천장을 응시했다.

"엄마가 얼마나 놀랐는지 사람들한테 얘기 좀 해 봐! 전 에바가 이렇게 할 거라고는 눈곱만큼도 생각 못 했어요! 물소리 때문에 에바가 제 말을 못 듣는 것 같네요."

엄마는 이렇게 말하고는 신경 쓰지 않는다는 듯 혼자 웃었다. 하지만 엄마는 분명 신경 쓰고 있었다.

사샤가 머리 뒷부분을 자르자 카메라는 거울을 향했다.

"너무 웃겼어요! 에바가 머리를 몽땅 자른 채 집에 오자 저는 완전히 기겁했거든요!"

엄마는 지난밤에 무슨 일이 있었는지 얘기했다. 엄마가 와인잔을 넘어뜨린 거랑 캐리스의 엄마한테 전화한 부분은 빼고 말이다. 내가 엄마 말을 정정해 줄 수도 있었지만 그게 무슨 의미가 있담? 엄마가 편집할 때 잘라 내면 그만인걸.

그날 오후, 부모님은 〈에바가 머리를 다 잘랐어요!〉 섬네일에 비명 지르는 이모티콘들을 넣어 올렸다. 나는 화면을 곧장 내려서 댓글을 읽었다.

배꼽 빠지는 줄!

네가 그랬다는 걸 믿을 수 없어, 에바!

짧은 머리 너무 예뻐! 맘에 드네요.

더 많은 챌린지 영상 가능할까요?

백몇 번째 댓글을 읽고 있는데 TheThinker라는 사람이 이런 댓글을 달았다.

4:45와 5:20에 에바의 표정. 에바가 싫어하네요, 어머니.

이 댓글은 좋아요 9개와 싫어요 16개를 받았다. 답글을 눌렀다.

저도 눈치챘어요. 에바가 원하지 않으면 촬영하지 말아야죠.

아동 착취.

아냐! 에바는 항상 그래요. 십 대잖아요! 훌륭한 가족입니다.

맞아요. 광고 이익을 얻으려고 아이 머리를 자르다니.

저 아이는 가짜임.

엄마가 방문을 두드리는 순간, 놀라서 휴대폰을 떨어뜨렸다.

"아래층에 내려와서 같이 상자 개봉할래? 네 방을 장식할 엄청나게 근사한 물건들이 좀 있거든."

"별로."

"어디 아파? 뺨이 좀 빨갛네."

엄마가 다가와 내 이마에 손을 얹었다.

"체온은 괜찮아. 그거 알지. 생리 시작하려고 그러는 걸지도 몰라."

나는 깊은 한숨을 내쉬었다.

"뜨거운 스쿼시^{증류수나 소다수에 과일즙과 설탕을 탄 음료수} 한 잔 갖다줄까? 상자 개봉은 내일 언제든지 할 수 있어. 대신 영화 보는 건 어때? 우리 둘이서만."

사실 그러고 싶었다. 엄마 옆에 웅크리고 앉아서 영화를 보면 참 좋을 것 같았다. 하지만 엄마가 말하는 건 진짜 우리 둘만이 아니었다. 엄마 구독자들과 함께겠지. 이미 〈에바의 두 번째 생리!〉 브이로그를 계획하고 있을지도 모른다. 당연히 나는 그럴 기분이 아니었다.

"아냐, 나 스퍼드네 집에 가려고 했어. 스퍼드가 새 프로젝터를 만들었대서 영화 보기로 했거든."

엄마가 미소를 지었다.

"좋아. 하지만 뭘 하든지 간에 스퍼드가 네 머리에 손대게는 하지

233

마."

스퍼드네 대문으로 들어가자 보안등이 들어왔다. 마당에는 참나무 한 그루가 있는데, 굵은 나뭇가지 하나가 스퍼드의 방 창문과 곧장 연결된다. 우리가 어렸을 때는 방에서 나올 때 항상 그 나뭇가지를 타고 내려왔다. 올려다보니 스퍼드의 방에 불이 켜져 있었다.

나는 다리를 첫 번째 나뭇가지 위에 올렸다. '좋아! 할 만하겠는데.'

이후 도움을 요청하기로 마음먹기 전까지 약 5분 동안, 나는 나무에 갇혀 온갖 궁리를 다 하고 있었다. 스퍼드 방 창문 밑으로 연결되는 나뭇가지가 사라지고 없었기 때문이다. 발을 디딜 만한 다른 곳도 전혀 없고, 몸을 쭉 밀어 낼 만큼의 힘도 나한테는 없었다. 다시 내려가는 건 생각보다 무서웠다. 주머니에서 휴대폰을 꺼내려면 붙잡고 있던 나뭇가지를 놔야 해서 엄두가 나지 않았다. 그래서, 다른 방법이 없었다.

"스퍼드!"

난 할 수 있는 한 크게 고함을 질렀다.

"스퍼드!"

잠시 후에 스퍼드가 창문에서 얼굴을 내밀었다.

"에바? 너 머리 잘랐어?"

"스퍼드! 제발 나 좀 여기서 내려 줘."

"너희 아빠 모셔 올까?"

"그래, 지금 나한테 필요한 건 내가 나무에 갇힌 영상이니까!"

스퍼드는 창문 밖으로 몸을 좀 더 내밀고 거리를 확인했다. 나무를 잡은 손바닥에 땀이 맺혔다.

순간 스퍼드가 사라지고 없었다. 얼마 후, 뭔가가 잔디를 가로질러 끌려 오는 소리가 들렸다.

"괜찮아! 이제 뛰어내리면 돼!"

밑에서 스퍼드가 소리쳤다.

"너 미쳤어?"

"어서! 트램펄린이 바로 여기 있어."

"장난해? 다리 부러진다고!"

"괜찮아! 내가 대략 계산해 봤어. 겨우 2미터 정도만 튕길 거야. 약속해. 내가 널 잡을 수도 있어. 하지만 네가 날 눌러 죽일 가능성도 분명히 있긴 해."

달빛에 뭔가 반짝였다.

"이건 안 찍는 게 좋을걸!"

"당연히 안 찍어! 내 군용 헬멧이야. 잡아!"

스퍼드가 나한테 헬멧을 던져 올렸다. 하지만 내가 못 받아서 다시 던져야 했다.

"에바, 이거 잡아야 해!"

스퍼드가 다시 던졌지만 나는 나뭇가지를 붙잡은 손을 감히 놓지 못했다.

"나 그 멍청한 헬멧 안 쓸 거야."

밑을 내려다보자 트램펄린의 윤곽이 어렴풋이 보였다.

"안전한 거 확실해?"

하지만 다시 올라가기에는 너무 늦었다. 나는 마지막으로 한 번 더 내려다보고 숨을 참은 다음, 손을 놓았다.

20분 후, 나는 얼린 완두콩 주머니를 이마에 얹은 채 스퍼드의 방에 앉아 있었다. 트램펄린에서 다시 튕겨 올라가면서 나뭇가지에 세게 부딪혔기 때문이다. 정확히 스퍼드가 말한 그대로였다. 스퍼드는 나를 보며 숨도 못 쉬고 끅끅 웃었다.

"그러게, 헬멧을 쓸 걸 그랬네. 이거 진짜 눈에 띄어?"

이마에 골프공 크기의 혹이 만져졌다. 스퍼드가 자세히 들여다보았다.

"달걀 같아. 왜 나무에 올라간 거야? 몇 년 동안 안 그랬잖아."

"그랬지. 이제야 그 이유를 알겠네. 저 나무는 죽음의 덫이야. 베어 버려야 해."

스퍼드가 다시 푸핫 하고 웃음을 터뜨렸다.

스퍼드네 집을 나설 때가 되었다.

"내 목숨 구해 줘서 고마워."

"천만의 말씀."

계단을 내려가는데 스퍼드가 뒤에서 불렀다.

236

"있잖아, 네가 나무에 갇혀 있을 때 내가 뭘 깨달았는지 알아? 네 주짓수 기술이 완전 구리다는 거야."

터진 웃음을 참느라 아무런 반박도 못 했다.

집으로 오면서 '에바에 관한 모든 것'에 감사한 사실이 하나 있다는 걸 깨달았다. 바로 우리가 스퍼드네 옆집으로 이사를 왔다는 점이다. 비록 스퍼드는 내가 강자성 유체를 뒤집어쓰게 하는 친구이긴 하지만, 나한테 안전 헬멧이 필요한 때를 알려 주는 친구이기도 했다. 내가 계속 귀 기울여야 하는 친구인지도 모른다.

캐리스의 비밀 무기

현관문을 열었더니 거실을 가로질러 '구독자 50만 명!'이라고 적힌 거대한 배너가 놓여 있었다. 누가 내 뱃속에 수류탄을 던진 것 같았다.

"50만 달성했어?"

아빠는 금색 헬륨 숫자 풍선을 나열하고 있었다.

"아직 몇천 명 남았어. 옆에 있는 그 색종이 폭죽 좀 잡아 볼래?"

"그럼 지금은 뭐 하는 거야?"

"엄마랑 아빠가 보니까 전에 만든 영상은 별로 만족스럽지 못한 거 같아서."

"영상을 다시 찍는다고?"

"그래. 두 번째 숏이지! 이번엔 잘될 거 같아. 네가 머리 모양을 바꾸기도 했고……."

"에바, 왔구나. 지금 막 너한테 문자 보내려던 참이었어."

엄마가 금색 가랜드의 줄을 풀면서 말했다.

"세상에, 이마가 왜 그렇니?"

"나무에서 뛰어내렸어. 괜찮아. 누를 때만 아픈걸."

엄마는 가랜드를 탁자에 내려놓고 불빛 아래서 내 이마를 꼼꼼히 살폈다.

"이거 심각한데, 에바! 너 나무에서 뭐 하고 있었니?"

"의도적인 건 아니었어."

엄마가 아빠를 건너다보며 말했다.

"이마에 이렇게 큰 혹을 갖고는 못 찍어. 아, 에바. 타이밍이 정말 너한테 달렸다!"

엄마가 한숨을 내쉬었다.

"한 이틀은 기다려야 할 것 같아. 수요일에 덴마크로 출발하니까 그전에 가라앉기를 기도하자! 더는 나무에 올라가지 마. 알았지? 적어도 50만 구독자를 달성하기 전에는 안 돼. 네가 이제 그 정도는 큰 줄 알았는데 말이야."

엄마는 혹에 부드럽게 입을 맞추었다. 흠, 앞으로 가벼운 상처를 입는 게 촬영을 피하는 좋은 방법이 될 수 있겠군.

할머니가 그날 밤 페이스타임으로 전화를 했다. 할머니는 내 새로운 머리 모양이 퍽 마음에 든다며 이렇게 말했다.

"*Dit indre er endnu smukkere end dit ydre.*"

'너의 내면은 밖으로 보이는 것보다 훨씬 더 아름답다'는 뜻이다. 할머니는 내가 할머니를 볼 수 있다는 걸 깜빡하신 게 틀림없었다. 휴대폰을 귀에 갖다 대고 계신 걸 보면. 하지만 상관없었다. 나는 부듯가 카페에서 내놓은 신제품 케이크, 항구에 있는 고기잡이배들의 소음, 그리고 할머니가 생각하기에 내가 좋아할 법한 박물관의 새로운 미술 작품 이야기에도 귀를 기울였다. 할머니의 한 마디 한 마디 덕분에 텅 빈 내 방이 조금씩 채워지고 있었다.

일요일 아침, 시리얼 그릇을 식기 세척기에 넣는데 아빠가 딸기 그릇을 건네주었다.

"그렇게 배 안 고파."

바로 그때, 문에서 스퍼드 특유의 노크 소리가 들렸다. 스퍼드는 손에 작은 식물을 하나 들고 있었다.

"간신히 파리지옥을 번식시켰어. 방에 놓으면 네가 좋아할 것 같아서."

"고마워, 스퍼드! 들어와!"

나는 스퍼드를 식탁 쪽으로 이끌고 식물을 이리저리 살펴보았다.

"아기 파리지옥 엄청 귀엽다."

"아유, 라스, 이것 좀 봐!"

엄마가 아빠 팔을 끌어안았다.

"스퍼드의 식물이 아기를 낳았는데, 그걸 밸런타인데이에 에바한테 준 거 있지!"

스퍼드의 얼굴에 화색이 돌았다.

"오늘이 밸런타인데이예요?"

그러고는 어색하게 웃었다.

"전혀 몰랐어요. 전 그냥 에바 이마의 상처 때문에 미안한 생각이 들어서요."

스퍼드가 딸기를 한 움큼 쥐며 말을 이었다.

"그리고 파리지옥은 아기를 낳지 않아요, 아주머니. 분지한다고 하죠. 파리지옥은 무성 생식을 하거든요. 있잖아요, 음……."

아빠가 스퍼드를 노려보자, 스퍼드는 그만 말하라는 눈치를 챈 것 같았다. 엄마와 나는 웃음을 멈출 수 없었다.

그날 밤, 인스타그램을 넘겨 보다가 할리의 새로운 프로필 사진을 클릭했다. 땋은 머리로 커다란 번을 만들어 정수리에 올린 할리는 잠바를 위로 뒤집어써서 얼굴이 반쯤 가려져 있었다. 지금 할리가 온라인 상태라는 걸 알고 메시지를 보내려는데, 할리에게 먼저 메시지가 왔다.

네 머리 정말 마음에 들어.

고마워.

너희 엄마가 결국 머리 자르게 해 주셨구나!

그런 셈이야. 네 대회 일 너무 미안해. 내가 거기 있었어야 했는데.

괜찮아. 의사 선생님이 몇 주 후면 좋아질 거라고 하셨어.

나는 할리의 메시지에 '좋아요'를 누르고 아기 파리지옥 사진을 몇 개 올렸다. 제나가 즉시 '좋아요'를 눌렀다. 가비의 사진 중 하나를 골라 댓글을 쓸까 하고 생각했다. 가비와 친해지려고 내가 이렇게 노력한다는 걸 할리에게 보여 주고 싶었다. 하지만 결국 포기하고 대신 할리의 프로필에 '좋아요'를 눌렀다. 할리는 내가 스퍼드와 강자성 유체 실험을 하는 사진에 하트를 달아 주었다. 나도 하트를 돌려주었다. 내 심장 한 부분이 제자리로 돌아와 맞춰진 느낌이었다.

중간 방학이 시작되는 월요일이었다. 나는 캐리스의 집에서 캐리스가 게임하는 걸 도와주면서 휴대폰으로 '에바에 관한 모든 것'을 훑어보고 있었다. 그런데 〈에바의 방 청소〉라는 새로운 브이로그가 보였다.

"엄마가 내 방에서 뭘 하는 거지?"

"엄마가 네 방에서 촬영하고 계셔?"

나는 고개를 끄덕이고 재생을 눌렀다. 평소처럼 광고가 나온 후 엄마가 이렇게 말했다.

"자, 보시다시피 저희는 전부 다 치웠어요! 말 그대로 여긴 감옥 같죠!"

카메라가 휙 돌면서 내 방 전체를 담았다.

"에바의 옷장 공간을 보여 드릴게요!"

엄마가 옷장 문을 열고 내가 숨겨 둔 스케치북을 전부 꺼내기 시작했다. 내 피부가 차갑게 식었다.

엄마는 내 스케치북 하나를 펼쳤다. 나는 차마 볼 수 없었다.

"에바가 그린 이 아름다운 나비 그림 좀 보세요! 굉장하지 않아요? 정말 무척 마음에 드는데요!"

화면에 담긴 건 내가 예전에 그린 나비 스케치였다. 눈 뒤에서 분노의 눈물이 타올랐다. 온 세상이 내 일기를 보고 있는 것만 같았다.

"이 나비를 금색으로 크게 만들어서 저쪽에 붙이면 어떨까 싶네요. 그리고 절대적으로 조명 솔루션이 필요해요. 에바의 방을 꾸미는 데 여러분의 제안을 듣고 싶어요. 댓글에 올려 주세요. 만약 저희가 여러분의 아이디어를 사용하게 되면 근사한 저희 구디백 하나를 보내 드릴게요. 구독 잊지 마세요!"

나는 두 손으로 얼굴을 감쌌다. 캐리스가 내게 팔을 둘렀다.

"난 너희 엄마가 좋아, 에바. 하지만 이건 진짜 아니다."

나는 화가 나서 엄마에게 문자를 보냈다.

나 없을 때 내 방에서 촬영하지 마.

"뭔가 해야 해, 캐리스. 내가 다 지워 버렸는데, 아무것도 달라진 게 없어! 머리를 자른 것도 그냥 콘텐츠를 하나 더 준 꼴이 돼 버렸어. 봐, 〈에바가 머리를 다 잘랐어요!〉 영상이 조회 수 30만을 찍었다고. 두 분은 내 메시지를 이해 못 해."

캐리스는 귓불에 달린 스케이트를 비틀며 잠시 생각에 잠겼다.

"좋아. 그러니까 우리는 너희 부모님이랑 구독자 모두에게 메시지를 전달해야 해. 만약 네가 채널에 나오는 걸 얼마나 싫어하는지 알게 되면 상당히 많은 사람이 '에바에 관한 모든 것'을 구독하지 않을

거라고 확신해. 하지만 그 메시지는 너한테서 직접 나오면 안 돼. 그
랬다가는 분명 네가 곤란해질 거야. 그러니까……."

캐리스는 노트북을 집어 들고 나를 향해 눈을 반짝이며 미소를 지
었다.

"플랜 B를 실행할 시간이야."

"플랜 B?"

"나한테 비밀 무기가 있을지도 모르지."

집으로 돌아오자 아빠는 내가 캐리스네에 있는 동안 만든 뇌물용
머핀을 건넸다.

"자 자, 에바, 제발."

설탕 시럽을 추가로 뿌리고 신선한 딸기와 장식용 스프링클을 얹
은 머핀이었다. 두 개를 먹고 나니, 아빠가 뇌물에 재능이 없다고는
못 할 것 같았다.

"그냥 우리가 50만 구독자에 얼마나 가까워졌는지 말하는 짧은 영
상이야. 뭐든 네가 하고 싶은 걸 하면 돼. 네가 할 일은 신나 보이는
거, 그게 전부야."

나는 머핀을 한입 가득 베어 물고, 아무 말도 못 한다는 듯이 손
가락으로 입을 가리켰다. 엄마는 눈을 반짝이며 나를 보고 있었다.

"우리 구독자들에게 감사 인사를 전하면 얼마나 사랑스럽겠니. 그
리고 오십만 구독자를 달성한 기념 행사가 되는 거야! 라스, 백 명을

244

넘었을 때 우리가 얼마나 흥분했는지 기억하지!"

아빠가 엄마 뺨에 입을 맞추었다.

"한 명 넘었을 때 당신이 얼마나 흥분했는지 기억하지!"

부모님이 미소 띤 얼굴로 서로를 바라보자, 나는 두 분이 금방이라도 쪽쪽거릴까 봐 시선을 딴 데로 돌렸다.

"기분 좋지 않아? 우리가 올 한 해 정말 많은 사람을 행복하게 해 줬다니 말이야. 영상 얼른 찍고, 레드클리프 우드로 드라이브 가는 건 어때? 두어 시간 내에는 어두워지지 않을 거야."

"완벽한데! 거기서 '가족 특집' 영상을 찍을 수도 있겠어."

나는 고개를 저었다.

"아니, 됐어."

엄마가 나를 쳐다봤다.

"좋아……. 그럼 카메라 없이 우리 셋이서 가면 어때?"

아빠가 눈썹을 위로 치켜올렸다.

"난 괜찮을 것 같은데. 에바는?"

머핀으로 섭취한 설탕 효과 때문이었을까? 아니면 플랜 B를 실행하기 전에 부모님께 마지막 기회를 주고 싶었던 걸까? 아무튼 나는 가벼운 미소를 지으며 대답했다.

"좋아."

그날 저녁은 별로 따뜻하지 않았다. 하지만 해가 지면서 하늘은 물감이 번진 듯 붉고 아름다웠다. 나는 나무 그루터기에 쌓인 낙엽을 쓸어 내고 앉았다. 가는 길에 차에서 속으로 이렇게 생각했다. 만약 이 한 번의 나들이를 우리 셋이서만 보낼 수 있다면 캐리스와 만든 새 영상을 올리지 않을 거라고. 이렇게 말하고 보니 내가 부모님을 시험하고 있었는지도 모르겠다. 구독자가 아닌 우리만을 위한 가족, 평범한 가족처럼 생활할 수 있을지 보는 시험 말이다.

나는 눈을 감고 머리 위에서 낙엽이 바스락거리는 소리를 들으며 몽상에 잠겼다. 아마 브이로그를 일주일에 한 번만 촬영할 수 있을지도 모른다. 그러면서 나는 천천히 빠지고, 지금처럼 우리가 영상을 하나도 찍지 않는 특별한 날도 생길 것이다. 그 바보 같은 신문 칼럼은 별로 상관없었다. 엄마가 인정했다시피 칼럼 내용은 기본적으로 허구였고 우리 학교 애들은 아무도 신문을 읽지 않으니까. 하지만 한 줄기 햇살이 내 얼굴을 스쳐 지나간 후, 나는 듣고야 말았다. 피부를 오싹하게 만든 '찰칵' 소리를. 감았던 눈을 떴다. 엄마가 몇 미터 떨어진 그늘 안에서 휴대폰으로 나를 가리키고 있었다.

"엄마가 안 찍을 거라고 한 줄 알았는데."

나는 나무 그루터기에서 풀쩍 뛰어내렸다.

"아, 이건 그냥 인스타용이야, 우리 딸. 자막 없이."

엄마는 나에게 키스를 날린 다음 다시 휴대폰을 들여다봤다.

만약 누군가가 나에게 왜 그랬냐고 묻는다면, 이게 바로 그 이유다. 내가 하려고 하는 일을 위한 더 나은 방법. 더 근사한 방법. 아무도 다

치지 않는 방법은 아무리 찾아도 존재하지 않기 때문이다.

나는 주머니에서 휴대폰을 찾아 캐리스에게 문자를 보냈다.

좋아, 플랜 B는 오늘 밤이야.

플랜 B

캐리스는 즉각적으로 무슨 일이 벌어지는 않을 거라고 했다. 우리가 만든 새 영상이 알려지는 데에는 얼마간의 시간이, 심지어 몇 주가 걸릴지도 모른다고 했다. 그래서 나도 빨리 진행되리라는 기대는 하지 않았다.

나는 '에바에 관한 모든 것'에서 필요한 장면을 모두 찾고 음악도 골라 영상을 만들었다. 제목 역시 내 아이디어였다.

<'에바에 관한 모든 것'의 에바는 부모님이 자신을 찍지 않기를 바라는가?>

자막을 함께 썼지만 '착취' 같은 단어는 캐리스가 생각해 냈다. 캐리스는 딱 어른들이 할 법한 말처럼 들리게끔 이야기를 잘 만들었다. 아무도 나와 캐리스를 의심할 리 없었다. 게시물을 올릴 유튜브 채널을 설정할 때는 가짜 이름도 사용했다.

만약 부모님이 우리 영상을 보더라도 채널을 즉시 닫지는 않을 것이다. 우리 가족의 '재정적 안전'이 '에바에 관한 모든 것'의 성공에 달려 있다고 여기기 때문이다. 하지만 나는 부모님이 행동을 멈추고 생각을 하게 하고 싶었다. 온종일 내 사생활을 침범하는 일을 그만두게 하고 싶었다. 마침내 내 말에 귀를 기울이게 만들고 싶었다. 솔직히 말해서, 그렇게나 빨리 통제 불능 상태가 될 줄은 꿈에도 몰랐다.

다음 날 아침, 조회 수를 보자마자 내 몸이 차갑게 식었다. 8천? 어젯밤에는 겨우 아홉이었는데?

"너 괜찮니?"

아빠가 내 방문으로 고개를 쑥 들이밀며 물었다.

"유령이라도 본 것 같은 표정이네."

"그냥 게임하고 있어."

내 손은 휴대폰 화면에 얼어붙은 채였다.

"그럼 서둘러 옷 입어. 한 시간 후에 공항으로 출발하니까."

내가 고개를 끄덕이자 아빠가 방문을 닫았다. 휴대폰을 멍하니 바라보았다. 어떻게 하룻밤 사이에 조회 수가 9에서 8천으로 뛰었지? 나는 캐리스에게 문자를 보냈다.

영상을 어디 다른 데에도 올렸어?

메시지 창에 말풍선이 나타났다가 사라지더니 몇 초 후에 캐리스가 전화했다.

"흔적 남기지 마. 기억해."

캐리스는 내가 전화를 받자마자 이렇게 말했다.

"아, 맞다. 미안해. 그냥, 영상이 밤사이에 조회 수가 많이 늘어서……."

"몇 명한테 태그를 붙였어. 영향력 있는 사람들 말이야. 이제 만 명까지 올랐어. 이게 내 비밀 무기라고 했잖아."

캐리스가 속삭였다. 전화기 너머로 캐리스의 엄마 목소리가 들렸다.

"나 가야 해. 이 일로 나한테 문자 보내지 마. 알았지? 전부 계획대로 될 거야. 많은 사람이 영상을 보게 될 거고. 걱정하지 마. 네가 덴마크에서 돌아오면 전부 얘기해 줄 테니까."

나는 전화를 끊고 댓글을 내려보았다.

저 불쌍한 아이 때문에 말 그대로 울고 싶어요.

온 가족이 날 속상하게 하네요.

에바가 너무 불쌍해요!

에바에게 자유를!

나는 휴대폰을 내려놓고 욕실로 향했다. '괜찮아.' 샤워하며 나 자신에게 말했다. '이렇게 많은 사람이 본다니 잘됐다. 사람들이 이 영상을 보면 좋겠어.' 그런데 왜 내 심장이 꼭 배수구 구멍 속으로 빨려들어가는 기분일까?

방으로 돌아와서 나머지 댓글을 보았다. 부모님 계정을 태그한 사람이 없는지 확인해야 했다. 어제는 부모님이 그 영상을 보도록 하는 게 굉장히 기발한 아이디어고 내 삶을 바로잡아 줄 것만 같았는데, 지금은 영상 때문에 모든 게 복잡해진 듯했다. 만약 뒤에 내가 있다는 걸 알아내면 어떡하지? 조회 수가 올라가고 있었다. 1만 5천, 1만 6천, 1만 7천. 일이 실제로 벌어지고 있었다.

바로 그때 엄마 목소리가 들렸다.

"에바! 짐 다 챙겼어, 우리 딸?"

엄마가 문밖에서 고개를 들이밀었다.

"재촉해서 미안한데 곧 출발해야 해."

엄마가 내 방으로 들어왔다. 엄마는 분홍색과 흰색이 섞인 줄무늬 레깅스와 앞면에 뜨개질한 무지개가 붙은 잠바를 입고, 머리에는 커다란 노란색 리본을 달고 있었다. 얼굴에는 주근깨도 그려 넣었다. 나는 엄마를 빤히 보며 설명을 기다렸다.

"여행복이야! 네 것도 있어."

엄마 손에는 엄마가 입은 것과 정확히 똑같은 옷이 들려 있었다.

"자, 네가 뭐라고 말하기 전에……."

"제발, 안 돼."

엄마가 소리 내 웃었다.

"조금 밝은 거 엄마도 알아, 그치만……."

"엄마 거랑 너무 똑같잖아!"

"알아! 너무 귀엽지 않니? '예쁘고 자랑스러워'에서 특별히 보내 줬어!"

나는 침대로 쑥 들어가 베개로 얼굴을 덮었다.

"에바!"

엄마가 웃으며 말을 이었다.

"자 자, 오래 입고 있을 필요 없어. 약속할게. 공항에서 사진 몇 장만 찍으면 돼. 그렇게 불편하면 네 가방에 갈아입을 옷을 몇 벌 챙겨

가면 되잖아."

엄마는 내가 숨어 있던 베개를 치웠다.

"'예쁘고 자랑스러워'가 이번 달에는 소외된 여자아이들의 교육에 수익의 10퍼센트를 기부한대."

"알았어."

나는 끙 소리를 내며 엄마 손에서 옷을 받아 들었다.

"순전히 자선기금 때문이야. 비행기 타기 전에 옷 갈아입을 거야."

"고마워, 우리 딸."

엄마가 내 이마에 입을 맞추었다.

"넌 천사야. 그런데 기내 사진도 몇 장 필요하니까, 코펜하겐에 도착하면 갈아입어. 알았지?"

나는 다시 한번 끙 소리를 내며 레깅스 한 벌을 가방에 밀어 넣었다. 영상에 갖고 있던 의구심이 단박에 사라졌다. 더 솔직히는, 과연 엄마 얼굴이 어떻게 변할지 보고 싶어 견딜 수가 없었다.

"근사한데, 에바!"

아래층으로 내려가자 아빠도 머리에 커다란 노란 리본을 매고 있었다.

"왜? 나만 소외감 느끼고 싶지 않단 말이야!"

내 삶이 여기서 더 나빠질 수 있을까? 그때 엄마가 스퍼드에게 갖다줄 열쇠를 건넸다. 그래야 우리가 없는 동안 스퍼드가 미스 피지에게 밥을 줄 수 있기 때문이다.

"이 옷 입기 전에 말해 줄 순 없었어?"

"아줌마한테 열쇠 잘 챙겨 달라고 해!"

엄마가 내 말을 무시하고 소리쳤다. 스퍼드는 문을 열자마자 웃음을 터뜨렸다.

"아무 말도 하지 마. 미스 피지한테 간식 주는 것도 잊지 말고."

내 뒤통수에 대고 스퍼드가 소리쳤다.

"만약에 비행기가 너무 느리면 그 리본을 프로펠러로 쓸 순 있겠다, 야!"

공항으로 가는 차 안에 있은 지 20분쯤 되었을 때 내 휴대폰이 울렸다. 캐리스가 우리 부모님의 인스타 화면을 캡처해서 보내 준 것이다. 똑같은 옷을 입은 엄마와 나, 거기에 아빠가 고개를 들이밀고 찍은 사진이었다. 캐리스는 이렇게 적었다.

이것도 아동 학대의 한 형태야.

나는 코웃음을 쳤다.

"뭐가 그렇게 재미있어?"

엄마가 고개를 돌려 물었다.

"아무것도 아냐. 캐리스가 웃긴 사진을 보내 줘서."

"너희 둘은 환상의 짝꿍인가 보다."

엄마가 사이드미러로 화장을 확인하며 말했다.

"너희, 엄마가 알아야 하는 어떤 중대한 이미지 변신을 계획하고 있는 건 아니겠지?"

나는 거울 속 엄마에게 살짝 웃어 주었다.

"아냐."

유튜브에 부모님에 관한 영상을 올리는 게 '중대한 이미지 변신'은 아니니까 거짓말은 아니었다. 휴대폰을 눌러 조회 수를 확인했다. 거의 2만 5천까지 올랐다. 가방에서 립밤을 꺼내기 전까지는 내 손이 떨리고 있다는 걸 깨닫지 못했다.

탑승 수속을 마친 후에 우리는 공항 커피숍으로 갔다. 아빠는 핫초코를 가지러 가고 나는 엄마 옆에 앉았다.

"다들 우리를 쳐다보잖아. 너무 창피해."

내가 잠바를 만지작거리며 말했다.

"저 사람들은 우리 리본을 질투하는 것뿐이야."

엄마가 속닥거렸다. 엄마 콧잔등의 주근깨 몇 개가 흐려졌지만 아무 말도 하지 않았다. 줄 서서 기다리는 사람들이 아빠 머리의 커다란 리본을 바라보고 있었다. 나는 맞은편에 있는 서점을 흘깃 쳐다봤다.

"저기 좀 보고 올게."

엄마는 고개를 드는 둥 마는 둥 했다. 나는 머리의 리본을 빼서 탁자에 툭 던지고 일어섰다. 서점 안을 두리번거리다 《유령 소굴》에 시선이 멈췄다. 책을 집어 들고 뒤표지에 적힌 소개 글을 읽고 있는데 나를 부르는 소리가 들렸다.

"에바? 에바 앤더슨? 너구나, 맞지? 네 사진을 봐서 알겠어!"

고개를 들어 보니 전혀 모르는 사람이 나를 빤히 보고 있었다.

"어……."

말을 시작하려는데 그 사람이 내 팔을 꽉 잡았다. 그리고 내가 싫다고 말할 새도 없이 휴대폰으로 사진을 몇 장 찍었다. 그러고는 엄마와 아빠를 향해 손을 흔들었다.

"젠! 라스! 믿을 수가 없어요!"

나는 서점 구석에 서서, 그 사람이 다가가자 엄마 얼굴이 환해지는 모습을 지켜보았다. 그 사람은 손에 꼭 쥐고 있던 휴대폰으로 엄마 아빠랑 사진도 찍었다. 사진은 즉시 온라인에 올라갈 것이다. 그나마 우리와 함께 비행기를 타지는 않을 테니 다행이었다.

나랑 엄마는 일란성 쌍둥이처럼 입은 그대로 비행기에 올랐다. 감사하게도, 그때쯤 아빠는 커다란 리본을 머리에서 벗었다. 자리에 앉아 《유령 소굴》에 고개를 처박고 몸에 담요를 둘렀다. 너무 더웠지만 사람들이 내 옷을 못 보게 하기 위해서였다. 주머니에서 휴대폰이 울렸다.

"휴대폰 꺼야지, 딸."

할리가 보낸 메시지였다. 슬며시 미소가 지어졌다. 내가 할머니 댁에 간다고 한 게 기억났나 보다. 하지만 문자를 읽는 순간 심장이 멎을 듯 쿵 내려앉았다.

네가 이미 알고 있는지 모르겠지만 그냥 보내. 6:50에 네가 나와. 별일 없었으면 좋겠다. 정말 걱정돼!

엄마한테서 휴대폰을 멀찍이 기울이고 할리가 보낸 링크를 클릭했다. 연결되는 데 백만 년은 걸리는 것 같았다.

"휴대폰 꺼, 에바. 곧 이륙할 거야."

"일 초만."

좌석 벨트를 매라는 안내가 나오는 순간 페이지가 열렸다. 우리 부모님 채널도, 내가 캐리스와 만든 채널도 아니었다. 〈자녀를 수익 창출의 수단으로 만드는 가족 블로거들을 만나 보시죠!〉라는 영상이었다. 헉, 이게 뭐지?

"꺼."

엄마가 내 팔꿈치를 쿡 찔렀다.

휴대폰에서 영상 아래쪽을 슬쩍 보았다. 조회 수가 26만 4천이었다. 앱을 닫고 휴대폰을 비행기 모드로 전환했다. 심장이 쿵쾅거렸다. 엄마는 내 머리에 살짝 입을 맞추고 껌 한 봉지를 건넸다.

"그래야 귀가 안 아프지, 우리 딸."

아빠는 통로 건너편의 누군가와 덴마크어로 수다를 떨고 있었다. 아빠가 하는 말에 집중하려고 노력했지만 머릿속을 질주하는 생각 때문에 정신이 산만했다. 자녀를 수익 창출의 수단으로 만든다고? 우리 부모님이 하는 일을 그렇게 생각하는 걸까? 캐리스가 태그한 의미 있는 사람 중 도대체 누가 그 영상을 만든 걸까?

엄마가 〈굿모닝 쇼〉를 다녀와서 해 준 말이 계속해서 머릿속을 맴

256

돌았다. '미디어를 다루는 일은 불붙은 공으로 저글링하는 것과 같거든. 잘못된 말 한 마디면 그걸로 끝이야. 총체적인 재앙이지.'

　비행기가 이륙할 때, 엄마는 늘 그렇듯 내 손을 꽉 쥐었다. 마음속에 떠오른 한 가지 생각을 떨쳐 버릴 수 없었다. '이것 때문에 사람들이 우리 엄마 아빠를 미워하게 되면 어떡하지?'

덴마크 할머니

비행기가 코펜하겐에 착륙하자 속이 울렁거렸다. 부모님과 함께 있는 동안에는 다시 휴대폰을 켤 엄두를 내지 못했지만, 그 영상이 나에 관해 뭐라고 말했는지 궁금해 견딜 수가 없었다. 엄마나 아빠가 휴대폰을 쳐다보기만 하면 심장이 덜컥했다.

아빠가 수화물 컨베이어 벨트에서 우리 여행 가방을 잡아 들자마자 나는 화장실로 가서 옷을 갈아입고 엄마의 미니미에서 벗어났다.

버스를 타고 드라괴르로 가는 길은 바로 옆에 있는 엄마 몰래 뭘 하기가 너무 짧았다. 알림이 백만 개는 왔을 텐데 휴대폰을 확인할 수 없었다. 엄마 휴대폰을 흘끔 보니, 엄마는 사람들의 인스타 댓글에 웃는 얼굴과 하트로 답하고 있었다. 긴장을 풀고 진정하려 했지만 가슴 안쪽에서 심장이 두방망이질을 멈추지 않았다.

할머니의 오두막에 도착했을 때는 날이 어두웠다. 바깥의 작은 나무 벤치에 앉아 기다리던 할머니가 나를 발견하고는 두 팔을 벌렸다. 나는 어린아이처럼 할머니 품으로 달려갔다. 내가 아무리 커도 할머니의 포옹은 절대 벗어날 수 없을 것 같았다. 할머니한테서 바다 냄새가 났다. 늘 그렇듯, 할머니의 은빛 머리카락은 뒤에서 길게 땋은 뒤번 모양으로 동그랗게 묶여 있었다. 몇 가닥이 빠져나와 산들바람에 흔들리며 내 뺨을 간지럽혔다.

"안녕, 사랑스러운 우리 아가."

할머니는 간지러울 만큼 내 뺨에 입을 맞추었다.

"널 보니 너무 좋구나, *lille majroe!*"

이 말은 '작은 튤립'이라는 뜻인데, 갓 태어난 내 모습이 꼭 그랬다며 할머니는 나를 쭉 이렇게 불렀다. 다른 사람이 그랬다면 싫어했을 별명이지만 그 사람이 할머니라서 마음이 전혀 불편하지 않았다.

"어서 오렴, 어서 와!"

할머니는 엄마와 아빠를 끌어안았다. 그러고는 내 손을 잡고 우리를 노란 시골집 현관으로 이어지는 자갈길로 이끌었다. 할머니의 집은 언제나 나를 다시 어린아이로 돌아가게 한다. 외벽에는 덩굴과 꽃이 그려져 있고 버섯 모양 초가지붕에는 자세히 봐야 알 수 있는 십자 무늬가 있다. 어렸을 때는 꼭 동화 속에 나오는 마법에 걸린 오두막처럼 보였다. 그 기분은 지금도 여전하다. 할머니 집은 문이 낮은데, 아빠는 열 살 때 키가 너무 커서 더는 문을 똑바로 지날 수 없게 되자 집을 나갔다고 말하곤 했다.

"아, 여긴 너무 평화로워요, 어머니!"

엄마가 항구를 따라 점점이 늘어선 작은 불빛들을 보며 말했다.

"그래, 하지만 어제는 펠리컨 반쪽이 불었단다^{바람이 거세게 불었음을 표현하는} ^{덴마크의 관용 표현}! 내가 자전거를 못 탈 정도였다니까."

나는 미소를 지으며 할머니가 건네준 *kartoffel* 수프^{햇, 감자, 파슬리가 들어} ^{간 독일식 감자 수프}를 홀짝였다. 할머니의 희한한 표현은 언제나 나를 슬며시 미소 짓게 한다. 번역기는 할머니가 하는 말의 절반밖에는 해석해 주지 못할 것이다.

"여기선 아직도 신호가 안 잡혀!"

엄마가 휴대폰을 들어 올리며 말했다.

"나도 안 돼. 드라괴르에서 그 정도 편의는 제공해야 하는데!"

엄마는 뭔가 재미없을 때 짓곤 하는 미소를 살짝 내비쳤다.

"그럼 나중에 나랑 산책 겸 나가 볼까? 자기 전에 메시지를 확인하게. 보통은 부둣가에서 신호가 잡히거든."

할머니가 아빠에게 눈짓했다. 그러면 안 된다는 뜻이었다. 할머니는 집에서 영상을 절대 못 찍게 하는데, 그건 내가 여기에 오기를 그렇게나 좋아하는 이유 중 하나다.

"휴식을 좀 더 가지면 어때, 젠?"

아빠가 허리를 구부려 엄마 이마에 입을 맞추었다.

"내일 아침에 일찍 일어나면 되잖아. 휴일인데. 옷 포스팅도 이미 올렸고."

엄마가 굳었던 얼굴을 풀고 휴대폰을 가방에 집어넣었다.

"당신 말이 맞아. 좀 쉬어도 될 것 같다는 생각이 드네!"

저녁 식사를 마친 후에는 내 뱃속의 나비들이 차분해지기 시작했다. 엄마와 아빠가 오늘 밤에는 그 영상을 못 본다는 사실에 안심이 되어서인 것 같았다. 어쩌면 할머니 표 감자 수프와 *æbleskiver*^{덴마크의} _{펜케이크 볼}를 배불리 먹었기 때문인지도 모르고.

"좋아, 우리 이쁜이. 이제 자러 가는 게 좋겠다. 오이가 되고 싶지 않으면_{정신이 쏙 빠지다는 뜻}!"

할머니가 두 손으로 내 얼굴을 감쌌다.

다음 날 아침에 나는 늦잠을 잤다. 어젯밤에 그 영상이 무엇인지 고민하다가 한참을 잠들지 못했기 때문이다. 휴대폰에서는 여전히 아무 신호가 안 잡혔고, 할머니 집에는 심지어 TV도 없다. 마치 시간을 거슬러 올라가는 것 같은 곳이다. 나는 이를 닦고 청바지와 잠바를 입은 다음 삐거덕거리는 나무 계단을 내려갔다.

"잘 잤니! 잠자는 숲속의 미녀가 깨어나셨군!"

아빠가 덴마크어로 말했다. 나는 적당한 대답을 생각하면서 하품을 했다.

"아빠, 왜 코트 입고 있어?"

"다 같이 코펜하겐에 갈 거야. *havregrød* 한 그릇 얼른 먹을래?"

*Havregrød*는 따뜻한 오트밀을 말한다. 만약 아빠가 만들었다면 분명 설탕을 충분히 넣지 않았을 것이다. 나는 코를 찡그렸다.

"번 가져가자."

할머니가 그릇에 담긴 갓 구운 번을 종이봉투에 넣으며 말했다.

"코트 입어. 엄마는 먼저 나갔어."

아빠가 덧붙였다. 아빠와 할머니랑 덴마크어로 얘기하는 건 'Hej Danmark!'의 상급반 레벨보다 어려웠다.

우리는 버스 정류장에 있던 엄마를 따라잡았다. 엄마는 우리가 도착한 것도 알아차리지 못할 정도로 열심히 휴대폰을 보고 있었다.

"무슨 일 있어?"

아빠가 엄마 얼굴에 나타난 표정을 살피며 물었다. 나도 엄마 얼굴을 쳐다보고는 얼른 주머니에 손을 찔러 넣었다. 손이 떨리는 걸 아무도 눈치채지 못하게 하려던 것이었다.

"이것 좀 봐 봐."

엄마가 아빠에게 휴대폰을 건넸다. 교회 종이 울리고, 내 마음도 따라 뛰었다. 할머니가 내 등을 문질렀다. 아빠 얼굴에 시선을 고정했다. 무슨 일이 걱정될 때면 그러는 것처럼 아빠 이마에 주름이 생겼다. 도로 저 끝에서 버스가 나타났다.

"저 버스 탈 수 있을까? 다음 차를 기다리기에는 조금 추운데."

할머니가 물었지만 엄마와 아빠는 대답하지 않았다. 엄마 휴대폰에서 어떤 남자 목소리가 들려왔다.

"이제 프라이버시에 관한 이야기를 해 보죠. 제 생각에 이건 몇몇 가족 브이로거들이 인터넷에 올리는 가짜, 대본, 콘텐츠 설정과는 별개의 문제 같아요. 오늘 저는 실제로 상당히 인기가 있지만 자녀를

돈벌이로 착취하고 있는 몇몇 가족 유튜버들의 이야기를 하려고 합니다."

남자의 말투가 안 좋게, 그러니까, 정말로 나쁘게 들렸다. 엄마 아빠 얼굴을 쳐다보기가 힘들었다.

"이들은 어린 시절이 전부 온라인에 노출된 아이들입니다. 이번에는 앤더슨 가족의 몇 장면을 한번 보시겠습니다. 부모님 이름은 라스와 젠이고 가족 브이로거로 자리를 잡았습니다. 구독자는 대략 50만 명인데요. 두 사람은 딸 에바에 관한 브이로그를 보통 일주일에 두세 편 정도 올립니다. 여러분도 아마 에바의 첫 생리 이야기로 만든 브이로그를 우연히 보셨을지 모르겠네요!"

나도 모르게 헉 소리를 냈다. 아빠가 나를 쳐다봤다.

"에바, 이건 네가 보면 안 될 것 같다."

엄마도 고개를 끄덕였다.

엄마의 눈가가 촉촉한 것이 금방이라도 눈물이 쏟아질 것 같았다.

"괜찮아, 나도 보고 싶어."

이렇게 말했지만 꼭 바닷속으로 떨어지는 기분이었다.

"그 사람 누구야?"

"브루클린 에반스라고 하는데, 우릴 그렇게 좋아하는 것 같진 않아. 이 사람이 올린 다른 영상들 좀 봐. 〈가족 유튜버는 존재하면 안 돼요〉, 〈유튜브 최악의 가족〉, 이런 게 한 무더기네!"

침을 꿀꺽 삼켰다. 브루클린 에반스는 캐리스가 우리 영상에 태그했을 법한 이름처럼 들렸다. 할머니의 팔이 내 어깨를 감쌌다. 할머니가 아빠한테 덴마크어로 뭐라고 말했지만 나는 알아듣지 못했다.

"네, 죄송해요. 지금 바로 이 문제를 해결해야 할 것 같아요, *Mor.*"

"지금 신문사에서 음성 메일이 왔어요."

아빠와 엄마가 차례로 말했다.

"부둣가를 따라 조금 걷자. 너랑 나만 말이야. 코펜하겐에는 다른 때 가면 되니까."

할머니가 나를 이끌었다. 할머니가 나를 보호하려고 애쓴다는 걸 알았다. 하지만 애초에 이 모든 문제를 일으킨 게 나라는 걸 알게 되면 할머니는 어떻게 생각하실까?

도돌이표

바다는 잔잔해 보였지만 삐져나온 할머니의 머리카락들은 온 사방으로 흩날렸다. 부둣가의 배들은 깐닥거렸고 색색의 돛은 미풍에 펄럭였다. 여기에 여러 번 왔지만 그날은 모든 게 달라 보였다. 비밀을 갖고 있으면 왜 사물이 다르게 보이는 건지 참 이상했다. 바람을 맞으면 늘 촉촉해지는 할머니의 눈조차 그날은 나를 다르게 보는 것 같았다.

"너희 엄마 아빠 웹사이트에 무슨 문제가 있구나."

할머니가 바다를 마주하고 놓인 벤치에 앉으며 말했다. 할머니는 가쁜 숨을 내쉬었다. 생각보다 내가 빨리 걸었나 보다.

"그런 것 같아요."

나는 시선을 바다에 고정한 채 대답했다.

"너는 어떠니, 우리 *lille majroe?*"

할머니가 나를 가까이 당겼다. 할머니가 내 옆구리를 쿡 찌르자 따스한 숨결이 내 뺨에 닿았다.

"그냥 그래요."

나는 눈앞의 머리카락을 손으로 털어 냈다. 할머니가 혀를 끌끌 찼다.

"아, 늙은 할미한테는 말하고 싶지 않은 거로구나. 그렇지?"

할머니가 미소를 지었다. 눈가에서 시작된 주름이 얼굴 전체에 잔잔히 퍼졌다.

"그래, 좋다. 그래도 한번 말해 보렴. 너랑 스퍼드는 요즘 무슨 작당을 하는 거냐?"

나는 웃으며 할머니한테 강자성 유체 실험 이야기를 했다. 달음박질하던 심장이 천천히 제자리로 돌아오고 있었다. 할머니는 아직도 내가 여섯 살인 것처럼 이야기하신다. 하지만 괜찮다. 괜찮은 것 이상으로 참 좋다.

정말로 편안하다고 느낄 때 할머니는 이런 말을 한다. '*Jeg har det som blommen i et æg.*' 문자 그대로 풀어 내면 '나는 달걀노른자 같은 기분'이라는 뜻이다. 좀 이상하게 들리지만, 내가 지금 행복하고, 안전하고, 나한테 필요한 건 다 가진 기분이라는 말이다. 그날은 깨닫지 못했다. 할머니 옆에 꼭 붙어 앉아 바다를 내다보던 그때가, 한동안 그런 기분을 느낄 수 있는 마지막 시간이었다는 것을.

우리가 돌아왔을 때 엄마와 아빠는 집에 없었다.

"할미한테 의자 좀 빼 줄래, 우리 아기?"

할머니는 숨을 몰아쉬며 어지러운 듯 손을 이마에 얹었다. 나는 주방 식탁에서 나무 의자를 빼고 할머니를 이끌었다.

"할머니, 괜찮으세요?"

할머니가 손을 내저었다. 소란 떨지 말라는 표현 방식이었다.

"그래그래! 그냥 숨 좀 돌리자꾸나. 주전자 좀 올려라, *lille majroe.*"

우리는 차 한 잔을 마시며 할머니가 만든 네모난 *drømmekage*를 먹었다. '꿈의 케이크'라는 뜻인데 이름처럼 굉장히 맛있다. 할머니가 만든 민들레 뿌리 차보다 훨씬 더 맛있다. 민들레 뿌리 차는, 맛있는 척했지만 사실은 흙 맛이 났다.

"그래, 학교에서는 잘 지내니?"

할머니가 *drømmekage*를 또 한 조각 내 접시에 놓으며 물었다.

"어느 정도는요. 제 성적은 별로······. 아시잖아요."

할머니가 미소를 짓자 양쪽 뺨에 보조개가 파였다.

"할머니가 말하는 건 성적이 아니잖니. 좀 더 흥미진진한 거! 네 부모한테 말하지 않는 것들 말이야."

나는 빙그레 웃었다. 내가 할머니한테 끝까지 숨겨야 할 이야기는 해킹일 것이다. 아마 할머니는 해킹이 무엇인지조차 모르실 테고, 나는 덴마크어로 해킹을 어떻게 말하는지도 당연히 모른다.

"얘기할 게 별로 없어요."

하지만 할머니의 눈이 더 말하라고 재촉했다. 그래서 요즘은 할리와 그렇게 많이 어울려 다니지 않는다고 얘기했다.

"그래 뭐, 너도 이런 말 알잖니. '황새는 항상 황새가 아니다^{덴마크 민담에서 유래된 관용구로, 변하지 않는 것은 없다는 의미}'라는 말."

할머니는 마치 나도 무슨 뜻인지 다 알고 있다는 듯 말씀하셨다.

두어 시간 뒤, 할머니가 마당에 씨앗 심는 걸 돕고 있는데 갑자기 뒤에서 나를 부르는 아빠 목소리가 들렸다. 순간 깜짝 놀랐다. 그 영상에서 우리 부모님을 뭐라고 했는지 아직 모르지만 죄책감을 느끼지 않을 수 없었다.

"*Hej,* 여기서 뭐 하고 있어요?"

"에바가 나 오이 심는 거 도와주고 있지."

"또 피클 하시려고요?"

아빠 얼굴은 훨씬 편안해 보였다. 내가 고개를 들자 아빠가 미소를 지었다.

"네 채널 일은 다 괜찮니?"

할머니가 물었다.

"걱정할 거 없어요."

바로 그때 엄마가 마당으로 왔다. 두 분이 서로 눈짓을 주고받는 걸 보니 아빠 말은 사실이 아니었다.

그날 밤 할머니가 잠자리에 들고 난 후 엄마와 아빠는 주방 문 바로 밖에 있는 베란다의 작은 탁자에 앉아 이야기를 나누었다. 내 방 창문이 열려 있어서 나는 창문 바로 밑에 앉아 숨도 참아 가며 엿들으려고 노력했다. 내가 알아낸 건 '피해 대책'과 '브랜드', '우리 쪽에 압박' 등이었다. 그때 교회 종이 울리기 시작하자 부모님은 방으로 들어갔다.

다음 날 아침, 내 방문의 작은 걸쇠가 달그락거리는 소리가 들렸다.

"잘 잤어, 우리 딸?"

엄마가 인사를 건네며 들어왔다. 나는 이미 한참 전에 잠이 깼지만 아래층으로 내려가 부모님의 얼굴을 보기가 두려웠다. 엄마와 아빠가 행동하는 모습을 보니 잘은 몰라도 그 영상에서 굉장히 심한 말을 했다는 걸 알 수 있었다. 심지어 브루클린 에반스가 우리 부모님을 표적으로 삼은 건 모두 나 때문이었다.

"엄마랑 시내로 산책하러 나갈래? 아니면 바닷가나 어디 다른 데는 어때? 신선한 공기도 마시고 수다도 떨면 좋을 거 같은데. 너랑 엄마만 말이야."

나는 숨을 깊이 들이마시고 혹시 엄마가 나를 의심하는 건 아닌지 표정을 살폈다.

"좋아!"

이 말이 지나치게 열광적으로 튀어나왔지만 가슴이 납덩이처럼 무거웠다.

우리가 부둣가에 도착하자 엄마 휴대폰이 쉴 새 없이 울려 댔다. 내가 돌담에 가만히 앉아, 항구에서 흔들흔들하는 배를 보는 동안 엄마는 메시지에 답을 보냈다. 나는 물수제비 뜨기를 안 한 지 꽤 오래됐다고 생각하면서 납작한 돌을 찾았다.

"자, 우리 딸."

엄마가 내 옆에 앉으며 말을 꺼냈다.

"들어 봐. 아마 이런 걸 보는 게 썩 괜찮지는 않을 거야. 하지만 엄마는 이걸 너 혼자 혹은 학교 친구랑 보는 것보다 엄마랑 보는 게 나을 거라고 생각해."

엄마가 한 손으로 내 손을 잡고 다른 손으로는 휴대폰 잠금을 해제했다.

"먼저 이 말을 꼭 해야겠어. 이 남자 말은 너한테 요만큼이라도 잘못이 있다는 게 아니야, 알았지? 전부 엄마랑 아빠에 관한 거야."

"알았어."

엄마가 검색창에 브루클린 에반스라고 치자 영상이 나왔다. 목구멍에 커다란 혹이 걸린 것 같았다. 엄마가 내 손을 꼭 쥐었다.

"괜찮아, 우리 딸. 이 사람이 뭐라고 하는 건 엄마랑 아빠니까."

"네! 이 부모는 딸의 생리 브이로그를 올렸어요!"

브루클린 에반스가 이 말을 하고 나자 화면에 내 사진이 나왔다. 머리에 지난여름 휴가 때 했던 분홍색 브릿지가 있는 걸 보니 과거 영상에 있던 사진을 가져왔나 보다.

"이 불쌍한 소녀예요. 맞죠? 제 말은, 상상이 가세요? 저는 이 영상에 주목했습니다. 만든 사람은 RottenFang 님인데 이걸 여러분에게 보여 줘도 된다는 허락을 받았습니다."

몸속의 피가 차게 식었다. RottenFang은 나와 캐리스가 우리 계정에 사용하려고 만든 이름이다. 심장이 목구멍까지 올라와 쿵쿵거렸고 엄마가 쥐고 있는 내 손에 땀이 찼다.

"영상 촬영이 불편하다는 걸 분명히 보여 주는 에바 앤더슨의 모습을 모두 편집한 영상입니다. 그리고 몇몇 장면에서는 부모한테 실제로 멈춰 달라고 요구했죠. 어떻게 됐는지 아세요? 촬영을 계속하고 있습니다! 사실은, 그걸 브이로그의 웃긴 장면으로 만들었어요. 그 영상의 일부를 재생해 보겠습니다."

내가 고른 1980년대 음악이 시작됐다. 그다음에는 바로 그거, 내가 캐리스와 만든 영상이 등장했다. 눈을 굴리고, 한숨을 쉬고, 문을 닫고, 얼굴을 가리고, 울고 있는 내 모습이 우리가 쓴 '착취'와 '아동 학대', 영상이 끝날 무렵에 띄운 '에바에게 자유를!'이라는 자막과 함께 재생되었다. 속이 울렁거렸다. 무슨 말을 하든 가책을 느낄 것 같아서 나는 감히 입을 떼지 못했다. 자갈 몇 개를 물속에 떨어뜨리며 엄마가 무슨 말을 하기만을 기다렸다.

"보니까, 이 브루클린 에반스라는 사람은 가족 브이로거들을 표적으로 하고 있어. 말 그대로 그게 이 사람 채널의 목적인 거지."

엄마가 또 다른 영상을 클릭했다.

"봐. 이 영상에서는 가족 브이로거가 죄다 악마라고 말하잖아."

그러고는 한숨을 내쉬었다.

"신문사에서 연락이 왔어. 우리가 집에 돌아가면 관련된 글을 하나 실을 거래."

"기사 말이야?"

앉아 있는데도 핑 하고 현기증이 나는 기분이었다.

"응."

엄마가 다시 화면을 터치했다.

"이 영상의 조회 수가 백만이야! 우리가 여기에 대응하는 영상을
찍어야 할 거 같거든. 엄마 말은, 우리가 잔인하진 않잖아. 그렇지?"

손이 바르르 떨렸다. 바람에 묻혀 목소리가 크게 나오지 않았지
만 지금이 바로 그 말을 꺼낼 기회였다. 나는 숨을 깊이 들이마셨다.

"가끔은 조금 잔인하게 느껴지기도 해."

엄마 얼굴을 보고 싶지 않아서 물을 건너는 요트로 시선을 돌렸다.

"잔인하게 느껴진다고?"

엄마가 내 팔에 손을 얹었다.

"우리가 너한테 잔인하게 느껴진다고? 잔인해?"

엄마가 그 단어를 그만 좀 반복했으면 싶었다.

"어느 정도는, 가끔은. 의도한 건 아니겠지만."

"예를 들면 언제?"

엄마 목소리는 속삭이는 것보다 겨우 조금 큰 정도였다. 바닷물을
많이 삼킨 것처럼 속이 울렁거렸다.

"그러니까, 그 생리 영상 같은 거지, 당연히. 그리고 내 방이랑 옷장
을 찍은 영상도 그렇고. 엄마는 아니라고 하겠지만 가끔은 엄마가 나
보다 채널을 더 신경 쓰는 것 같은 기분이 들어."

"아, 우리 딸."

엄마가 나를 품으로 끌어당겼다. 엄마가 들고 있는 휴대폰에서 여전히 띵 띵 소리가 들렸다.

"그런 기분이 들게 해서 너무 미안해. 엄마가 더 잘할게. 아빠랑 나랑, 우리가 더 잘할게."

엄마가 내 머리카락을 살살 쓰다듬자 사실을 다 말해 버릴까 하는 생각이 잠깐 들었다. 브루클린 에반스가 재생한 영상을 캐리스와 내가 어떻게 만들었는지 같은, 엄마랑 아빠가 내 말을 절대 들어주지 않아서 나한테는 다른 선택지가 안 보였다는 것 같은, 왜 내가 그렇게 해야 했는지 같은……. 왜냐하면 다른 방법이 전혀 없었으니까.

"엄마도 당연히 사생활이라는 걸 알아, 에바. 당연히 이해해. 엄마한테 넌 여전히 작은 꼬맹이지만 넌 자라고 있다는 걸. 그리고 너는 너 자신이 되고 있다는 걸 엄마도 분명히 명심해야겠지."

엄마가 코를 훌쩍였다. 그러고는 잠시 휴대폰을 내려다보았다.

"잠깐 아이스크림 가게에 들리는 거 어때? 항구를 따라 조금만 가면 돼. 밤이라 그런지 점점 추워지네."

"좋아."

엄마가 나를 꼭 안아 주었고 나는 바닷바람을 깊이 들이마셨다. 파도 소리를 들으며 생각했다. '됐어! 이제 상황이 달라질 거야. 나아질 거야.'

내가 아이스크림 가게 쪽으로 걷기 시작하자 엄마가 말했다.

"이쪽이야, 우리 딸. 할머니 댁으로 돌아가서 먼저 옷을 갈아입어야 해. 미안한데, '예쁘고 자랑스러워' 게시물이 아직 남아 있는 거 기억하지?"

갑자기 발트해의 얼음장 같은 바닷물 속에 머리를 처박고 싶어졌다.

도둑맞은 슬픔

다음 날, 엄마와 아빠는 자전거를 타고 이웃한 섬을 한 바퀴 돌아보러 갔다. 할머니가 완주하기 어려울 것 같다고 해서 나도 함께 오두막에 남기로 했다. 그런데 내가 비트 씨앗을 심을 때, 갑자기 할머니의 삽이 자갈길에 떨어지는 소리가 들렸다. 나는 벌떡 일어나 할머니한테 갔다.

"괜찮으세요, 할머니?"

두 뺨이 벌게진 할머니는 가쁜 숨을 몰아쉬고 있었다.

"물 좀 갖다 드릴까요?"

나는 다른 어떤 걸 해야 할지 몰랐다. 할머니가 고개를 끄덕이고는 비틀거리며 헛간 옆의 철제 벤치에 가서 앉았다. 눈을 감고 숨을 깊이 내쉬고 있었다. 나는 재빨리 안으로 들어가 컵에 물을 채운 뒤 가져왔다. 하지만 할머니는 마시지 않았다. 날이 그렇게 따뜻하지 않았는데도 할머니 이마가 온통 땀투성이였다.

"괜찮아요, 할머니?"

내가 다시 물었지만 할머니는 여전히 눈을 감고 계셨다. 아빠가 옆에 있었으면 좋았을걸.

"누구 좀 부를까요, 할머니?"

나는 울지 않으려고 애쓰며 물었다. 머릿속에는 쓸모없는 덴마크어 문구들만 흘러 다녔다. 왜 '도와주세요'라는 단어가 생각나지 않는 거야. 할머니가 팔을 뻗어 내 손을 잡았다. 손이 뜨겁고 떨렸다. 그때 할머니의 다른 손이 벤치 옆으로 툭 떨어졌다. 동시에 할머니의 몸이 옆으로 쓰러지면서 물컵이 바닥에 떨어져 산산이 부서졌다.

그 이후에 벌어진 일은 하나도 기억나지 않는다. 내가 빨리 도움을 받지 못했다는 것뿐.

엄마와 아빠가 병원에 도착할 무렵 내 눈은 이미 퉁퉁 부어 있었다. 할머니의 이웃인 아스트리드 아주머니와 스테판 아저씨가 몇 시간처럼 느껴지는 긴 시간 내내 나와 함께 있어 주었다. 엄마가 병원 복도를 달려오자 두 분이 의자에서 일어섰다. 하지만 나는 다리가 콘크리트로 만든 것처럼 무거워서 그대로 앉아 있어야만 했다. 엄마는 두 팔로 나를 감싸 안고 흐느꼈다. 그때쯤이면 눈물이 말라 버렸다고 생각했는데 다시 엄청난 눈물이 뺨을 타고 흘러내렸다.

"아, 우리 딸, 가여운 것. 너무 미안해."

아빠의 두 눈도 붉었다. 사이클 반바지 주머니에는 휴지가 반 통쯤 쑤셔 넣어져 있었고 다리에는 진흙이 튀어 있었다. 아빠는 무릎을 꿇고 팔로 우리를 감싸 안았다.

"제 잘못이에요. 뭘 해야 할지 몰랐어요."

흐느끼는 사이사이 내가 말했다.

"아냐, 에바. 의사 선생님 말씀이 할머니는 오랫동안 심장이 안 좋으셨대. 할머니가 우리한테 얘기하지 않은 거야. 아빠 생각에는……. 할머니가 작별 인사를 하려고 우리를 기다리셨던 것 같아."

나는 할 수 있는 한 아빠를 꽉 끌어안았다.

"내가 옆에 있었으면 좋았을걸. 어떻게 엄마가 아픈데 내가 몰랐을 수가 있지?"

난생처음 아빠가 덴마크어로 욕을 하는 게 들렸다.

얼마 후 의사 선생님이 문을 열고 들어와 부모님과 이야기를 나누었다. 의사 선생님은 내가 이해하지 못할 이야기를 무척 많이 했다. 나는 반짝이는 바닥 타일을 멍하니 바라보면서 오늘 아침에 어떻게 할머니를 안았고, 어떻게 할머니 목소리를 들었고, 어떻게 마당에 씨앗을 심었는지를 생각했다. 이제 나는 절대 할머니를 다시 안을 수 없다. 내가 심은 씨앗이 자라는 걸 할머니는 보지 못할 것이다. 그리고 내 심장도 절대 온전한 상태로 돌아가지 못할 것이다.

우리가 돌아왔을 때는 할머니 집이 잿빛으로 느껴졌다. 말소리가 이상하게 울리는 것 같았다. 엄마는 평범한 티백을 하나도 못 찾겠다면서 민들레 뿌리 차를 만들어 주었다. 하지만 할머니 생각이 너무 많이 나서 마실 수가 없었다. 마음이 이상했다. 세상이 원래 제 모습이 아닌 것 같고, 오두막조차 슬퍼 보였다. 누군가가 창문을 열고 행복을 전부 밖으로 내보낸 것 같았다.

다음 날 아침, 나는 내 앞에 놓인 번에 손도 대지 않고 소파에 멍하니 앉아 있었다. 너무 울어서 얼굴이 무감각했고 주변이 터지지 않는 풍선처럼 약간 흐릿하게 보였다. 아무것도 실감이 나지 않았다. 하지만 엄마와 아빠는 할 일이 있었다.

"그럼 내 사촌들이 장례식에 날아올 수 있는지 알아봐야겠어."

할 일 목록을 작성하던 아빠가 말했다. '장례식'이라는 단어가 돌덩이처럼 나를 내리쳤다. 손으로 눈을 덮는데 아빠 팔이 나를 감쌌다.

"괜찮아, 괜찮아. 할머니는 지금 네 *farfar*와 함께니까."

갑자기 지난 크리스마스가 떠올랐다. 할머니는 할아버지와 다시 만나는 얘기를 했었다.

"내가 죽으면 난 너희 할아버지와 함께 있을 거야. 너도 알겠지만 오래됐잖니. 우린 할 일이 있단다!"

그때 할머니는 자신이 아프다는 걸 알고 계셨을까. 눈물이 또다시 뺨을 타고 흘러내렸다. 아빠가 내 머리를 쓰다듬었다.

"넌 언제까지나 할머니의 *lille majroe*야."

아빠 말은 아픈 멍을 짓누르는 것과 같았다. 할머니가 나를 *lille majroe*라고 부르는 목소리를 다시는 듣지 못할 것이다.

나는 위층에 올라가 가방에서 스케치북과 연필을 꺼냈다. 그리고 여전히 할머니 냄새가 나는 담요 속으로 몸을 말고 들어갔다. 종이 한가운데에 커다란 민들레 홀씨를 그리고, 주변에 멀리 흩어지는 씨앗도 몇 개 그렸다. 파도와 돛단배, 갈매기들과 돌고래 한 마리도 그렸다. 버섯 모양 초가지붕과 작은 순무, 할머니를 떠올리게 하는 것 전부와 내가 사랑하는 할머니의 모든 것을 그렸다. 다 그리고 나니 종이가 눈물로 얼룩져 있었다. 하지만 마음은 아주 조금 홀가분해진 것 같았다.

방문의 빗장이 돌아가는 소리가 들리고 엄마가 다정하게 말했다.

"자, 우리 딸. 아빠가 수프를 좀 만들었어."

엄마는 쟁반을 창문 옆에 있는 책상으로 가져왔다.

"아빠가 할머니의 요리법으로 만든 거야."

그러다 엄마는 내 스케치북의 그림을 발견했다. 이번에는 스케치북을 감추지 않았다.

"어머 세상에, 에바! 너무 아름답다."

엄마가 손으로 내 얼굴을 감쌌다.

"우리 모두 할머니가 너무 많이 그리울 거야."

오후에는 나 혼자 바다까지 산책하러 갔다. 엄마와 아빠는 장례식에 관해 사람들과 여러 가지를 상의하는 중이어서 얘기가 끝나면 나를 마중 나오겠다고 했다. 나는 돌담 위에 걸터앉아 물속에 돌멩이를 떨어뜨리면서, 데리러 온다는 문자를 기다리고 있었다. 휴대폰이 한 번 울렸다. 그런데 멈추지 않고 또 울렸다. 스퍼드, 캐리스, 제나에게 메시지가 왔다. 심지어 가비에게도. 그리고 할리에게는 음성 메일이

왔다. 모두 할머니가 돌아가셔서 안됐다고 얘기하고 있었다. 얘들이 어떻게 알았지? 문득 끔찍한 기분이 내 피부를 스멀스멀 덮쳤다. 설마 엄마가? 그럴 리는 없겠지? 나는 인스타그램을 눌렀다. 그리고 보고야 말았다. 내가 할머니를 생각하며 그린 그림을. 내가 책상에 두고 나온 그림을 엄마가 찍은 게 틀림없었다.

어제 우리 가족은 에바가 사랑하는 할머니를 잃었습니다. 할머니는 우리에게 온 세상이었어요.

비명을 지르고 싶었다. 엄마는 내가 할머니에게 느끼는 모든 감정, 모든 기억을 훔쳐 온 세상과 공유했다. 너무 화가 나 몸이 부들부들 떨렸다. 그리고 그 이후로는 정말 제대로 생각을 할 수가 없었다.

작별 인사

"어떻게 그럴 수 있어?"

엄마와 아빠가 시야에 들어오자마자 일어나서 소리쳤다.

"그 그림은 할머니를 위한 거였어! 엄마가 아니라! 심지어 엄만 나한테 공유해도 되냐고 묻지도 않았어! 내가 엄마한테 그렇게 얘길 했는데도!"

엄마가 나를 향해 달려오자 힐이 바닥에 닿으며 빠르게 또각또각거렸다.

"에바, 너무 미안해. 진정해, 우리 딸. 엄마가 생각 못 했어. 우리 팔로워들은 가족 같은 사람들이라서……."

"아냐, 엄마. 할머니가 가족이지!"

"자, 에바, 이리 와 봐."

아빠의 다정한 목소리도 나를 진정시키지 못했다. 심장을 후벼 파는 것 같았다. 나는 엄마를 노려보았다.

"브루클린 에반스가 엄마를 두고 한 말은 다 사실이야! 엄만 잔인해!"

이 말을 내뱉다시피 하고는 할머니의 오두막으로 달려갔다. 분노가 토네이도처럼 휘몰아쳤다. 나는 노란 화분 밑에서 열쇠를 찾아 문을 연 다음, 쿵쾅거리며 위층으로 올라갔다. 그리고 그 그림을 갈기갈기 찢어 버렸다.

"에바!"

아빠가 계단을 뛰어 올라오며 나를 불렀다.

"이건 나만의 마음이었어. 아빠."

눈물이 얼굴을 타고 흘러내렸다.

"할머니에 대한 내 기억 전부였다고."

너무 심하게 울어 숨도 쉴 수 없었다.

아빠가 나를 끌어안자 눈물이 아빠의 울 점퍼를 흠뻑 적셨다.

"우리가 내릴게. 알았지? 내릴 거야."

빗장 돌아가는 소리가 들리고 엄마가 말했다.

"정말 미안해, 에바. 엄만 그저 네 그림이 너무 아름다워서……."

나는 찢어진 그림 몇 조각을 엄마 쪽으로 걷어찼다.

"아, 에바! 찢을 필요는 없었는데! 엄마가 내리려고 했어. 하지만 이미 댓글이 달려서……."

"그 멍청한 댓글은 나랑 아무 상관 없어! 그 사람들은 내 친구가 아니라고!"

더 말하고 싶었지만 심장이 막 부서질 것만 같았다.

"미안해."

엄마가 조용히 말했다. 곧이어 아래층으로 내려가는 소리가 들렸
다. 잠시 후에 아빠가 덴마크어로 말했다.

"할머니가 가서서 슬프구나. 할머니가 계셨으면, 꼭 낙타를 삼키는
것 같다^{중요하지 않은 일을 너무 걱정하거나 깊이 생각할 때}고 하셨을 거야."

그 말에 나는 울다가 웃다가를 반복했다.

그날 이후 하루하루가 빠르게 지나갔다. 아빠는 엄마랑 내가 집으
로 돌아갔다가 장례식에 다시 오기를 바랐지만, 엄마가 아빠와 함께
있고 싶다고 했다. 그래서 엄마는 윌슨 선생님께 내가 일주일 뒤에 돌
아갈 거라는 이메일을 보내고 비행기 날짜를 바꾸었다.

아빠는 장례식 때 손녀로서 추도사를 하고 싶은지 물었다. 하지만
무엇보다 내 덴마크어가 너무 부족했고 울거나 실수하지 않을 방법
이 생각나지 않았다. 대신 할머니의 이웃인 아스트리드 아주머니가
알려 주는 대로 마당에서 야생화를 꺾어 화환을 만들었다. 그리고
마분지로 만든 태그에 하트를 그린 다음 귀퉁이에 작은 튤립, *a lille
majroe*를 그려 넣었다. 현관 작은 벤치에 앉아 있던 아빠에게 보여
주려고 하자 엄마가 말렸다.

"잠시만 아빠를 그냥 두렴, 우리 딸. 아빠도 혼자서 *mor*를 생각할
시간이 조금 필요하니까."

전에는 할머니를 우리 할머니 외에는 다른 누구로 생각해 보지 않
았다. 하지만 할머니는 다름 아닌 우리 아빠의 *mor*, 엄마였다. 엄마

가 두 팔을 벌리자 나는 엄마 품에 안겼다. 누군가가 몹시 필요한 상황에서 그 사람한테 계속 화를 내고 있기란 정말 어려웠다. 엄마의 두 눈에도 꼭 나처럼 눈물이 가득 차 있었다.

엄마는 내가 만든 야생화 화환을 집어 들었다.

"정말 아름답다. 정말 특별해."

"하지 마⋯⋯."

엄마는 내 말이 무슨 의미인지 이해한 게 틀림없었다. 나를 훨씬 더 꼭 끌어안고 이렇게 말했으니까.

"안 할 거야."

할머니의 장례식 날 아침, 나는 전날 오후에 코펜하겐에서 산 짙은 회색 옷을 입었다. 엄마는 원피스 위에 옅은 청색의 타원형 원석이 달린 목걸이를 걸었다. 할머니의 눈동자 같은, 하늘을 닮은 색이었다. 나는 창문 커튼을 열고 수평선 위의 구름 뒤에서 태양이 올라오는 광경을 지켜보았다. 갈매기들이 배 위를 뱅뱅 돌고 있었다. 오래된 교회 종소리가 일곱 번 울렸다. 나는 할머니의 노란색 코바늘 뜨개 담요를 몸에 둘렀다. 그리고 할머니의 체취를 깊이 들이마시며 말했다.

"*Farvel.*"

안녕.

집으로 오는 비행기에서 나는 자는 척했다. 그래서 엄마와 아빠는 내가 괜찮은지 확인하기를 잠시 멈출 수 있었다. 엄마가 담요로 내 다리를 꼭꼭 덮어 주었다. 찰칵 소리가 나는지 기다렸지만 아무 소리도 들리지 않았다. 그것만 해도 대단한 일이었다.

집에 도착했을 때는 늦은 시간이었다. 짐을 풀 기분이 아니어서 곧장 미스 피지를 불렀다. 스퍼드에게 미스 피지를 부탁한 지 벌써 2주일이 지나서, 미스 피지가 잘 있는지 확인하고 싶었다.

"내일 학교 가도 괜찮겠어?"

"응, 가고 싶어."

나는 미스 피지를 들어 올려 꼭 껴안았다. 엄마는 나에게 입을 맞추고 잘 자라는 인사를 했다. 미스 피지를 내 방으로 데려오는데 아빠가 차에서 짐 가방을 가져오는 소리가 들렸다.

"젠, 애쉬가 이메일을 보냈어. 해킹에 관한 거야."

나는 심장이 쿵쿵 울리는 소리와 미스 피지가 내 귀에 대고 골골거리는 소리를 들으며 일 분쯤 가만히 서 있었다. 죄책감이 마치 유출된 기름처럼 방 안을 둥둥 떠다녔다.

경고

그날 밤에는 제대로 잠을 자지 못했다. 할머니가 돌아가시고 처음으로 '에바에 관한 모든 것'을 들여다보느라 밤늦게까지 깨어 있었기 때문이다. 모든 상황이 내가 상상했던 것보다 훨씬 더 폭발적으로 벌어져 있었다. 보는 곳마다 헤드라인과 영상이, 그리고 더 많은 헤드라인과 영상이 있었다.

에바에 관한 모든 것: 가족 브이로거에 관한 사례.

아이들이 너무 어린 나이에 인터넷 유명세에 노출되는 것.

비난받는 가족 브이로거 만나 보기.

유튜브 키즈에 동의할 수 있을까?

인플루언서가 유튜브에서 자라는 아이들의 안전을 묻다.

정말 에바 앤더슨이 되고 싶나요?

우리 채널의 평판이 안 좋아졌다는 면에서는 내 꿈이 실현된 셈인데, 예상보다 훨씬 더 심하다는 게 문제였다. 부모님은 구독자를 얼마나 많이 잃었는지 말해 주지 않으려고 했지만 확인해 보니 거의 20만이나 내려가 있었다. 과거의 나라면 기뻐야 마땅했다. 플랜 B의 효과

가 있었으니 말이다. 할머니식 표현으로, 이제 염소의 털을 다 깎은
것하던 일을 마무리했거나 문제가 해결되었다는 덴마크식 표현이다. 하지만 가끔은 간절히 원
하던 것을 얻자마자 내가 어마어마한 실수를 저질렀다는 걸 깨닫는
순간이 있다.

다음 날 아침, 내가 식사를 다 마치기도 전에 엄마는 협찬에서 빠지
겠다는 이메일을 아홉 통 받았다. 아빠는 꼭 해야 하는 까다로운 전
화 통화 이야기를 했다. 나는 모든 것에서 소외되는 기분이었다. 멍하
니 있는 나를 엄마가 쿡 찌르며 오렌지 주스를 건넸다.

"에바, 오늘 등교하는 거 확실하지? 엄만 다시 침대 속으로 들어가
고 싶은 기분이라서."

엄마가 부드럽게 말했다.

"응. 친구들도 보고 싶고."

"당연히 보고 싶겠지. 윌슨 선생님한테 지금 미디어에서 일어나는
일을 미리 당부드렸어. 그러니까 만약 누가 뭐라고 하면 선생님한테
말씀드려. 알았지?"

"응."

나는 주스를 그대로 두고 현관으로 향했다.

"점심시간에 엄마한테 문자 해!"

"오케이!"

나는 문을 닫으며 큰 소리로 대답했다. 그리고 곧바로 캐리스에게

전화를 걸었다. 캐리스는 내가 보낸 마지막 문자 세 개에 답을 하지 않았다. 전화가 한참 울렸지만 받지 않았다. 나는 스퍼드와 함께 길모퉁이에서 캐리스를 기다렸다. 하지만 몇 분을 더 기다려도 나타나지 않아서 우리는 먼저 학교로 향할 수밖에 없었다. 갑자기 뱃속에 이상한 느낌이 들었다. 캐리스가 왜 안 온 거지?

"그래서, 어떻게 생각해?"

점심시간에 매점에서 줄을 서며 스퍼드가 물었다.

"뭐를?"

"내가 생각한, 그 게임 뒤에 숨겨진 이론 말이야."

"무슨 게임?"

나는 캐리스가 늦게라도 왔을까 싶어 테이블 사이를 훑어보았다.

"이제까지 내 말을 한 마디라도 들은 거야?"

"미안해, 스퍼드. 지금 마음이 좀 복잡해서."

"알아. 할머니는 그야말로 전설이셨지. 아니면 '에바에 관한 모든 것' 때문에 그러는 거야?"

"애들이 다 그 일을 알아?"

비스킷을 집어 들며 내가 물었다.

"전부 다는 아니야. 윌슨 선생님이 네가 오늘 돌아올 거라고 하면서 뉴스에 나오는 일을 언급하면 큰 문제가 생길 거라고 했어."

"완벽하군."

스피드가 크루아상을 찢어 입속에 던져 넣으며 말했다.

"너한테 말하는 걸 깜빡했는데, 우리 과학 실험에서 A 받았어. 그리고 오늘 널 화나게 하는 사람은 나한테 주짓수를 받을 거야."

"고마워, 스피드."

나는 오랜만에 처음으로 미소를 지었다.

점심시간이 끝나고 다시 캐리스에게 전화를 걸었다. 곧장 음성 메시지로 넘어갔다. '휴대폰 배터리가 다 되었을지도 몰라'. 하지만 캐리스는 충전기를 백만 개는 가지고 있을 텐데.

국어 시간에 웨스트 선생님은 '인터넷이 없는 세상에서 우리는 더 행복할까?'라는 주제로 글을 쓰라고 했다. 나는 연필 끝을 잘근잘근 씹으며 제목 사이사이를 색칠하고 있었다. 내가 아무것도 안 하고 있다는 걸 눈치챘는지 선생님이 이렇게 말했다.

"마음속에 제일 먼저 떠오르는 걸 쓰렴, 에바. 네 생각들 말이야. 그게 다야."

할머니는 항상 세상은 컴퓨터가 나오기 전이 더 나았다고 말씀하시곤 했다. 나는 글을 쓰기 시작했다.

'우리 할머니는 평생 인터넷에 접속한 적이 없을 것이다. 할머니는 대부분 휴대폰을 꺼놓고 지내셨다. 그리고 절대 구글에서 무언가를 찾아보지 않았다. 그래서, 나는 할머니가 어떻게 그렇게 많은 걸 알고 있는지 항상 궁금했다. 할머니는 항상 이렇게 말씀하셨다.'

나는 잠시 쓰기를 멈추고 기억을 더듬었다.

'Hvor skønt det er at ikke gøre noget.'

맞게 쓴 건지 확신이 들지 않았지만, 선생님이 휴대폰을 압수할까 봐 구글 검색을 하지 못했다.

'아무것도 하지 않는 것이 아름답다는 뜻의 덴마크어다. 할머니의 오두막에서 지내는 건 아무것도 하지 않는 것과 비슷했다. 우리는 나무로 만든 보드게임을 하며 놀았고 할머니는 공책에 직접 적어 둔 레시피로 요리를 해 주셨다. 그리고 할머니의 책갈피에는 언제나 눌린 꽃이 있었다. 가끔은 짜증이 났다. 왜냐하면 친구한테 문자를 보낼 수도 없고, 무슨 일이 일어나고 있는지 하나도 알 수 없었기 때문이다. 하지만 근사하기도 했다. 할머니의 오두막은 완전히 다른 세상 같았다. 내가 그저 나 자신이 될 수 있는 세상. 그리고 관객이 없는 세상. 나는 옛날의 하루하루는 이런 기분이었을 것이라고 생각한다. 생활이 두 개가 아니라 하나였던 예전에는.'

"스퍼드, 지난주에는 캐리스가 학교에 왔었어?"

집에 오는 길에 내가 스퍼드에게 물었다.

"그런 것 같아."

스퍼드가 낮게 매달린 나뭇가지에 가라테 찌르기를 했다.

"맞아, 지난 금요일에 학교에 왔었어. 스콧 선생님이 독일어 시간에 나를 캐리스 짝으로 하셔서 기억해."

다시 캐리스에게 전화했지만 역시나 음성 메시지로 연결됐다. 캐리스의 프로필 역시 없어졌다. 캐리스가 감쪽같이 사라진 것 같았다.

나는 스퍼드에게 나중에 보자고 한 뒤 라벤더가 끝으로 연결되는 지름길로 향했다. 그 길은 들판을 가로지르고 울타리 계단을 넘은 다음 커다란 웅덩이를 건너야 하지만 차도를 따라가는 것보다 훨씬 빨랐다. 그런데, 내가 모퉁이를 돌자마자 경찰차가 눈에 들어왔다. 경찰차는 캐리스네 입구에 주차되어 있었다. 피가 얼어붙는 것 같았다.

아무 말도 하지 말 것

경찰차를 보자마자 나는 내달렸다. 캐리스의 집에서 멀어지는 쪽이었다. 그런 나 자신이 별로 자랑스럽지는 않았지만, 신발을 신고 달릴 수 있는 가장 빠른 속도로 달렸다. 우리 집이 있는 거리에 다다를 무렵에는 숨이 완전히 턱밑까지 찼다. 그런데, 웬일인지 우리 집 입구에도 경찰차가 있었다.

그대로 온몸이 굳었다. 은행 강도들이 포위당했을 때 느끼는 기분이 이럴 것이다. 바닥에서 발을 떼는 법조차 잊은 것 같았다. 바로 그때, 엄마가 창문 밖으로 나를 발견하고는 들어오라는 손짓을 했다. 엄마가 화났는지는 보이지 않았다. 나는 천천히 경찰차를 지나갔다. 현관문을 여는 손이 바들바들 떨리고 있었다.

"왔구나!"

엄마가 나를 반겼다. 짙은 회색 콧수염의 경찰관이 소파에 앉아 있고, 커피 탁자에는 찻잔과 *kanelsnegl* 접시가 놓여 있었다. *kanelsnegl*은 시나몬 롤의 덴마크 버전이다. 아빠가 특별히 만든 게 틀림없었다. 나는 조금이라도 긴장을 풀려고 이런 생각을 했다. 만약 내가 해킹이랑 관련 있는 걸 아빠가 알았다면, 빵을 만들 리는 절대 없지 않았을까? 나는 숨을 깊이 들이마시고 경찰 아저씨의 눈을 똑바로 보지 않으면서 얼굴에 미소를 지었다.

엄마가 컵 받침에 잔을 내려놓았다. 보통 할머니가 오셨을 때 사용하던 차 세트였다. 그 기억이 떠오르자 순간적으로 고통이 가슴을 찔렀다.

"에바, 이분은 에드워드 경사님이셔. 사이버 범죄 수사대에서 오셨어."

"우리 채널이 공격받은 일을 조사하고 계신단다."

아빠가 말했다. '공격'이라는 단어가 총성처럼 울렸다.

"이 일이 큰 충격으로 다가올 거야, 에바. 경사님은 우리 채널을 침범한 흔적을 쫓을 수 있으시대. 심지어 그 해커가……. 그걸 뭐라고 하셨죠, 경사님?"

"유령이요."

경사님이 헛기침했다. '유령'이라는 단어를 듣자 얼굴을 하키 스틱으로 얻어맞은 것 같았다. 나는 움찔하고 놀랐다.

"그놈들이 대체적으로는 VPN을 사용했어요. 하지만 영상 한 편은 그냥 업로드했죠. 그래서 뒤를 쫓는 게 어렵지 않았습니다."

우리가 캐리스네 집에서 만든 영상을 업로드하던 때로 기억을 거슬러 보았다. 내가 VPN 사용하는 걸 잊었었나? 그게 나였나?

경사님이 소파로 몸을 기대며 차를 한 모금 마셨다.

"그놈들은 항상 실수합니다, 앤더슨 씨. 그럴 때 저희가 붙잡는 거죠."

나는 경사님이 무슨 말을 하는지 잘 들어 보려고 했지만, 말들은 전부 나를 스쳐 지나갈 뿐이었다.

"이런 얘기를 하는 게 아빠도 달갑지는 않아, 에바."

아빠가 의자에서 자세를 바꿔 앉으며 말을 이었다.

"하지만 그 사람은 우리가 아는 사람이야. 사실은 네 친구 중 한 명이지. 캐리스 벨필드라고."

"아냐!"

내가 소리쳤다.

"알아. 우리도 충격을 받았단다. 캐리스가 우리 집에 왔을 때 컴퓨터에 접속해서 비밀번호를 알아낸 게 틀림없어. 경사님 생각에는 심지어 캐리스가 너랑 의도적으로 친구가 된 걸지도 모르겠다는구나."

"아냐……. 사실이 아니야."

하지만 입에서 다른 말은 나오지 않았다.

"알아. 듣기가 정말 힘들 거야."

경사님이 나를 보며 말했다. 내가 왜 아직도 현관문 앞에서 서성대는지 의심할 가능성이 있었다.

"하지만 캐리스가 시인했어. 단독으로 저질렀다고 하더구나. 지금까지로 봐서는 다른 사람은 아무도 관여하지 않았어."

나를 둘러싼 공간 전체가 붕괴하는 것 같았다. 캐리스가 자기 혼자

한 일이라고 했다고? 전부 내 아이디어였다는 말을 하지 않았다고? 나는 왜 진실을 말하지 않는 거지? 여러 가지 말이 목구멍 바로 안에서 맴돌고 있었지만 입 밖으로 꺼낼 수가 없었다.

"그럼 이제 어떻게 되는 건가요, 경사님?"

아빠가 물었다. 경사님은 이제 막 *kanelsnegl* 하나를 통째로 입에 넣은 참이어서 삼킬 때까지 우리 모두 기다려야 했다.

"캐리스의 나이 때문에 선택지가 제한적입니다. 하지만 제가 말씀 드렸듯이 캐리스의 행동은 여러분의 사업에 손실을 제공했고, 여러분의 브랜드에 손해를 입혔고, 기타 등등에 영향을 주겠죠. 그래서 분명 그냥 넘어갈 수는 없습니다."

"믿어지니, 에바?"

엄마가 경사님께 *kanelsnegl*을 또 하나 건넸다.

"그 상어 영상이랑 네 아기 때 영상을 삭제한 거, 네가 우리 채널을 싫어하는 것처럼 보이게 만든 클립 영상들이 전부 캐리스가 한 일이라니!"

"몇 주 전 처음 연락하셨을 때 제가 말씀드린 것과 같죠, 앤더슨 부인. 그놈들이 자신을 스스로 드러내는 데는 단 한 번의 실수면 족합니다. 저희 팀은 전국에서 최고의 팀 중 하나죠."

나는 쓰러지지 않으려고 벽에 몸을 기댔다. 할머니와 체스를 둘 때와 비슷했다. 나는 완전히 안전한 칸으로 움직이고 있다고 생각했지만 사실은 구석에 있는 할머니의 비숍이 내 퀸 위로 비스듬히 긴 그림자를 드리우고 있었던 거다. 영리한 줄 알았던 나의 움직임은 완전히 실수였고 이제 할머니가 *skakmat,* 체크메이트를 외치는 건 오직 시간문제였다.

경사님은 캐리스가 정식으로 경고를 받을 거라고 했다. 캐리스는 부모님과 함께 경찰서에 갔고, 범죄 기록이 되는 건 아니지만 시스템에 저장되는 어떤 양식에 부모님이 사인을 해야 했다.

"장난이 지나쳤어요."

경사님이 콧수염에 묻은 *kanelsnegl*을 쓱 문지르며 말했다. 커피 탁자에 경사님 앞쪽으로 신문이 펼쳐져 있었다. 헤드라인이 설핏 눈에 들어왔다. '에바에 관한 모든 것의 진실' 그리고 또 하나는 '앤더슨 가족을 만나다: 유명세를 위해 딸을 착취하는 브이로거'였다. 너무 추워서 발가락의 감각이 느껴지지 않았다.

"에바?"

엄마가 자리에서 일어나 내 쪽으로 왔다.

"너 충격받았구나."

내 이마에 엄마 입술이 닿았다.

"다 괜찮아, 우리 딸."

"그 나이에 이런 짓을 할 줄 알다니 캐리스는 제정신이 아니야!"

아빠가 말했다.

"아, 놀라셨을 거예요. 앤더슨 씨. 요즘 아이들은 이런 걸 스스로 학습할 수 있답니다. 그래서 저희가 한발 앞서 나아가려고 항상 노력하죠."

내가 고개를 돌리기 전에 아빠가 나를 보며 물었다.

"너 괜찮은 거 맞니, 에바?"

아빠는 손을 내 손 위에 올렸다.

"너 캐리스가 우리 컴퓨터를 쓰게 한 거 아니지? 그렇지? 넌 이 일을 전혀 모르고 있었지?"

"당연히 에바는 전혀 몰랐지!"

엄마가 나 대신 대답했다.

"에바는 이게 우리한테 얼마나 끔찍한 일인지 잘 알아. 당신 정말로 에바가 이게 얼마나 막심한 손해인지 알면서 침묵할 거라고 생각해? 에바한테 묻다니 믿을 수가 없어, 라스."

나는 침묵의 늪으로 깊이 빠져들고 있었다.

"널 위층에 데려가는 게 낫겠다."

엄마가 말했다.

경사님이 자리에서 일어났다. 거의 아빠만큼이나 키가 컸다.

"에바, 만약 우리 조사와 관련해서 뭐든 기억나는 게 있다면 연락 주렴. 지금 일어난 일의 그림은 더 크게 그릴수록 좋으니까. 뭔가 떠오를 때를 대비해서 내 명함을 남겨 둘게."

나머지 이야기는 들리지 않았다. 경사님이 현관문으로 갔을 때 난이미 엄마와 위층에 있었다. 내가 경사님에게 연락을 취할 일은 결코 없다. 내 남은 평생 절대 아무에게도 말하지 않을 계획이었으니까.

나는 침대에 앉아 눈을 감았다. 엄마가 내 이마에 손을 얹었다.

"약간 따뜻한 것 같은데."

엄마는 다정하게 이불을 덮어 주었다.

"너 지금 기진맥진했을 거야. 낮잠을 좀 자. 오늘 널 학교에 보내면 안 될 줄 알았다니까."

방문 닫히는 소리가 들렸다. 아래층 복도에서 웅웅거리는 아빠 목소리도 들렸다. 내 방에는 아무것도 없었다. 텅 빈 벽, 그리고 고요 속에 뛰는 내 심장은 내가 얼마나 끔찍한 사람인지 상기시켜 주었다.

비밀

다음 날 나는 학교에 가지 않았다. 엄마는 내가 아직 충격에 빠져 있어서라고 했지만 사실 가장 큰 이유는 너무 창피해서 누구의 얼굴도 볼 수 없었기 때문이었다. 아침에 아빠는 팬케이크를 만들어 주었고, 학교 친구들한테서는 무슨 일이냐는 문자를 백만 통은 받았다. 캐리스네 근처에 사는 누군가가 경찰차를 봤다고도 했다. 나는 꽤 많은 친구에게 이런 답장을 보냈다.

지금 당장은 확실한 게 없어.

알피가 보낸 경찰 이모티콘이랑 틱톡에 올린 사이렌 소리는 무시했다. 캐리스가 보낸 예전 메시지들을 쭉 훑어보긴 했지만 문자를 보낼 엄두는 내지 못했다. 에드워드 경사님이 캐리스의 전화를 감시하고 있을 것 같기도 했고, 무엇보다 내가 겁쟁이였기 때문이다. 캐리스가 받은 비난을 내가 어떻게 보상할 수 있을까? 그리고 자신이 비난받도록 내버려둔 나를 캐리스는 어떻게 생각할까? 부모님은 나를 전학시켜 줄 수 있을까? 덴마크로 영원히 이사할 수 있을지도 모른다. 뭐가됐든 전교생을 대면하는 것보다는 나을 것 같았다. 최악은, 진실을 말하기에는 이제 너무 늦었다는 거였다.

할리가 점심시간에 전화를 걸어 왔다. 받기 싫었지만 달리 피할 방법이 없었다.

"무슨 일이야? 캐리스 얘기 진짜야? 걔가 채널을 해킹했어? 다들 캐리스가 체포될 거래!"

"캐리스 학교 안 왔어?"

"안 왔어. 윌슨 선생님은 아무 말도 안 해 주시고, 다들 캐리스가 퇴학당할 거라는 얘기만 하고 있어. 걔한테 문제가 있을 줄 알았어, 에바. 내가 너한테 경고했잖아. 그것도 가비랑 같이."

"그런 거 아니야, 할리. 캐리스 잘못이 아니야."

할리한테 사실대로 말하고 싶었다. 하지만 내 머리가 진실을 단단히 봉해 버렸다.

영화를 보려고 했지만 결국 '에바에 관한 모든 것'으로 돌아오고 말았다. 부모님은 채널에 가해진 몇몇 불법적인 활동을 조사하고 있으며 곧 다시 돌아올 거라는 브이로그를 올렸다.

"여러분 사랑해요!"

영상은 이렇게 마무리됐다. 화면을 내려 보았다. '댓글 창이 닫혀 있습니다.' 캐리스가 이걸 봤을까. 캐리스를 생각하면 죄책감이라는 고통이 따가운 쐐기풀처럼 내 피부를 덮쳤다. 나는 침대에 누워 텅 빈 천장을 바라보며, 이번 한 번만 다른 에바가 될 수 있었으면 하고 바랐다. 내 인생에서 한 부분을 자른 다음 그 위에 커서를 놓고 삭제를 누르는 것이다.

다음 날 학교에서 나는 스퍼드를 포함해 모두를 피해 다녔다. 점심 시간에 10학년 여학생 몇 명이 나를 미술동 뒤의 구석으로 몰고 가서는 대답하기 어려운 질문을 퍼부었다. '캐리스 벨필드가 체포된 게 사실이야?', '걔가 너희 채널을 해킹한 게 사실이니?', '걔 감옥에 가는 거야?', '캐리스가 퇴학당했던 거 알고 있었니?'

나는 미술동으로 들어가 화장실로 내달리다가 윌슨 선생님과 정면으로 부딪쳤다.

"에바! 천천히 다녀."

선생님은 내 얼굴을 가만히 들여다보았다.

"아유, 불쌍한 것. 선생님이랑 가자."

나는 선생님이 그림을 그리는 동안 교실에 앉아 있었다. 내가 계속 눈물을 흘리자 선생님이 휴지를 주며 내 잘못이 아니라고 위로해 주셨다. 다른 사람이 아무도 없어서 다행이었다. 선생님께 진실을 말하고 싶어 얼굴이 간지러울 정도였지만 어떻게 말을 꺼내야 할지, 끝내 적절한 단어를 찾지 못했다.

그날 밤, 나는 책상에 앉아 캐리스에게 편지를 쓰려고 끙끙거렸다. 만약 내가 미안하다는 편지를 써 보내면, 그러니까 집에 왔을 때 경찰이 있는 걸 보고 내가 얼마나 큰 공포를 느꼈는지 알려 주면, 적어도 캐리스가 나를 이해해 줄 수 있지 않을까 하고 생각했다. 네가 모든

301

걸 인정하고 비난을 받을 줄은 전혀 몰랐다고 써야겠다. 그러면 괜찮아지겠지. '미안해, 캐리스. 난 어떻게 해야 할지 몰랐어.' 그때 방문이 벌컥 열렸다. 나는 편지를 재빨리 서랍에 쑤셔 넣었다.

"스퍼드! 심장마비 걸릴 뻔했잖아!"

"경찰은 다시 안 왔어?"

스퍼드가 씩 웃었다.

"다시는 이런 식으로 내 방에 불쑥 들어오지 마!"

"미안. 너희 엄마가 올라가도 좋다고 하셔서."

스퍼드는 침대에 앉아 나를 쳐다봤다.

"캐리스랑은 얘기해 봤어?"

"전화가 계속 꺼져 있어."

나는 스퍼드를 똑바로 바라보지 못했다. 비밀이란 그런 것이다. 비밀은 항상 내 눈 뒤에서 어슬렁거리며, 혼자 있을 때도 나를 떠나려 하지 않는다.

"캐리스한테 무슨 일이 있어도 넌 상관없어? 퇴학당할지도 모르는데!"

"당연히 상관있어. 캐리스는 내 친구야. 그러니까, 내 친구였어……."

스퍼드가 자세를 바꿔 내 눈을 똑바로 바라봤다.

"왜?"

"아냐. 그냥, 만약 네가 실수를 인정할 생각이라면, 빨리해야 할 거 같아서. 그게 다야."

고백

그날 밤에는 눈을 감을 때마다 경찰서에 있는 캐리스의 모습이 떠올랐다. 혹은 인터넷도 없는 섬에서 에드나 숙모와 함께 사는 캐리스의 모습이. 그중 최악은, 외로워하는 캐리스였다.

다음 날 나는 부모님께 하교 후에 할리 집에 갈 거라고 했다. 거짓말 하나 더 한다고 해서 특별히 달라질 건 없었다.

초인종을 누를 때는 솔직히 너무 무서웠다. 나는 캐리스가 안에 있는지, 혹은 캐리스의 부모님이 뭐라고 하실지 전혀 몰랐다. 이미 에드나 숙모님 댁으로 보내 버렸을지도 모를 일이었다. 캐리스가 부모님께 뭐라고 얘기했는지도 궁금했다. 캐리스의 집에 가는 것이 옳은 일이라는 걸 제외하고는 정말 아무것도 몰랐다.

"에바!"

캐리스의 엄마가 문을 열어 주셨다.

"아, 이쁜 것! 널 보니 너무 반갑다. 하지만 정말 네가 여기 와도 되는지 모르겠네. 상황이 이래서 말이야."

아주머니는 나를 향해 달려드는 버니의 목덜미를 붙잡았다.

"캐리스 일은 정말 너무너무 미안해."

어느새 캐리스가 계단 밑에 서 있었다. 얼굴에 아주 옅은 미소의 흔적이 보였다.

"우리끼리 할 얘기가 좀 있을 거 같아."

"글쎄, 그럼 한 10분 정도만."

아주머니가 살짝 웃으며 나를 들여보내 주었다. 나는 캐리스를 따라 처음 보는 방으로 들어갔다.

"앉고 싶으면 앉아도 돼."

캐리스는 창문 아래의 소파에 앉고, 나는 캐리스 옆에서 어색하게 서성거렸다.

"너한테 전화했었어. 수도 없이 많이."

"나 지금은 휴대폰 못 써. 우리 부모님은 내가 일종의 범죄 주동자라고 생각하거든."

캐리스가 소리 내어 웃자 나도 따라 미소 지었다.

"너무 미안해, 전부 다. 다 내 잘못이야!"

밖에서 마룻바닥이 삐거덕거리는 소리가 나더니 버니가 터벅터벅 들어왔다. 버니는 킁킁대며 내 신발 냄새를 맡고는 그 위로 털썩 엎드렸다. 버니가 발을 짓누르고 있었지만 난 발을 빼지 않았다.

"경찰이 뭐라고 했어?"

"뭐, 알잖아. 당신은 침묵을 유지할 권리가 있고, 당신이 하는 말은 무엇이든 증거가 될 수 있으며……."

캐리스가 씩 웃었다.

"농담이야! 경찰서에 가야 했던 건 맞아. 나한테 다시는 이런 짓을 하지 말라고 했어. 어쨌든, 이젠 못 해. 아빠가 노트북을 가져갔거든."

"정말로 미안해. 우리 부모님이 경찰에 전화한 줄은 정말 몰랐어, 맹세해."

"알아. 내가 예전 학교에서 했던 일들이 이 사건에 별로 도움되지 않았어. 경찰에서 내가 너희 부모님을 표적으로 삼고 너랑 의도적으로 친구가 되었다고 생각한 이유도 그래서야. 경찰은 전부 내가 혼자 벌인 일이라고 생각해."

"우리 학교에서 퇴학당한 거 사실이야?"

캐리스가 어깨를 으쓱했다.

"아직 논의 중이야. 어쨌든 지금은 내가 그 학교로 다시 돌아가고 싶은지도 잘 모르겠고."

"미안해."

내가 다시 한번 말했다. 그보다 더 나은 말은 하나도 모르는 똥멍청이가 된 기분이었다.

"캐리스, 난 진실을 말하고 싶었어. 정말로 노력했어. 단지 경찰이랑 다른 모든 일 때문에 너무 놀랐어. 엄마가 난 절대 그런 끔찍한 일을 못 할 거라고 해서, 그저 말을 꺼낼 수 없었던 것뿐이야. 정말로 나중에 우리 부모님께 말하려고 했어. 하지만 넌 이미 네가 했다고, 다른 사람은 아무도 없었다고, 그래서……."

눈물이 흐르기 시작해서 하던 말을 끝낼 수 없었다.

"마음이 너무 안 좋아."

캐리스는 잠시 내 얼굴을 살폈다. 내가 얼마나 미안해하는지 알아주면 얼마나 좋을까.

"에바, 우리가 이 일을 벌인 이유는 너희 부모님께 네가 채널을 얼마나 싫어하는지 보여 드리기 위해서였어. 그래서 덜미를 잡혔을 때 나는 네가 부모님께 말씀드릴 거라고 생각했어. 하지만 지금은 모두 내가 너를 질투한다고 말하고 있어. 그리고 내가 네 삶을 망가뜨리고 싶어 했다고. 사실은, 지금까지 내내 난 네 삶을 돌려주려고 돕고 있었는데."

나는 침을 꿀꺽 삼켰다.

"알아. 일이 이렇게 되어서 전부 다 너무 미안해."

버니가 숨을 쉴 때마다 털이 위아래로 움직였다.

"지금이라도, 전부 내 아이디어였다고 말해도 돼."

캐리스가 고개를 저었다.

"난 그런 말 못 해, 에바. 그 사람들이 왜 내 말을 믿겠니? 네가 만약 너희 부모님의 채널을 멈추고 싶다면 이게 그 기회야. 하지만 네가 진실을 말해야 해, 내가 아니라. 난 내가 한 일을 인정했어. 그리고 만약 네가 아무 말도 하지 않는다면…… 괜찮아. 하지만 그땐 우리가 한 모든 일이 헛수고가 될 거야. 자, 우리 엄마가 아마 1분이면 들어올 텐데 넌 이제……."

"그래, 가야겠다."

나는 버니의 몸에 깔린 발을 비틀어 뺐다. 그리고 방을 떠나기 직전에 물었다.

"넌 어떻게 경찰한테도 내가 그랬다고 말하지 않을 수 있었어? 전부 내 아이디어였잖아."

캐리스가 어깨를 으쓱했다.

"넌 내 친구니까."

'넌 내 친구니까'라는 말이 집으로 걸어오는 동안 머릿속에서 점점 더 크게 메아리치고 있었다.

그날 밤, 나는 엄마와 아빠가 잠자리에 들 때까지 기다렸다. 알람은 맞춰 둘 필요가 없었다. 잠들기에는 너무 긴장한 상태였기 때문이다. 부모님이 내 소리를 듣고 아래층으로 내려오면 어쩌나 잠시 걱정했지만, 그런다고 해도 별로 나쁘지 않을 것 같았다. 그럼 바로 그 자리에서 끝날 테니, 아침까지 기다릴 필요가 없을 것이다. 캐리스를 만난 덕분에 내가 조금 더 용감해진 기분이 들었다.

이번에는 손이 떨리지 않았다. 삭제하기, 영상 만들기, 거짓말하기, 이 모든 걸 한 뒤에 이제 나는 진실을 말하려 하고 있다. 그렇게 겁나지 않았다. 난 캐리스가 절대 말하지 않으리란 걸 알고 있었다. 어쩌면 우린 계속 친구로 지낼 수도 있을 것이다. 부모님이 다시는 캐리스를 못 만나게 할 테니 비밀스럽게 지내야겠지만 말이다. 이 일에서 내

역할이 뭔지 아무한테도 말하지 않으면 별 탈 없을 거라는 생각으로 내가 너무 오래 매달렸다는 게 문제였다. 하지만 아니다. 비밀은 항상 문제가 된다. 비밀이 흥분해서 뱃속에서 파닥거릴 때, 비밀이 심장을 짓누르듯 앉아 있을 때, 비밀은 항상 문제가 된다. 항상 밖으로 튀쳐 나갈 방법을 찾고 있기 때문이다.

나는 카메라를 켜고 내가 화면에 잘 나오는지 확인했다. 녹화 버튼을 누르자 익숙한 빕— 소리가 들렸다. 이제 돌아갈 수 없어, 나는 심호흡하고 미소를 지었다.

"여러분 안녕하세요. 저는 에바 앤더슨입니다. 이미 다 아시겠지만요. 여러분이 아직 모르는 건, 지금 제가 하려는 얘기예요. 그리고 제가 얼마나 죄송한지도 모르실 거예요. 제가 지금부터 하는 이야기를 다 듣고 나면 여러분이 저를 어떻게 생각할지 모르겠어요. 하지만 제가 진실을 말하지 않는다면 여러분은 결국 저를 알지 못하시는 것과 마찬가지겠죠. 그럼 시작할게요……."

녹화가 끝나자 내 이름과 날짜를 다시 말했다. 잘은 몰라도 그렇게 하니까 훨씬 공식적인 것처럼 들렸다. 채널에 로그인하기가 전처럼 쉽지 않았다. 부모님이 비밀번호를 다시 바꿨기 때문이다. 하지만 나는 파일 캐비닛의 메모지에 적힌 새 비밀번호를 찾아냈다. 그러니까 두 분은 여태까지 로그인한 사람이 나였다는 사실을 추호도 몰랐던 게 분명했다.

생성하기를 누르고 영상이 업로드되기를 기다리는 동안 마우스패드 끝자락을 만지작거렸다. 수백만 명이 이 영상을 본 다음에 무슨 일이 벌어질지는 생각하지 않으려고 했다. 〈최신: 에바 앤더슨의 해킹 고백〉 내가 만든 섬네일도 업로드하고 영상을 공개로 설정했다. 그러고는 저장하기 버튼 위에서 마우스를 빙빙 돌렸다. 발밑에서 골골거리는 미스 피지와 갈비뼈 안쪽에서 쿵쾅거리는 내 심장을 빼고는 집 안이 죽은 듯 고요했다. 나는 마우스를 클릭하고, 작은 점들이 원을 그리며 돌아가는 모습을 지켜보았다. 내 영상이 '에바에 관한 모든 것'에 게시되고 있었다. 거의 다 됐다.

알림판에서 에드워드 경사님의 명함을 뗐다. 할머니 말씀 중 이런 게 있었다. '*jeg er trådt ind i spinaten*.' '내가 부주의로 실수를 저질렀다'라는 뜻이다. 뭐, 문자 그대로 해석하면 '내가 시금치를 밟았어' 지만. 할머니가 여기 있으면서 내가 한 일을 알게 되었다면 뭐라고 하셨을까? 날 이해하셨을까? 아마도 실망하셨겠지. 하지만 그래도 나한테 수프를 만들어 주고, 바깥세상에서 무슨 일이 벌어지든지 또 다른, 더 많은 중요한 세상이 내 마음 안에 있다는 걸 잊지 말라고 하셨을 것이다. 그리고 내가 지켜야 할 세상은 바로 내 안의 세상이라고도. 할머니와 함께라면 항상 안전한 기분이었다. 할머니는 언제나 무엇이 옳은지 알고 계셨는데, 나는 아직도 이게 옳은 일인지 아닌지 확실히 모르겠다.

방금 내가 올린 영상의 링크를 복사해서 이메일에 붙여 넣고, 에드워드 경사님의 이메일 주소를 친 다음 보내기를 클릭했다. 캐리스, 스퍼드, 할리, 가비, 제나의 이메일에도 똑같이 했다. 마지막으로 엄마와 아빠에게도.

침대 속으로 들어가자, 한겨울에 바닷가를 따라 걸을 때처럼 찬 기운이 나를 덮쳤다. 하지만 누워서 휴대폰으로 조회 수가 슬금슬금 올라가는 걸 보고 있자니 이제 되돌리기에는 너무 늦었다는 걸 알 수 있었다. 내가 되돌리고 싶다고 해도 말이다.

진실

아침에 과연 무슨 소리를 들을지는 모르겠다. 아마도 비명? 하지만 막상 방문이 벌컥 열리는 소리를 듣자 겁이 났다. 엄마가 눈물범벅인 얼굴로 문간에 서 있었다. 아빠는 엄마 바로 뒤에서 안으로 들어오려고 문틀 아래로 몸을 수그렸다. 심장이 꼭 딸꾹질하는 것처럼 이상했다.

"이거 진짜야?"

엄마가 잠옷 가운의 벨트를 손으로 쥐어짜며 물었다.

"에바. 이 영상에서 한 얘기 진짜니?"

아빠가 휴대폰을 들며 말했다.

"엄마는 네가 캐리스를 너무 아껴서 이런 결과가 나온 게 아니냐는데."

나는 숨을 깊이 들이마시고 목구멍에 느껴지는 불편한 덩어리를 꿀꺽 삼켰다.

"사실이야. 캐리스는 나를 보호해 준 친구고, 채널을 해킹하는 건 전부 내 아이디어였어."

내가 조용히 말했다.

"에바, 엄마가 정말 그렇게 끔찍해?"

엄마가 벽에 등을 기대며 물었다.

나는 학교에서의 아보카도 의상을 떠올렸다. 뽐내기 벽에 생리대가 붙었던 일, 조회 시간에 들려온 흥얼거림과 인스타그램에 게시된, 내가 할머니를 위해 그린 그림도.

"미안해, 엄마. 다 내가 한 거라고 곧바로 말했어야 했어. 하지만 날 찍지 않으면 좋겠다고 했잖아. 채널에 나오기 싫다고 수없이 얘기했어. 그런데도 엄마 아빠는 내 얘기를 들으려고도, 채널을 그만두려고도 하지 않았고. 나한테는 다른 선택지가 없는 것 같았어."

엄마가 다가와 침대에 앉았다. 눈두덩이 주위에 벌건 자국이 남아 있었다.

"아, 에바. 네가 그렇게 생각하게 해서 미안해."

아빠가 손으로 얼굴을 문질렀다.

"여기선 회복이 어려울 거야. 신문들이 벌써 이 이야기를 다루기 시작했어. 봐, '가족 블로거의 친딸이 채널 해킹을 고백하다'. 전화가 또 울리네."

아빠가 낮게 신음 소리를 냈다.

"전화 좀 꺼, 여보."

엄마가 이런 말을 하는 건 정말이지 생전 처음이었다.

"그냥 끄라고. 내 것도 끄고."

그러고는 잠옷 가운 주머니에서 휴대폰을 꺼내 아빠에게 건넸다.

"오늘은 우리 딸 말고는 아무와도 얘기하고 싶지 않으니까."

엄마가 두 손으로 내 얼굴을 감쌌다.

"에바, 우리가 네 이야기를 듣는 데 이렇게 긴 시간이 걸리게 해서 미안해. 네가 어땠는지 엄마한테 알려 줘."

아빠가 한숨을 쉬었다.

"이렇게까지 할 필요는 없었는데."

"아빠, 백만 명이나 되는 사람들이 내가 생리 시작한 걸 알아! 이미 그때부터 너무 멀리 와 버린 거야. 나한테는 그랬어. 내가 직접 채널을 멈추는 수밖에 없었단 말이야."

"뭐, 확실히 그렇게 됐구나."

아빠가 휴대폰을 톡톡 두드리며 말을 이었다.

"네 고백 영상은 이미 조회 수 50만을 넘었어."

그러고는 엄마를 보며 물었다.

"이 영상 내려야 되나?"

"그냥 둬, 여보. 우리가 지금 내리면 훨씬 나빠질 거야."

엄마가 내 눈을 가리고 있는 머리카락을 뒤로 넘겨 주었다.

"어쨌든 '에바에 관한 모든 것'을 계속할 방법은 이제 없어. 사람들이 우리를 어떻게 생각할지는 신이 아시겠지."

"미안해요. 사람들이 엄마랑 아빠를 미워하길 바란 건 아니었어. 이런 반응을 얻을 거라고는 생각도 못 했어. 그냥 사람들이 온종일 나

313

를 지켜보지 않기만을 바랐는데. 내 삶이 나만의 삶이 되길 바랐어. 모든 사람이랑 나누는 엄마 것이 아니라."

"이해했어. 훨씬 전에 알았으면 좋았을걸."

엄마 말에 아빠가 뒤통수를 쓱쓱 문지르더니 다시 한숨을 내쉬었다. 아빠가 할 말을 잃은 모습은 처음 보았다. 심지어 덴마크어조차도 잊은 것 같았다.

"난 몰랐어. 미안해. 뭐든 공유하는 것에 너무 익숙했어. 어쩌면 보고 싶지 않았는지도 몰라."

엄마가 아빠를 올려다보았다.

"언젠가 채널을 끝내야 한다는 걸 어렴풋이 알고는 있었던 것 같아."

아빠가 팔을 뻗어 엄마의 손을 잡았다.

"하지만 이렇게는 아니었어. 난 이제 어떻게 해야 할지 모르겠어, 여보. 우리 명성은 바닥에 떨어졌고 브이로그 커리어도 끝났는데."

"우리 이사 가야 해?"

"모르겠다, 에바. 해결책을 찾아야지. 누가 알겠니? 〈스트릭틀리^{BBC} _{방송의 인기 댄스 프로그램}〉에서 우릴 초대할지."

엄마가 웃음을 터뜨렸다. 하지만 마음 한편에서는 엄마가 아빠 말을 진지하게 받아들일지도 모른다는 생각이 들었다. 아빠가 침대에서 일어났다.

"좋아. 한 번에 하나씩. 일단은 내가 팬케이크를 만들게."

"정말 좋은 생각이네."

엄마가 아빠 말에 미소를 지으며 팔을 뻗어 아빠 손을 꼭 쥐었다.

"그럼…… 난 이제 곤란한 상황이 아닌 거지?"

"아, 곤란한 상황이지."

"넌 시금치를 밟은 거야! 사과 편지를 써야 하고…… 어디 보자."

아빠가 손가락을 꼽아 보더니 말했다.

"에드워드 경사님, 캐리스, 캐리스의 부모님, 교장 선생님, 윌슨 선생님. 더 생각나는 사람이 있으면 아빠가 알려 줄게. 엄마랑 아빠는 상당히 잔인한 집안일과 숙제 일정을 찾아낼 거야. 하지만 그사이에 아빠가 팬케이크를 좀 만들게. 그리고 들어 봐. 할머니는 네가 정말로 자랑스러우실 거야."

"'에바에 관한 모든 것'을 엉망으로 만들어서?"

"아니, 네가 실수를 인정해서. 생각해 보니까, 아마 채널이 엉망이 된 것도 흐뭇해하고 계실 것 같긴 하다. 우린 할 수 있을 거야. 그…… 네가 브이로그에서 뭐라고 말했지? *Et normalt liv.* 어쨌든 오늘을 위해서."

엄마, 아빠가 아래층으로 내려가자 나는 미소를 지었다. 아빠가 한 말을 확실히 알고 싶어서 구글 번역기를 찾았다. *Et normalt liv.* 평범한 삶.

나는 이불 밖으로 다리를 내밀고 눈을 문지른 뒤 휴대폰을 열었다. 받은 알림이 약 천 개였다. 먼저 할리의 '세상에, 에바!'에 답장을 보냈다.

너한테 사실대로 말하지 않아서 미안해. 그래도 나랑 계속 친구 해줄 거지?

할리는 곧바로 답장을 보냈다.

학생회에 말해야 할지도 몰라. 나중에 전화해!

다음으로 스퍼드가 보낸 문자를 눌렀다.

네가 아직 살아 있다면 나랑 스타워즈 정주행할래? 덕후 공포증에서 이제 넌 우리 정회원이 될 자격이 있대. 그런데 주짓수 실력이 강해야 해.

나는 웃으며 답장을 보냈다.

그래, 좋아!

왜냐하면 이상하게도, 스퍼드와 같이 밤에 영화를 몰아 보는 게 내기준에서는 가장 평범한 삶처럼 느껴졌기 때문이다. 나는 스퍼드를 짜증 나게 할 걸 알면서도 이렇게 덧붙였다.

스타워즈가 호빗 나오는 그거 맞지?

진짜 삶, 진짜 에바

라벤더가와 만나는 울타리의 계단에서 풀쩍 뛰어내렸다. 공기가 참 신선했다. 지난번에 있던 커다란 물웅덩이는 가운데에 진흙 한 덩이만 남긴 채 다 말라 버렸고, 길을 따라 늘어선 전나무는 늘 보던 모습 그대로였지만 벗나무는 활짝 핀 꽃으로 뒤덮여 있었다. 꽃잎이 색종이 폭죽처럼 바람에 흩날렸다.

초인종을 누르자 안쪽에서 문으로 돌진하는 버나드의 소리가 들렸다. 햇살에 창문이 반짝이더니 캐리스의 얼굴이 쑥 나타났다. 나는 손을 흔들었다. 문득 할머니가 말씀하시던 달걀노른자 같은 기분이라는 표현이 마음속에 떠올랐다.

나는 만족스러운 기분을 느끼면 안 되었다. 그 모든 일이 있고 난 후에는 아니었다. 고백 브이로그 이후 몇 주 동안 나에 관한 모든 것이 글로 쓰이고 인터넷에 도배됐다. 내가 해야 했던 사과까지 전부다. 하지만 반짝이는 4월의 마지막 햇살을 피부로 느끼며 캐리스네 현관에 서 있으니, 정말로 달걀노른자가 된 기분이었다. 최악의 순간은 이제 지나간 건가. 그리고 나는 괜찮았다. 상황을 내가 원하는 방식으로 다시 정리하고 있고, 또 계속 그러려고 노력하는 중이다.

"준비됐어?"

캐리스가 문을 열며 물었다.

"응."

나는 미소를 짓고, 떨어지는 침방울을 조심하며 버니의 머리를 쓰다듬었다.

"이리 와."

캐리스가 나를 복도로 이끌었다. 우리는 주방을 지나 좁고 서늘한 뒷계단을 올라갔다. 앞서 오르던 캐리스가 뒤돌아서 손가락을 입술에 갖다 댔다.

"진짜, 정말 조용히 해야 해."

나는 고개를 끄덕였다. 계단 꼭대기에 도착하자 캐리스가 미소를 지었다. 젖은 건초 같은 조금 이상한 냄새가 났다. 캐리스는 조심스럽게 빗장을 풀고 나무문을 열었다. 그리고 작은 방의 꼭대기를 가리키며 속삭였다.

"저 위야. 너무 가까이 가지는 마."

나는 캐리스를 지나 살금살금 기어서 안으로 들어갔다. 머리 위로 잔가지와 짚이 엉겨 있었다. 조심스럽게 발끝으로 일어서서 안을 들여다보았다. 흥분해서 비명을 지를까 봐 손으로 입을 틀어막아야 했다. 둥지 안에 아기 원숭이올빼미 세 마리가 있었다. 심장 모양의 작은 얼굴들이 나를 올려다보았다. 가장 작은 한 마리가 고개를 한쪽으로 갸우뚱했다. 아기 원숭이올빼미들은 탈지면에 담갔다 꺼낸 것처럼 보송보송한 회색 털로 덮여 있었다. 옆에 자리하고 있던 아기들의 엄마가 검고 반짝이는 눈으로 나를 주시했다. 심장이 하늘로 붕 날아올랐다. 내가 본 모습들 중에서 가장 놀라운 장면이었다. 실제 삶에서 말이다.

잠시 후, 시내로 가는 길에 캐리스가 물었다.

"이렇게 하고 싶은 거 확실해? 네 물건을 전부 나눠 주는 거?"

"지금 마음을 바꾸기에는 너무 늦었지. 엄마가 인터넷 사람들도 초대했는데. '에바를 위하여'를 포함해서, 아니, 아빠가 지금은 '전 에바를 위하여'라고 부르는 사람들을 포함해서."

캐리스가 큭큭 웃으며 내게 팔짱을 끼었다.

"여기는 또 뭐라고 불러?"

"크레이프 캐빈. 넌 아마 오싹오싹 캐빈으로 알고 있을 거야."

"학교에서 애들이 얼마나 올까?"

"할리랑 가비. 제나, 나디라, 라미. 아마 몇 명 더?"

내 쪽으로 꽃송이가 날아오길래 얼른 붙잡았다.

"윌슨 선생님도 온다고 하셨어. 스퍼드도 확실하고."

"네 물건을 전부 파는 거야? 옷까지 다?"

"전부는 아니야. 꼬마전구랑 상자에서 찾은 대형 라마 쿠션은 갖고 있을 거야. 근데 대부분 뜯지도 않은 새 물건이 많더라고. 엄마는 돌려보낼 필요가 없다고 하지, 그래서 내가 생각해 낸 건 자선 행사로 이걸 팔아서 돈을 만드는 일이었어."

캐리스가 웃으며 가방에서 초대장을 꺼냈다. 내가 디자인한 금빛 소용돌이 글씨가 햇살에 반짝였다.

"'더 밝은 미래' 자선 활동을 말하는 거지?"

"응, 엄마의 최신 프로젝트야. 세계 곳곳에는 학교에 가고 싶어도 못 가는 여자아이들이 수백만 명이잖아. 우리한테는 필요 없는 비싼 물건이 이렇게 많이 있는데. 그래서, 팝업 스토어로 돈을 모으면 뭔가 되겠다 싶었지. 아빠는 브랜드를 새롭게 정비할 수 있다고 좋아하셔. 두 분은 아직도 그 플랫폼을 뭔가에 사용할 계획을 하고 계시거든. 정확히 뭔지는 아직 정하지 않았는데, 나에 관한 게 아니라서 기쁠 뿐이야."

"너희 부모님이 네 동생인 '브랜드'를 완전히 잊지 않으실 거라니, 기쁘다."

캐리스의 말에 우리 둘 다 웃음을 터뜨렸다.

시내에 도착하자 오싹오싹 캐빈, 그러니까 크레이프 캐빈 밖에서 줄을 서 기다리는 사람들이 보였다. 오늘은 실수하지 말고 크레이프 캐빈의 이름을 제대로 불러야 할 텐데.

"너희 부모님이 '에바에 관한 모든 것'으로 뭘 하실까?"

"영상 몇 개는 아직 남아 있어. 대부분 예전 것들인데, 그건 별로 신경 안 쓰여. 솔직히, 햄스터 장례식이 조회 수 천오십만을 달성하

320

는 건 흔한 일이 아니잖아. 하지만 새로운 영상을 만들고 있진 않아. 그 부분을 설명하는 브이로그도 엄마가 이미 올렸고, 말하자면 <에바에 관한 모든 것의 마지막 브이로그>였지. 그래서 이제 예전으로는 절대 못 돌아가."

엄마와 아빠가 언젠가는 '에바에 관한 모든 것'의 나머지 영상도 다 지울지 모른다. 그래도 인터넷에서 완전히 지울 수는 없다. 내 영상들은 실제 삶에서의 기억처럼 어딘가에 계속 존재하고 있을 것이다. 하지만 이제부터 나는 수백만 명의 낯선 사람들과 함께 하지 않는 온전한 내 삶을 살 수 있다. 심지어, 드디어 뽐내기 게시판에 내 그림을 붙이기도 했다. 윌슨 선생님은 아주 마음에 든다며 그 그림을 복사해서 미술동 복도에도 하나 걸어 두셨다. 비록 알피 스티븐스가 거기에 생리대를 붙이는 건 시간문제일지도 모르겠지만.

"들어갈까?"

"아직. 스퍼드 기다리는 중이야. 스퍼드가 여기서 만나자고 했거든."

캐리스의 눈이 휘둥그레졌다.

"저거 스퍼드야?"

고개를 돌리자, 아보카도 의상을 입은 스퍼드가 걸어오고 있었다.

"장갑처럼 딱 맞아!"

스퍼드가 소리쳤다. 한 달 전에는, 아보카도 의상을 입고 나한테 걸어오는 스퍼드를 보고 말 그대로 죽어 버릴 뻔했다. 거짓말이 아니라 너무 창피했기 때문이다. 그리고 내 가방으로 스퍼드의 배를 세게 내리쳤었다. 나는 완벽한 사람이 아니지만, 바로 그게 진짜 내 모습을 좋아하는 친구들이 있다는 가장 좋은 점이다. 나는 완벽해질 필요가 없다. 아직 내가 어떤 사람인지도 정확히 모르고, 내 인생을 다 알아내지도 못했다. 하지만 그건 중요하지 않다. 지켜보는 사람이 나뿐인 지금은.

'화면 밖의 나'를 찾아가는 여정

가족 채널에 등장하는 사춘기 청소년 에바. 태어날 때부터 영상으로 온
갖 흑역사(!)를 남긴 에바는 쉽게 놀림의 대상이 되고 맙니다. 결국 부모님
이 유튜브를 그만두게 하려고 분투하며 작은 반란들을 일으키고, 그 과정
에서 자신을 지지해 주는 친구와 가족의 사랑을 발견하게 되어요. 에바가
일상에서 찾은 마음속 작은 보석들은 우리 청소년에게도 중요한 의미로 다
가갈 수 있답니다.

■ 청소년의 현실을 보여 주는 생활밀착형 소재

'인터넷상에 보이는' 내 모습과 '업로드되지 않은 나'가 다르다는 생각을 해
본 적 있나요? 사진 속에서 웃음 짓는 나와 어떤 날은 방문을 쾅 닫고 화가
난 걸 표현하고 싶은 나. 낭랑한 목소리나 재미난 자막이 등장하는 브이로
그, 축 처져서 아무 말도 하고 싶지 않은 날의 일상…….

아마 지금 유튜브나 인스타그램을 시작한다고 하면 늦었다는 말을 들을
정도로 SNS 시장은 치열함의 끝을 달리고 있어요. 전 세계인의 흥미와 관심
이 모두 쏠려 있는 곳이죠. 그 말은 많은 사람들이 내 모습을 볼 수 있다는
뜻이기도 해요. 나를 모르는 사람들이나 나를 싫어하는 사람들이 나의 일
부를 알 수 있다면 여러분은 어떤 느낌을 받게 될까요? 혹은 내가 알고 있는

'진정한 나'의 모습과 업로드된 모습이 많이 달라 고민이라면, 여러분은 어떤 해답을 찾아가게 될까요? 이 책에 등장하는 속 깊은 인물들과 함께 이야기를 나누면서 내 마음 깊은 곳을 들여다볼 수 있을 거예요.

특히 온라인에는 가족 단위로 운영하는 채널도 점점 늘고 있어요. 실제로 귀여운 아기의 영상이나 아이의 얼굴을 드러내는 콘텐츠 역시 흔하게 볼 수 있죠. 많은 전문가가 이를 즐겨 보는 사람들이 있다는 점을 우려하고 있어요.* 촬영이 어린이·청소년의 동의 없이 진행되는 점, 아이의 신상 정보가 노출될 수 있다는 점 때문이지요. 이 책은 그에 대해 함께 생각할 점을 풀어 가는 작품이에요. 아이에게 자아가 생기고 자기 목소리를 갖게 되면 벌어질 법한 상황이 실감 나고 설득력 있게 펼쳐집니다.

■ 흡인력 있고 몰입감 넘치는 전개

일반적으로 기승전결이 있는 소설이라는 특성상, 그리고 청소년이 주인공이라는 특성상, 여러분은 에바의 부모님이 결국은 가족 유튜브를 포기하고 에바가 승리하게 될 것이라고 막연히 결말을 예측할 수도 있어요. 하지만 이 책에서 중요한 점은 결말보다는 '과연 어떤 방식으로?'라는 질문에 상황이 하나씩 하나씩 벌어지며 시선을 끌고, 이야기 끝에 다다르는 과정이에요.

작가는 짧지 않은 분량을 통해 긴 시간 가족 유튜브를 하면서 쌓아 온 추억, 물질적 이득, 성장을 위해 업로드에 더욱 매달려야 하는 상황, 경쟁 관계의 다른 가족 유튜버들을 언급하며 브이로그 중단이 쉽지 않다는 것을 꾸준히 보여 줍니다. 아마 여러분은 그보다도 에바라는 한 청소년의 사생활과 생존이 당연히 더욱 중요하다고 생각하며 책장을 넘길지도 모르겠어요.

---

* 〈초상권 잃은 아이들, 어른들 촬영·연출에 후순위 밀려〉 (이정헌, 《국민일보》, 2024년 8월 31일.)

에바도 같은 마음이지요. 줄기차게 카메라를 들이대는 부모 때문에 화나고 분노하고 눈물도 흘리지만 채널을 망치는 행동을 앞뒤 가리지 않고 하지는 않으려 해요. 부모님의 상황을 조금이라도 이해하기 때문일 거예요. 에바는 혹시 부모님과 약간은 타협할 수 있지 않을까, 내가 너무 고집을 부리는 것인가, 부모님이 달라질 수도 있지 않을까 순간순간 고민합니다. 촬영을 향한 거부감과 불만이 드러나게 되면 세상 모든 사람이 우리 엄마·아빠를 싫어하고 욕할까 봐 노심초사하죠. 가족을 무조건적으로 비난하지 않고 자기 안에서 무수한 질문을 던지며 갈등하는 에바의 인간적인 모습이 독자의 공감을 더 크게 얻어 내리라 생각합니다.

게다가 에바가 여러 반란을 일으키며 수위를 높일수록 그에 대응해 지치지 않고 영상을 만들고, 방송사 섭외, 신문사 고정 칼럼 요청을 얻어 내며 구독자 50만을 코앞에 둘 만큼 채널을 키우는 만만치 않은 에바 부모님과 에바의 대결 구도가 읽는 내내 긴장과 호기심을 늦출 수 없게 만듭니다. 에피소드가 거듭될 때마다 눈을 뗄 수 없는 이야기는 우리가 에바 입장에 몰입하여 과연 저 부모님은 어디까지 갈 것인가, 에바는 어떤 방법을 쓸 것인가를 같이 고민하고 궁금히 여기게 합니다.

■ 어떤 상황에서도 나를 지지해 주는 사람들

청소년의 생활 속에서 친구 이야기도 빠질 수 없겠죠? 에바는 부모님의 촬영 일정을 소화하는 동안 베프와 멀어지기도 하고 새로운 친구에게서 강렬한 지지를 받기도 합니다. 오래전부터 이웃이었던 '덕후 공포증' 친구는 에바가 갈등하는 과정에서 유머스럽게 상황을 헤쳐 나가는 방법을 알려 주기도 하지요. 특히 학교에서 친구 무리가 형성되고, 그 무리가 주위에 건강하거나 부정적인 영향을 주는 모습은 오늘날 우리의 교실과도 많이 닮아 있습니다. 십 대의 '관계성'에 관한 면면을 살펴볼 수 있는 이야기는 독자에게 큰 재미

요소이자 에바의 성장을 한 단계 이끄는 중요한 소재입니다.

　흥미로운 소재와 흡인력 있는 전개, 시종일관 이야기에 몰입하게 만드는 사건들. 마지막까지 긴장을 늦출 수 없는 스토리가 더해져 한 마디로 '무척 재미있는' 이 작품이 많은 청소년에게 자신을 새롭게 발견하는 통로가 되면 좋겠습니다. 고민에 고민을 거듭한 끝에 '완벽하지도 않고 나도 잘 모르는 나'를 찾아가기로 하는 세상 모든 '에바'를 응원합니다.